貓與城市

NICK BRADLEY

THE CAT AND THE CITY

作者——尼克·布萊德利

譯者——歸也光

獻給我父母，因為一切……

……以及我兄弟，因為其餘的那些

目次

青貓

萩原朔太郎（大正十二年）
英文版由尼克·布萊德利（Nick Bradley）翻譯

愛上這座城是件好事
愛這座城的建築，好事
那所有善良的女人
那高貴的芸芸眾生
經過這些繁忙街道
櫻樹沿街而立
無數麻雀於枝條啁啾。

啊，在這浩瀚城市之夜，唯一能成眠者
僅一隻青貓的影子
一隻貓的影子，訴說著人類的悲傷歷史
我所渴望的幸福藍影。
我無盡地追逐任何影子，
我想就算是雪日的東京我也要
但看看那兒——巷弄裡寒冷襤褸的乞丐
靠在牆上——他做著什麼樣的夢？

——刺青

健太郎（Kentaro）將熱咖啡端至唇畔，對著裊裊蒸氣吹氣。他的刺青坊後方辦公室燈光昏暗，筆記型電腦螢幕為他骯髒的白色鬍渣染上一抹藍。網頁上長長一列連結緩緩往上捲動，映在他的眼鏡鏡片上。他手握左右鍵覆蓋油膩指印的藍芽滑鼠，咖啡還是太燙，無法入口。他放下杯子，位置剛好就在書桌上一個杯墊的右邊，心不在焉地抓了抓胯下。

他點擊一個連結，螢幕中出現下載進度條。

一陣短暫停頓，網路攝影機的直播隨即載入。螢幕顯示出某人臥室內部。狹仄的公寓，裡面有一只裝有許多法律教科書的書架——或許是大學生。兩個人在床上親吻。赤裸。顯而易見。

健太郎坐正觀看，拉下長褲拉鍊，手朝內探。

刺青坊的門鈴響起。健太郎僵住。

「您好？」女孩的聲音在等候區喚道。

「抱歉，請稍等。」他迅速蓋上筆記型電腦，鎮定下來，走出去招呼客人。

一名高中女學生站在門口。初入眼，她沒有絲毫引人注目之處。她身穿典型水手制服搭配泡泡襪，一頭標準的鮑勃頭。她將頭髮染成金色以求突出，不過最近大家都這麼做。她看起來應該是高三生，多半是哪裡弄錯才走進這裡。

「有什麼能為妳服務的嗎，小姐？」健太郎極力擠出客戶服務的聲調。

「我想刺青，麻煩了。」她高高抬起下巴。

「啊，小姐。不好意思，請問妳是怎麼知道這家店的？」

「朋友推薦。」

「妳的朋友是？」

「不重要。我想刺青。」她邁步要走進刺青坊內部。

健太郎一手撐牆擋住她。「小姐，別傻了。妳年紀太小。」

她看著他的手臂。「我十八歲了。而且不要叫我小姐。」

他尷尬地縮手。「妳考慮清楚了嗎？」

「對。」她注視他的雙眼。「我想刺青。」

「或許妳該先離開，思考幾天再說。」

「我認真思考很長一段時間了。我想刺青。」

「不過可能還是有些地方沒想清楚。以後就不能泡*onsen*（溫泉）了喔。」

「我不喜歡溫泉。」

「旁人會以為妳是極道。對一個像妳這樣年輕美好的女孩兒來說，可能會有點嚇人。」

她翻白眼。「我不在乎別人怎麼想。我想刺青。」

「很貴喔——可能要三百萬円。」

「我有錢。」

「聽著，我這裡用的是傳統手法——***tebori***（手雕）——純手工。我可不是那種在澀谷用騙人方法的那些新貴。我幫流氓刺青，就連他們也痛得受不了呢。」

「我能忍痛。」她注視健太郎，這時他看見她眼裡有某個東西，一種柔軟的亮度，一抹淡淡的綠，幾乎透明，他不曾在日本人身上看過這樣的眼睛。

「不見得吧。」他把前門的標示翻成「休息中」那面，招手要女孩跟他走。「我們到後面聊聊吧。」

他們走進內室，他點亮天花板的燈，長得像床的刺青檯以及幾年來他諸多客戶的照片映入眼簾；他們就是躺在這張檯上讓他刺青，照面中可見嘶吼的龍、張口凝視的錦鯉、裸上身的女人、神道神祇與精緻***Kanji***（漢字）蜿蜒於客戶裸露的背、臀部，以及手臂。他們大多是極道。

健太郎向淺草的一位老師傳學到這門技藝，因為他的技術和對藝術的堅持而聞名。他最喜歡在新鮮肉體上刺青，將顏料精心紋上一小塊一小塊赤裸皮肉，在別人身上創造出傑作；唯一可與這種滿足感比擬的，也只有主宰手下這些流氓的感覺。

「會有點痛。」他會這麼告訴他們。

「我受得了。」他們會這麼回應。

他們總是這麼說。

然後他開始工作，隨著他用他的金屬針以向老師傳學來的傳統技法在他們身上小心刻鑿，在他們身上留下屬於他的永恆印記，他可以從他們的動作、肌肉與身體的細微抽動、咬牙的聲音感覺到痛楚。想到他的傑作覆蓋在這些男人之王、地下罪犯之主身上，便給予他莫大的歡愉。他的創意控制權至高無上；他獨裁決定哪些影像和故事將成為客戶身上永遠的一部分——有時甚至至死不渝。如果客戶將他們的皮膚捐贈給病理博物館，便會在火化前從屍首割下他們的皮膚，然後妥善處理並保存。健太郎的許多作品都展示在博物館的玻璃後。

他知道自己是最優秀的刺青師，以藝術家的身分對他百般敬重的極道也知道。不過他的女性客戶向來稀少，就連女性極道也不來他這裡刺青。她們都找別人去了。

然而現在一個女性客戶就站在他眼前。

「我該坐哪？」她問。

「噢！等等。」他從靠近他自己的角落拉過一把椅子。「來，坐這裡。」

她輕手輕腳坐下，雙手放在膝上。

「那妳想刺什麼圖案？」

「這座城。」

「這座城？」

「東京？」

「那實在不……**常見**。」

「那又如何？」她又翻白眼。

「想刺在哪？」

「我的背。」

「不好處理呢……」

「聽著，先生。你到底行不行？」

「我當然行。沒必要這麼無禮。我只是需要想清楚該怎麼做。」他一手撐住下巴，看著蓋上的筆電，突然靈光一閃。「噢！等一下。」

他打開筆電，手指敲打鍵盤，不耐煩地等著電腦從休眠醒來。電腦醒來，剛好呈現出一個面對著網路攝影機的女孩，她彎著腰，正承受著來自後方的撞擊。電腦的喇叭放送出低沉的呻吟。

他盡可能快速關掉瀏覽器。

健太郎的臉變得跟地獄一樣紅。他偷覷坐在身旁的女孩一眼，不過她正在看牆上那些他先前顧客的照片。他說不定逃過一劫，千鈞一髮哪。

他打開新視窗，點擊先前存下的書籤，隨即連結到Google地圖。程式跑完，他在搜尋欄輸入「東京」。地圖拉近，城市填滿視窗。他點擊衛星圖、再拉近，細節變得越來越大。遭道路分割的棋盤建築、沿窄巷蜿蜒的水道、蔓延的海灣，還有將人銜過城市的軌道藤蔓與毛細血管。

「真了不起。」她說。「我想把這景象紋在我背上。」

「不，那是不可能的。」他說。

「我來找你，是因為你應該是最厲害的。」她嘆氣。「我猜他們錯了。」

「沒人做得到。」

「我確定我能找到費用合理的其他人。」

「問題不在錢，而是技術。我是東京僅存少數幾個真正***horishi***（雕師）之一。」

「那你為什麼猶豫？」

「很花時間；或許一年，或許四年。」他取下眼鏡，用汗濕的手掌揉臉。

「我有時間。」

「而且很痛。」他努力壓抑竊笑。

「跟你說過了：疼痛不是問題。」

「妳會需要裸體俯趴在刺青檯上。」

「當然。」她動手解開襯衫鈕釦，不見絲毫羞怯。

健太郎感覺到胃裡一陣熱騰騰的扭攪，火速低頭注視地板。他跑去浴室拿嬰兒油。這完全沒必要，不過他想他可以以此為碰觸她身體的藉口。他想像他還是學徒時訓練他的那位師傅——看見他使出嬰兒油的把戲，師傅一定死不瞑目吧。當他回來，女孩已經裸體俯趴在刺青檯上。健太郎不太能相信自己的眼睛。她的肌膚完美無瑕，下背的肌肉滑順地延伸到她渾圓的臀部，緊接著是鼓脹有力的大腿。他走向她時嚥了口口水。

「呃，我只是需要用油按摩一下妳的背。」

「隨便。」她動了動。

他在右掌擠出一大滴油；瓶子發出放屁的聲音，他幾乎忍不住開口道歉，考慮後又作罷。他啪地蓋上瓶蓋，動手將油揉進她的肌膚。油在燈光下閃爍，他剛剛在腹部感覺到的那股熱漸漸往下蔓延。

「那……妳叫什麼名字？」

「直美（Naomi）。」

「嗯……直美……很美的名字。那……妳有男朋友嗎？」

她略為轉身面對健太郎，再度直視他，眼睛一抹柔和的綠。看見她的胸部了。

「聽著，先生。我不容忍開任何玩笑。我是來刺青的，也只想要刺青。我剛剛看見你在你的筆電看一些亂七八糟的東西，我不介意——各有所好——你知道的。只是我不知道那對情侶對於你透過他們的網路攝影機偷看他們有何觀感。或許你該思考一下。但是我可容不得你色瞇瞇地打量我。我付錢買你的服務，所以拿出專業來。好嗎？」

健太郎油膩膩的雙手垂在空中。「偷看？網路攝影機？我不知道妳在——」

「省省吧。我不想聽。」她趴回去。「順帶一提，你的拉鍊沒拉。」

健太郎低頭看他的褲子、拉上拉鍊，隨即動手幹活。

健太郎向來擅長工作。他能一次專注好幾個小時——客人常常在他感到疲倦之前便要求休息。當他為客戶紋身，他總是投注全部心力，其他藝術家都高度讚賞他的作品。

幾個月來，直美只要有時間就來找他，而他看到她總是很高興。他有一些特級的針是由淺草最優秀的刀鋪特製出品。

他開始在她的背、肩膀、手臂、臀部與大腿紋上城市全景，從道路、建築的輪廓和河川著手，甚至在他思考刺青的顏色前就先勾勒出線條。他必須完成東京鬼魅似殼的骨架，然後才能開始加上陰影並上色。整幅紋身需要幾年的時間才能完成，期間直美必須定期來訪，讓他每次紋上一小部分——還有客戶一次能承受多少痛苦的小麻煩。

他一頭栽進紋城市的工作中，他總是採取傳統的手雕技法，用金屬針染墨將線條刻入直美的肌膚。她真是他遇過最強悍的一名客戶，對疼痛甚至連眼睛也不眨一下。他在眼鏡上裝了一副強力放大鏡，藉此描繪刺青中最精細的細節與城市的顯微特徵；從遠處看時，城市的整體結構依然保留。

健太郎只遇到一件麻煩事：他工作時不可能把整座城市都記在腦海中。他只能參考筆電上拉近的部分，針對小範圍工作。不像他過去的所有設計，他都能在工作時完整想像圖樣，顯微城市的大小和尺度就是太大，非人腦能夠記憶。

直美來了幾次他才完成輪廓刻繪，最後的收尾就是他位於淺草的刺青坊。他打算把刺青坊的屋頂留白，當作署名的最後空間——遵循傳統。

用黑色顏料描繪完輪廓後，迎面而來的就是上色、加陰影和細節了。他決定從澀谷開始。

「嗯。」他停下來思考。

「有什麼不對嗎？」直美抬頭問道。

「啊，我只是在考慮是要讓行人真的穿過澀谷繁忙的路口，還是要讓他們在路邊等綠燈。」

「我不想要出現任何人。」

「什麼意思？」

她的頭擱回刺青檯上，她閉上眼。「我只要城市，不要人。」

「但是沒人就不是城市了啊。」

「我不在乎。這是我的背、我的刺青。付錢的是我。」

「嗯。」

健太郎感覺自尊心一陣刺痛。沒錯，直美定期付款，是個好客戶。但他是東京最優秀的刺青師之一。他的客戶認同他的設計，他們從不對他指手畫腳。他內心的藝術家勃然大怒，但正如那句日本格言：***kyaku-sama wa kami-sama desu* お客様は神様です——顧客是神**。

好吧。她說不要有人。動物不是人，對吧？

他暗自微笑，加上一隻貓的影子——兩抹色彩，像是花斑貓——就在澀谷的忠犬八公像對面。他繼續工作。

為刺青加上陰影的過程中，健太郎真正開始喪失他的神智。

刺青時直美會說話，要他描述他正在紋的城市一隅，告訴他她想要每個地點各是什麼季節，他便為秋天的楓樹染上紅色，或為銀杏樹染上亮黃，或是為春季上野公園的櫻花染上柔和帶粉的白。

「你現在在哪？」她會這麼問。

「銀座。剛紋完中銀膠囊大樓。」

「很好。銀座是冬天。」

「了解。」於是他會開始描繪一夜間落下的細緻白雪。這座城市變得越來越像季節的百衲被。

健太郎紋東京的某個部分時跟直美談起那地方，直美常常會在下次再來前去造訪。她會送給他一份小禮物或伴手禮——原宿的糖果、池袋的餃子——他會覺得自己難為情得臉色漲紅。

他們有時候一起喝綠茶，她會講述真實發生過或她親眼所見的故事——新國立競技場的工事是怎麼隨著她每次經過而一點一點有所進展——她對健太郎描述她所見在這城市裡忙碌度日的所有人，而他從不插嘴，只是安靜聆聽著。

有一次，刺青工作進行數小時後停下來休息，健太郎在清理他的工具，直美指著一本大開本的藝術書籍詢問他；那是歌川國芳的浮世繪版畫。健太郎從書架上取下書，讓她拿著到扶手椅坐下。歌川一直是健太郎的創作靈感來源——他的師傅帶他認識歌川的作品，並要他練習複製歌川的版畫幾個月，然後才讓他碰人類肌膚。直美在大腿上攤開書，緩緩翻頁。

「好棒的作品。」直美仔細查看每一幅畫，手指有時還在書頁上描繪諸多貓咪和骷髏鬼怪的線條。

「他是個傳奇了。」健太郎嘆氣。

「我喜歡這幅。」她手指輕點書頁；健太郎靠過去看，發現是宮廷的場景，有顆鬼魅的貓頭在背景飄浮。貓用後腿站立，頭上綁著手帕，伸長手臂像人類一樣地跳舞。

「是啊。」想到自己要了直美，偷偷在她背上紋了一隻貓，健太郎噍下竊笑。

「你看這些。」她把書拿向他。「他把歌舞伎變成貓了！」

「這裡有個有趣的故事。」健太郎停頓了一會兒，放下工具，走過來從直美的肩後查看書頁。

「繼續說啊。」她用那雙詭異的眼睛仰望他。

「好吧，那時候，歌舞伎已經變成喧鬧又頹廢的事——幾乎就像縱慾。」

「好玩。」她放肆地露齒而笑。

「嗯，政府可不這麼認為。他們禁止以任何藝術手法描繪歌舞伎。」

「太瘋狂了！」

「沒錯。總之，歌川把人類歌舞伎換成貓，用這種方法規避審查。」

「聰明的傢伙。」她的視線回到書頁，看著三隻穿和服、坐在矮桌旁彈三味線的貓。

「我的老師傅很迷他。」

「你師父現在在哪？」

「他過世了。」健太郎手指牆上的一幀照片。「就是他。」

直美看著那張照片。照片裡是一個板著臉的男人，跟較年輕的健太郎並肩站在他們目前所在這家刺青坊的門口。「看起來很嚴肅。」

「他是啊。好嚴格。要我每天凌晨四點起床，然後整天打掃刺青坊，一直這樣兩年後，他才讓我碰針和一點點皮膚。瘋狂的老雜種。」他搖頭並微笑。

直美若有所思地凝視健太郎。「你為什麼沒收學徒？」

他輕輕嘆氣，不若平常高傲。「從哪裡說起呢……」

「從開頭？」她聳肩。

「好吧，對於***irezumi***（入墨）的壞名聲，政府還做了另外一件很棒的事——就像以前的歌舞伎審查一樣。他們把這項技藝與犯罪連結，因此想入行的人少了。妳知道嗎，以前得到紋身是一件榮譽的事——是消防隊員的標記。大眾對消防隊員又敬又愛，不像現在這些炫耀自己身上刺青的粗野流氓。總之，我離題了……剛剛說到哪？」

「你說到為什麼再也沒人想成為雕師。」

「啊，對。當然囉，現在在澀谷有那些用新奇技術紋身的外行。沒人想學習古老的手雕技術。沒人想做辛苦的工作。每個人都想用輕鬆的方法做事，但他們都不是真正的藝術家。」

「像你。」她對他微笑。

健太郎臉紅了，低頭看地板。「少來了，直美。」他喝完他的茶。「我們最好繼續工作。」

這就是第一次發生的那一天。

健太郎上色上到一半，眼睛碰巧掃過他已經完成的澀谷區。他看見忠犬八公的雕像，視線繼續來到原宿的購物街，這時某個東西在他心裡喀了一聲。他的視線回到雕像。

貓不見了。

他眨眼，搖搖頭。疲勞可能終於對他產生影響了。但他又看了一次：沒有，貓不在那裡了。

他會不會是幻想自己在她身上紋了那隻貓？對，這是貓現在不在最簡單的解釋。他多半夢見自己紋上那隻貓，夢境太栩栩如生，他幻想那就是現實。對，一切肯定都沒問題。夢境有時候可能會入侵現實，不是嗎？

但在同樣的這一天，他正要為東京鐵塔周邊地區上陰影，他瞥見某個令他不禁打起冷顫的東西。當時他的視線從濱松町車站沿街道朝東京鐵塔附近走去，就在一條從主要道路分岔的小路上，他看見那隻貓。

「搞什……」

「沒什麼問題吧？」直美動了動。

「噢，對。」他手中的針略微顫抖，但他穩住自己。或許是他記錯自己原本把貓紋在哪裡。肯定是這樣沒錯。他忽略貓，繼續工作，為東京鐵塔著上紅白配色。

不過到了下一次，開始工作之前，他又在濱松町車站附近的小路找尋那隻貓，但卻找不到。然後當他在上色吉祥寺井之頭恩賜公園的樹時，他看見貓潛伏在公園中央的湖邊。

它肯定在移動。

健太郎開始害怕與直美定期的紋身時間。他得先找到貓才有辦法開始工作，有時候得花上一個小時在城市中搜索貓，然後才能拿起針與墨工作，刺青的整體進度因而受到拖延，每次都得花比他計畫中還長的時間。直美不曾對他耗費的時間說過什麼；漸漸地，刺青時間越來越令人筋疲力竭，因為他被貓靈纏上了。他會夢見牠在城市裡遊蕩，夜裡大部分的時間都醒著做惡夢；貓行蹤不定，而他因為畏懼找貓的忙亂而滿身大汗。抓不到我，貓嘲弄著，對他眨著那雙平穩的綠眸。愚蠢的老傢伙。抓不到抓不到抓不到。他想一把攫住牠的頸背，把牠抓起來搖晃、挖出來、乾乾淨淨地從他的作品中拔除——他的藝術品、他的東京，最重要的是，他的直美。

因為她是他的，不是嗎？日復一日在他面前玉體橫陳。

有一次刺青時，他幾乎整個下午都在找貓，掃瞄街道與巷弄，但到處都找不到。解脫感有如溫水浸潤他全身——貓一定從一開始就是他幻想出來的。

不過當他的視線掃過六本木，他的心一沉：貓在那兒，正從地鐵站出口走出來，尾巴高高舉起，彷彿在嘲弄他。

那天到直美必須離開前，他的紋身工作只勉強匆忙地進行了三十分鐘。

一直到健太郎接近完成在她身上的作品，他才了解他必須做什麼。他有黑眼圈、食慾全無、覺得食物難以下嚥、變得越來越骨瘦如柴。他的髒鬍渣長成蓬亂的鬍子，還有他的眼睛，看起來就像深陷頭顱中的兩個黑色墨點，無神地注視著刺青坊的牆。就算在以前，他也難得外出，也不熱衷於社交。他通常都把大部分時間花在網路上，找尋藝術書籍，或是在紙上畫單色和彩色的設計圖。但他這會兒獨自走在淺草的老街上，一面行進一面自言自語。他走得很快，撞上一個包著紫色大手帕的流浪漢。健太郎發起脾氣，失去控制地對這陌生人大吼大叫，對方再三道歉，直到健太郎繼續走他的路。他帶著一把刀，是他向他總是光顧的淺草知名刀匠買來的。刀匠有點古怪地看著他，但沒多加評論他憔悴的外表，也沒提起健太郎通常都只跟他買針，不曾買刀。

健太郎把刀帶回家磨利。他用手指測試利度，只以最輕的力道輕壓，便在他的皮膚劃開一道血痕。他用膠帶將刀貼在桌子下側直美看不到的地方。然後他等待。

直美來了，他們都知道這應該是最後一次，她如常快速褪下衣物。她對他講述她去過的一場夏日煙火祭典，拿出她當時自選的浴衣照片給他看，而健太郎努力表現得自然。他點頭、微笑，假裝有在聽。

他工作順利；這場活生生的噩夢很快將畫上句點，他感覺到一種暈陶陶的滿足。他在她手臂上描繪完北千住地陰影部分，目光接著來到淺草區，找尋有待填滿的最後那塊空白——這家刺青坊的屋頂；從淺草寺的雷門一路來到他的刺青坊。接下來他將這麼做：他會在屋頂紋上他的名字，宣告刺青完成。然後他將拿刀動手。

不過就在他要簽名的當下，他看見貓坐在他的店門口。

這時，帶著一種可怕的篤定，他知道要是他從直美身體上的刺青抬起頭，看向外面的門，他會看見貓坐在那兒，綠色的眼睛注視著他。

他喘口氣，閉上眼。

不過城市還在。彷彿他正從太空俯看。他的心靈之眼是一部對準下界的相機。接著相機的焦距開始拉近，地球、日本、東京，一直拉近到街道的層級，飛過刺青坊的紅屋頂；他看見自己在直美完美的背上工作，正在紋這座城市。相機還沒停。他失去控制。相機又飛進刺青裡，不停往下：進入日本、進入東京、進入淺草、進入這間刺青坊的屋頂，然後再次進入刺青。無盡循環。

除非他睜開眼，否則他會受困其中。不停循環，不斷拉近放大，不得脫身。但他還是緊閉雙眼。

因為當他睜開眼，他會看見刺青坊的屋頂已經沒空間讓他簽名。那個位置會被真正的紅屋頂填滿。他會面對一座城市，其中有數百萬人到處移動，穿過地鐵站和建築、公園與高速公路，庸碌度日。城市利用管道輸送他們的排泄物，利用金屬容器運送他們的肉身，保有他們的祕密、希望與夢想。而他不再只是坐在另一邊透過螢幕觀看。他成為其中的一部分。他成為那些人的一分子。

他還是緊閉雙眼，伸手到桌下慌亂地摸索那把刀。

睜開眼時，他渾身發抖。

直美背上的肌肉收縮，活了過來。

城市也隨之甦醒。

——失落之語

「有一個名叫五左衛門（***Gozaemon***）的精明古董商。」

大橋（Ohashi）停頓，雙眼在微光中閃爍。他用一條紫色大手帕綁起灰髮，滿是皺紋的臉上一把雜亂的長鬍子。就他這年紀而言，他身材算瘦，只有一小圈漸漸成形的肚腩；他跪在坐墊上，雙手舉在身前，擺出傳統***rakugoka***（落語家）的姿勢。

「他是一個狡猾又奸詐的人，」他接著說，聲音在安靜的房內低低迴盪，「假扮成窮和尚拜訪老人的家，找尋日後能在他的古董店內抬價出售的寶物，這對他來說不算什麼。」

大橋曾對著滿座的場地表演***rakugo***（落語），觀眾包含貧富貴賤，而每一次他都將他的表演視為人生中最後一次——彷彿他的話語會隨著他臨終的氣息傳送到觀眾之中。他特地為目前的觀眾選了今天的故事。他清清喉嚨，繼續說下去。

「有一天，哄騙一個婦人買下一只昂貴的書架後，狡猾的五左衛門來到一家糖餃子店吃東西。他坐在店外的凳子上等食物送上來。等待的時候，他看見一隻骯髒的老貓舔食碗裡的牛奶。引起他注意的不是那隻貓。那只碗，貓兒正貪婪地舔食著裡面的牛奶，那可是古董——他很確定他可以賣到三百個金幣的好價錢。五左衛門想到有可能偷到好東西，感覺冷汗流下，還有一股熟悉的興奮感。這家糖餃子店的老闆是名老嫗，她帶著他的食物走出來，他鎮定下來。」

當大橋說起角色的對白，他的聲音和習性徹底改變，所以你會以為他被他扮演的角色附身了。他扮演五左衛門時，他轉身朝右，雙手交握，說起話來油嘴滑舌；扮演老嫗時改為朝左，弓起身子、五官擠在一起，看似轉瞬老了三十歲。這些片段的對話之間，他則是面向中間，改採用旁白歡快的聲音。

「『妳那隻貓真可愛。』五左衛門說。

『什麼？那隻老貓？』老嫗驚訝地應道。

『是啊，漂亮的貓咪。』五左衛門跪下摸貓。貓對他嘶叫，拱起背。『讓我想起我家的貓，可惜……不，說起這件事太傷心了……我家小孩愛極那隻貓……』

五左衛門假裝壓抑啜泣，老嫗的頭歪向一邊。

『或許……噢，這樣的要求太過分。』他抬頭。

『什麼？』老嫗擠出下脣。

『呃，妳是否願意把那隻貓賣給我？』

『那個老跳蚤包？』

『對，這隻可愛的貓。』

『不知道呢。有牠在，老鼠就不敢來了。』

『我願意付……』五左衛門的聲音有點猶豫。

『多少？』老嫗挑起一邊眉。

『三……不，兩枚金幣？』

『你原本說三枚。』

『好吧，很會談生意，夫人。那就三枚吧。』

『成交。』

五左衛門微笑。他交給老嫗三枚金幣，跪下抱起貓，貓立即往他的手咬了一口。不過五左衛門忽略那疼痛。他的手抓向他真正的目標，也就是貓剛剛用來喝牛奶的那只珍貴的碗。

『喂。』女人厲聲說道。『你在做什麼？』

『啊，只是要拿貓的碗而已。』

『為什麼？』

『貓需要用啊。』

『我給你另一個。』她走進店裡拿出一個廉價的舊東西，在圍裙上抹了抹，留下棕色的汙痕。

『但是貓一定會想念牠那個，啊，特別的碗吧。』

『貓用什麼喝牛奶都可以。而且，那個碗不能給你，那可值三百個金幣哪。』

五左衛門大受震驚，但用盡全力不露痕跡。

『三百個金幣？讓隻貓用那麼昂貴的碗喝牛奶，那也太奢侈了。』

『是啊，不過幫我用每隻三枚金幣的價格賣掉幾隻生疥癬的貓呢。』

老嫗露出狡猾的笑。」

大橋讓故事的結尾完美落下。他對觀眾彎低腰鞠躬並微笑，抹掉額頭的汗水。他剛剛完美演繹了「***Neko no sara***」——「貓之皿」。

觀眾喵了一聲。

大橋從骯髒的坐墊起身，走向那隻花斑貓。牠從頭到尾安靜坐在那兒。今天唯一的觀眾貓掌擱在身前，正襟危坐地觀賞——跟大橋表演落語時一樣的姿勢。他輕輕搔搔貓咪的耳後。

「好啦，幫你弄點吃的吧。」

他們離開廢棄膠囊旅館的會議室，穿過搖搖欲墜的走廊來到大橋睡覺的地方。舊旅館裡很暗，不過大橋擅自占用已久，閉著眼都能在裡面穿梭。貓也一樣一點問題也沒有。黑暗也有助於隱藏旅館一些較討厭的元素：從牆壁長出來的菌類、腐朽的地板、剝落的壁紙，以及麒麟啤酒廣告海報上那些陰森的臉孔；這些微笑的臉緩緩隨時間而粉碎、捲曲。

十個月前，就是這隻貓把大橋帶來這間無人旅館；當時他迷失在城市中，正在找尋一個可容他歇夜的地方。那晚非常寒冷，大橋在橋下顫抖，貓咪舔他的手，凝視他的雙眼，接著走了幾步，停下來等這名老男人跟上。旅館數年前歇業，從此無人聞問。泡沫經濟的另一個犧牲者——供過於求。要是他把這故事說給別人聽，也沒人會相信，不過是貓救了他的命。

這會兒，貓和大橋走過成排空的膠囊：一個個彼此相疊的狹小睡眠艙。每個都像截頭去尾的棺材，附小布簾，可於就寢時間蓋住出入口。在更墮落的年代，喝醉的上班族若是錯過回家的末班車，便會在這度過一宿。但現在膠囊無人使用——除了一個之外。

大橋鑽進他的膠囊，點亮以電池供電的小燈。無人空間圍繞四周，他用舊照片妝點自己的小艙房，用心規畫，好提醒自己比較美好的那個年代。照片的主角是較年輕、較苗條的大橋，身穿時髦的和服表演**落語**、簽名、招呼粉絲、上電視、與名人會面——那些日子裡，他有能耐讓戲院爆滿，並與電影明星、藝術家往來。過去的日子。

他把舊家庭照夾在一本太宰治的《人間失格》裡，現在很少打開來看了。反正他不曾真心喜歡太宰治。

他跪在他的床墊上，伸手到膠囊裡的購物袋拿出幾個魚罐頭，拉開拉環，放在地上給貓吃。貓喵了一聲，小口小口吃魚，大橋心不在焉地一邊摸牠一邊翻閱報紙。

吃飽後，貓看著手拿報紙、對著空中發呆的大橋。但是貓想要他的關注。牠用頭磨蹭大橋寬鬆的袖子和褲子，在他身上留下牠的味道，大橋知道這代表**你屬於我**的意思。他拿出一個鮭魚三角飯糰，剝掉包裝紙。他緩緩嚼食，再從同個袋子裡拿出一瓶冷麥茶，把飯糰沖下肚。

「我們等會兒出去逛逛，就你跟我。」他在幾大口飯糰間對貓說道。「然後我晚上可能會去找幾個朋友。」

貓舔洗腳爪，眨了眨眼。

大橋悄悄從窗戶溜到後巷——他總是如此進出膠囊旅館，用貓一開始教他的方法。他從不走正門，以免警察或附近比較愛管閒事的居民起疑。他也讓貓出去。牠白天都自己在外面遛達，找尋比大橋可能提供的伙食更好的食物。

大橋也在白天出去覓食。

他橫過馬路，溜過巷弄，拉下木推車上的防水布；這輛推車是他歷盡千辛萬苦用木料碎塊和兩個舊腳踏車輪做出來的。他將車推上大街，輪子發出陪伴他覓食的熟悉嘎嘎聲。

他白天都在城裡搜尋可供回收的罐子；成千上萬自動販賣機點綴東京街道，他都在這些販賣機旁的小垃圾桶裡翻找。他會一一倒空垃圾桶，用沉重的金屬棒壓癟鋁罐，他的推車才能裝得更多。這已變成一個機械性的例行公事，不時被輪子的嘎嘎聲以及金屬棒在人行道上敲扁鋁罐的鏗鏗聲打斷。盡可能收集得夠多之後，他還會再把鋁罐敲打得更小，裝進袋子裡帶去秤重站換錢。

他剛開始過這種日子時，覺得街道好像迷宮。沒完沒了的便利商店和連鎖餐廳全融入一條長長的街道，而蜿蜒的街道在新宿的摩天大樓、原宿的服飾店，以及銀座的百貨公司間穿進穿出，一路朝外到沿東京灣排列的公寓高樓街區。在他過去的人生中，他並沒有必要在城市裡走動——他總是搭計程車或地鐵——現在他得徒步穿行整座城市，他花了好多時間才弄清楚方向。

最近東京以如此高速在他身旁旋轉，汽車竄過，電車在頭頂疾行，就連湧出地鐵站的人也在他推著車緩步行走於街道時從他身旁掠過。他以前也曾經是這些快速移動者的一分子，毫不畏懼東京的步調和脈動。但是現在，他不能再搭地鐵，也不能乘電梯到摩天大樓頂樓欣賞風景。現在這些摩天大樓只是地平線上的地標，供他辨認方向。高處的美麗落日景色成了漸漸褪色的回憶。最近當他閉上眼描繪城市的樣貌，他只看得見街道層級的景象。

歷經漫長的一天撿拾鋁罐，他直不起背、雙腳疲憊，在一家羅森（Lawson）便利商店稍停，走向商店後門。他在推車旁的人行道坐下，耐心等待。時間不早不晚，門打開，一個年近二十歲的男孩走出來，身上穿著藍白條紋的羅森制服。

「大橋先生！」男孩喊道。

「啊！誠（Makoto）君。」他起身與男孩打招呼。「你今天好嗎？功課怎麼樣？」

「噢，還好，還好。」男孩看起來很累，一手尷尬地耙過略顯凌亂的頭髮。大橋喜歡他不像大多數同齡孩子一樣用髮膠抓成刺蝟頭。誠另一手拿著一個稍微被擋住的塑膠袋。

「太好了。你快畢業了嗎？」大橋站得非常挺直，動也不動，雙手拘泥地放在身側，杵在推車前，彷彿想遮住推車。

「對。呃，其實我剛畢業。」

「那接下來呢？」

「我申請了一家公關公司法務部門的實習工作。他們接了奧運的案子。」誠聳肩。「我父母的主意。」

「他們一定為你感到驕傲。我也是。」

誠微笑，然後才想起笨拙地勾在他另一手手指上的塑膠袋。「噢，這給你。」他遞出袋子時，裡面發出金屬碰撞的聲音。「東西不多，不過這週只有這些能給你了。」

「誠君！這樣就很夠了，非常感謝你。」大橋快速翻看內容物：魚罐頭、瓶裝麥茶和三角飯糰——都超過賞味期限，必須丟掉才對。他的手刷過一瓶酒，頓了一下。

「啊……誠君？」

「怎麼了？」

「這瓶燒酎……恐怕我不需要。」他將酒瓶拿出袋子。

「抱歉，我忘記你不……嗯，你還是可以拿去啊。說不定你哪個朋友想要？」

「如果對你來說沒什麼差別，我還是別拿比較好。」大橋把酒瓶遞給誠。「真對不起，我不想表現得不知感恩。我不能……你為什麼不自己收起來呢？你是個……好……嗯……」

大橋看著牆，迴避誠的視線；兩人之間一陣尷尬的沉默。

「好吧……如果你確定不要。」誠接下酒瓶。

「非常感謝你，誠君。祝你有個美好的夜晚。」

「你也是，大橋先生。下週再見嗎？」

「不會給你造成太大麻煩的話，下週聽起來很棒。」

「保重。」

「再見。」

大橋將塑膠袋掛在手推車的一個鉤子上，推著車離開便利商店。誠一直看著，直到老人轉彎離開視線範圍。他思考片刻：看著一個像那樣的好人走霉運真是太悲傷了。總是如此有禮、拘謹。因為灰色鬍鬚和頭髮的關係，他看起來有點像快打旋風二系列裡的元（Gen）。

他搖搖頭，走回店內。

到了晚上，經過一整天的辛苦工作，大橋會到營地找他的朋友。那是一個由防水布和紙箱構成的小村落，位於一座只有流浪漢才會造訪的公園，依偎著電車軌道。住在那裡的人花了一番心思維持營地秩序——不夠整潔的人有可能會被趕出去。冬天裡的味道沒那麼令人受不了，不過在夏季的高峰，當地居民會抱怨尿騷味。隆隆駛過的電車為這小社區發揮鐘塔的作用，輪子滾過鐵軌的哐啷聲不停提醒著時間的流逝。住在營地的人不與人來往，安靜度日；在大多數的時間裡，警察都對他們睜一隻眼閉一隻眼。

大橋沿工整成排的小屋前進，一面找他的好兄弟。

「這裡！」一個聲音對他大喊。

他轉身，看見三個男人窩在公園內少數幾棵樹下的小火堆旁。他漫步走過去，步態莊嚴。

「晚安，各位先生。」大橋脫下鞋子，跟其他鞋子一起排好，在他們擺出來的藍色防水布上坐下。四雙鞋現在整齊地排放在草地上。

島田（Shimada）以略略點頭和慣常的嚴肅表情對大橋打招呼。

「晚安，大橋先生。」隆（Taka）那張圓臉還是不曾改變的溫暖笑容。

「今天都在忙什麼呢？」纖瘦又暴牙的崛（Hori）問道。

「跟平常一樣。各位都還好嗎？」大橋從他的袋子裡拿出一瓶麥茶，並分給其他人。他們都拒絕，現在也夠了解大橋，不會再禮尚往來拿出他們的清酒給大橋。

「去了教堂。」島田說。

「拿到一些免費食物。」崛說。

「靈魂的滋養啊。」隆傷感地說。

「是啊……除此之外還有湯。」崛大笑。

一列電車隆隆駛過，對話暫時被打斷。

「你也該來的，大橋。拿些免費食物。」

「對，大橋先生。神的心中總是有你的位子。」隆的眼神在乞求。

「噢，我就不用了。」大橋尷尬地看著他們中央舞動的火焰，彷彿那兒有某個亟待關注的東西。他左顧右盼，想找個目標看著，什麼都好，目光最後落在隆脖子上的十字架。

大橋容許自己回想起他們成功說服他去教堂的那一次。崛和島田只是去那兒假裝自己是善良的基督徒，但隆的內心深處真的完全相信。這所有走霉運的男人大費周章只為了拿到免費食物，大橋看了就覺得難過。在獲得餵食之前，他們得先聽一個穿廉價西裝、頭髮往後梳得光滑的牧師講述耶穌是如何為了拯救所有人而死。牧師先前曾不帶一絲懷疑地說起廣島和長崎的人是如何為他們的罪惡而付出代價。大橋聽見時完全無法相信自己的耳朵。這男人確實說了這麼駭人的話嗎？他真心相信自己說出口的話嗎？之後大橋便不曾再去。基督徒趁這些可憐人之危，用稀粥和甚至更糟的想法餵養他們；大橋想到這裡就覺得噁心。佛教徒就不會這樣。之後又有那些屈尊女人在院子裡提供味噌湯。從她們迴避視線接觸和皺起鼻子的模樣，大橋看得出她們討厭流浪漢的味道和不整潔的外表。她們提供味噌湯，只是為了告訴自己她們是好人——顯而易見。

「附近有些謠言在傳。」島田說。

「哦？」大橋看著島田，他那張嚴肅的臉垂了下來。

島田抬起頭。「他們在掃蕩城裡的遊民。」

「怎麼會這樣？」大橋調整重心，換了個舒服點的姿勢，啜飲一口麥茶。

「奧運。」崛說。「接著說，島田。你告訴他。」

「嗯……」島田喝他的清酒。「人從街上消失。像是谷本（Tanimoto），記得嗎？沒人知道他在哪。不見了。好幾週沒看見他。消失了。他們宣布舉辦奧運之後，就一直有事情發生。拆掉舊建築、蓋新運動場。他們在清理街道。收拾乾淨，你知道的。趕走討人厭的傢伙。」他哼了一聲。「城市在改變。」

另一列電車準時隆隆駛過，對話又暫停。

「谷本先生說不定回去跟家人在一起了？」隆接續話題。

「經歷過這種人生後，人不會就這麼回家去。」島田舉起髒兮兮的手掌。「這汙垢……洗不掉的。我們現在稱不上人了，就算對我們的家人來說也一樣。」

大橋茫然地看著天空，另外三個人啜飲他們的酒。

「我聽說他們把人裝上廂型車載走。」崛說。

「誰說的？他們看見廂型車了嗎？」大橋問。

「不知。不過有謠言，你知道的。」

「他們把他們帶去哪？」

「誰知道……」島田說。

「可疑哪。」大橋的視線飄向遠方。

「就跟隆的口氣一樣。」崛咧嘴而笑。

四個男人圍坐火邊啜飲各自的飲料，心事重重地凝望火焰。接著，陰影中有人喊了一聲，把他們從集體冥想中打醒。

「喂！」

「噢，該死。」島田咕噥。

「嗯。」崛搖頭。

大橋感覺自己心一沉。

「你們這些雜種在做什麼？」一個高大笨重的人影慢慢接近火堆，但還看不太清楚，陰沉的身影越靠越近。

「**沒什麼**。」崛說。

「沒什麼是啥意思？你們看起來就是有在做些**什麼**。你們在喝什麼？」

「如果你想喝，我這裡有一些麥茶，圭太（Keita）先生。」

「呸。麥茶！誰要喝那種垃圾？除非你混了東西。」現在看得清圭太粗野的樣貌了，搖曳的微弱火光映上他坑坑疤疤的皮膚。他注視大橋，大橋則是維持空洞的目光。

「恐怕我不喝酒。」大橋儘管很確定圭太知道這件事，他還是又說了一次。

「胡扯。我明明看過你喝得爛醉還尿在褲子上。」圭太說。

「你一定看錯了。」大橋冷淡地說。

「你說我是騙子？」圭太已經來到島田身後，發現三人剛剛一起享用的那一大瓶廉價清酒。「找到了吧。我說的就是這個。」

他拿起酒瓶，打開瓶蓋，咕嚕咕嚕大口灌下。握住酒瓶的手少了兩根手指——無名指和小指。

「嘿，慢著！那是大家一起分的。」崛說。

圭太停下來，抹掉嘴邊的清酒，惱怒地回瞪崛。

「對啊，我就是在喝**我的**份。臭雜種。」

大橋舉起一隻手。「好了好了，我確定一定夠——」

「沒人問你。」圭太轉向大橋。「你又他媽以為你自己是誰啊？」

「我只是想——」

「你根本不住在這裡。我跟蹤過你，一副自己比所有人高尚的樣子。來來去去的，自以為是什麼大人物。」

「我真的——」

「你覺得你比我們好。而且你晚上總是溜走，不讓人知道你去哪。說真的，你真的無家可歸嗎？打賭你一定有地方住吧，說不定甚至還有個女朋友為你煮飯，你只是來找我們這些可憐蟲白吃白喝。」

大橋微微顫抖。

隆替他說話。「圭太，大橋不是有意冒犯。他只是——」

「我才管他想幹嘛。他應該注意一點。」

「你在威脅我嗎？」大橋的目光鎖定圭太。

圭太蓋上清酒的酒瓶蓋，放下酒瓶。他用力拉高袖子，露出幫派的紋身。接著他伸手從口袋拿出一只看起來像八零年代遺物的巨大手機。只要圭太拿出這只手機，他的眼裡總會有一抹令人不安的閃光。他扮演起極道惡棍的角色就是莫名令人信服。

「我要說的是，別惹我，好嗎？」圭太說。「我只要打通電話回家，他們就會來把事情處理好。」

圭太回瞪大橋，直到大橋垂下視線，搖搖頭。

「各位先生，我想我該離開了。祝你們有個美好的夜晚。」

「別走，大橋。」島田說。「時間還早。」

「謝謝你，不過我今天工作得很累。」大橋穿上鞋，拾起他的購物袋。「祝你們有個美好的夜晚。」

隨著他走開，他聽見他們的說話聲在遠方漸漸轉弱。

「圭太，你為什麼老是要那樣？」

「怎樣？是他先開始的！真是個傲慢的傢伙。他自以為比其他人都好。」

「他是個好人。」

「我不喜歡他。我不信任不喝酒的人。」

「噢，得了吧你。」

「那條紫色手帕又是怎麼回事？看起來像奶子。」

一直到大橋穿過街道、鑽進旅館、癱倒在自己的膠囊裡，他才放鬆下來。他蓋上毯子進入夢鄉。

大橋餵貓，自己吃三角飯糰配麥茶的微薄早餐，然後鑽出旅館，又開始撿拾鋁罐的一天。

一天之中，跋涉的時間對大橋來說最難熬。走路的動作和韻律總是會讓他在不同回憶間來回跳躍。童年的畫面跳接他的中學歲月，而中學歲月再滲入他當落語學徒的時光。

表演曾是他的生命；現在再也不是了。教導他的老師傅現在對他會作何感想？

大橋迴避像這樣的思緒。那所有回憶都通向同一個深淵。因此他盡可能想著他在營地的那些朋友。

他們各有自己的故事與祕密。不過在這個社群裡有一句箴言：**逝者已逝**。他們都不曾提起過去。無論他們做過的事欠下什麼樣的債，他們都已還清。藉由以放逐者的身分過活，他們每天都在償還。這就是他們的懲罰。

不過這些朋友還是有些可供大橋猜想之處。

基督徒隆跟一個娃娃一起睡，有時他的東京口音會摻入九州方言。關於隆的娃娃，大橋有幾個理論，不過他盡量不老是放在心上。嚴肅的島田話不多，除非有什麼重要的事得說；大橋對此頗為欣賞。暴牙的崛來自大阪，總是把任何事都轉化為笑話。但那對這群人來說相當重要。要是他們不能笑看人生，那還有什麼意義？

至於圭太……嗯，圭太。坦承這樣的想法感覺很糟，但大橋其實寧願圭太根本不存在。他身上有刺青，還少了幾根手指，因此他們都知道他曾是極道的一分子。而且他隨身攜帶並不時拿出來威脅別人的手機是如此笨重，幾乎顯得可笑。還有，他為什麼就連遭年輕人攻擊也不拿起來用呢？無論如何，圭太是個狠角色，也比大多數流浪漢更能自衛。

因為他們有時候會挨揍。

他們現在覺得沒什麼大不了了。年輕龐克喝醉後常到這裡找點樂子。最糟的是被單獨逮到，會被打得最慘。那些年輕人會聯手對付一個流浪漢，對他不停拳打腳踢，一直打到他們沒力為止。大橋第一次挨揍時，他注意到儘管攻擊沒停，但漸漸感覺沒那麼糟，就像度過風暴——風雨終究會減弱。某個東西讓他對疼痛漸漸麻木，或是龐克們漸漸沒力。

無論如何，疼痛在持續毆打中漸漸減輕。最好放鬆身體不要抵抗，可以少斷幾根骨頭。最糟的是被踢斷牙齒。吃東西會變得比較困難。大橋盡可能保護頭部不受攻擊，但一隻腳或一個拳頭或一記手肘會找上他的睪丸。那可是一種全新的痛，從體內蠶食他的胃。

每當大橋出去撿鋁罐，他總是盡可能環顧街道、擷取周遭環境。遇上覺得美麗的風景，他便欣賞其中的事物，觀賞那些令他感到愉快的小東西。清晨升起的太陽一寸寸爬過建築間隙，天空中的薄霧讓遠處摩天大樓的頂端顯得朦朧，雲變幻成貓咪互相追逐的形狀。無論多麼微小，生命對他來說還是有些樂趣。

他也會看路過的人。他盡可能不被發現，而且他經過時，大多數人也都別開頭。偶爾有人盯著他看，彷彿他做錯了什麼事，或是壓低音量說「去找份工作吧」之類的。不過他在街上經過的大多數人都忙著過自己在這大城市裡的孤獨人生。這其中有種令人安心的感覺。

上午十一點，大橋位於新橋區，他已經累了。他從一部自動販賣機買了一瓶咖啡，打開瓶蓋，坐在推車旁邊的地上看世界運轉。兩名計程車司機站在販賣機附近喝咖啡抽菸。其中一人又矮又胖，另一個又高又瘦，但他們都對大橋微笑打招呼。計程車司機總是令他想起他的弟弟太郎（Taro）。太郎現在在做什麼呢？另一段令他滿心羞恥的回憶。

矮胖的計程車司機走過來，把三個空罐交給大橋；大橋對他道謝。短暫休息後，大橋把連同自己那一個在內的四個鋁罐都壓扁，丟進推車跟其他罐子放在一起，接著繼續上路。回到家後，他把推車藏在小巷內過夜，然後去找他的朋友們。

他靠近營地時就察覺不對勁，因為他聽見叫喊聲。他蹲在樹叢裡，像隻貓兒一樣伏低，遠遠查看那些帳篷。有個穿制服的男人伸長手臂拿著隆的娃娃，揪著娃娃的腳。有人被上銬帶開。幾個穿制服的男人扯下帳篷，拉掉藍色防水布，全部堆上貨車車斗。他們撕開紙箱堆成幾堆。

幾個流浪漢在反抗，不過穿制服的男人更強壯、吃得更好，而且也清醒，他們還有伸縮警棍。一個制服男子靠近，漫不經心地甩動手腕把警棍甩到最長，大橋壓抑住喘息，不過他緩緩朝另一方向的抗議男子走去。重擊。抗議男子的膝蓋遭猛力一擊，他癱倒在地。流浪漢一個接一個被拖過營地的殘骸，推上一輛車的後座。但是，慢著，等一下。那不是警車。那是一輛廂型車，沒有警示燈。大橋瞪大眼想看清楚車上的文字。上面寫著**清潔溜溜**（***Clean Sweep***），清楚的黑色字體。

該走了。

大橋奔跑。每次他的腳踏上人行道，他都能感覺到自己的小肚腩在彈跳，還有隨著年紀增長而堆積乳頭下的軟肉也在顫動。他的肌肉暫時忘卻一日辛苦工作的疼痛；那個藍色防水布城市彷彿正經歷慢速逆轉的綻放過程，而他全身所有細胞都致力於遠遠逃離。

奔跑的同時，一段詭異的回憶一直在他腦中播放。中學時的一堂生物課。老師告訴班上同學，如果一個男人或女人原地跳躍，只要他們身體健康，那就只有他們的性器官會彈跳。人體任何其他形式的彈跳都代表多餘的脂肪。一切都該有用處；一切都該是肌肉。他想著營地：它是城市的非必要贅物嗎？是否需要把它移除，就像利用抽脂手術去除身體上的脂肪組織？它是不是已經被切掉、從肌肉上刮除？被消除。接下來，他腦中只剩下在呼吸間依節奏不停墜落的文字：不需要的、不必要的、不悅目的、不動人的、不期而來的、不知名的、不意義的——等等——沒這種說法，但似乎該有才對——

「喂！」某處傳來叫喊聲。他回頭看，但腳下沒停。

「大橋！」

又來了。不過這次清清楚楚是在叫他的名字。他旋過身。

一張熟悉的暴牙臉在巷角窺探。「過來這裡！」

大橋蹣跚地朝暴牙走去。他走近後，一隻嶙峋的手臂把他扯進暗巷，一輛警車駛過，警笛發出尖銳扭曲的笑聲。那種笑話從來就不屬於他們這幾個老男人，也永遠不會屬於。

大橋靠在巷內骯髒的牆上喘氣。

「大橋先生！感謝上帝你平安沒事。」

隆的上帝看顧著他。

「其他人還好嗎？」大橋緩過氣，挺直身子。

「他們抓走島田。」崛看起來雙眼混濁，而且比平常還憔悴。「隆去教堂了，我跑去跟小販買東西喝。我們回來的時候，他們已經開始拆毀營地和抓人。」

隆的上帝顯然不認為值得拯救島田。他或許太渺小了。

「接下來怎麼辦？」崛問。

「說不定可以去教堂避難？」隆滿懷希望地看著他們兩個。

大橋遲疑片刻。「我有一個主意。」他緩緩說道。

「是什麼？」崛渴切地微笑。

大橋吞嚥了一下。「我知道有個地方，我們都可以待在那裡。有很多房間。」

「哪裡？」

「但是你們必須保證會保持安靜。」

「當然，大橋。我們會保持安靜。跟老鼠一樣安靜。」

「好吧。跟我來。」

大橋希望他的聲音沒有透露出他的抗拒。這是個錯誤嗎？

「到底在哪啊？」

崛和隆走進去時，大橋幫他們撐著窗戶。

「小心——先站在那裡，靠牆。我進去再告訴你們怎麼走。」

「好暗噢，大橋。我們在哪？」

「稍等一下。」他腳步往下踏進浴室，輕輕在身後關上窗，只留下一小條縫。

「等等。」

「不關緊嗎？」崛問。

「我有一個喜歡早晨來訪的朋友。明天再介紹你們認識。」

「是女朋友嗎？」崛大笑。

「你明天就知道了。」大橋微笑。

他伸手進口袋拿出一支小手電筒。

「這裡。」他打開手電筒，示意浴室出口的方向。

「天啊！我們在哪？」

「我覺得看起來像sento（錢湯）。這是澡堂嗎，大橋？」

「這是一間舊膠囊旅館。」

「哇！你一直都住在旅館裡嗎？你就像個國王呢，大橋大人！」隆的語氣中是驚嘆尊敬，而非妒忌。

「嘿！你為什麼沒跟我們提過這地方？」崛的聲音因興奮而顯得高亢。「浴室還能用嗎？我想泡一下。」

大橋的手電筒朝崛的方向閃，崛的眼睛眨了眨後瞇起來。

「喂！注意一下朝哪邊照好嗎！」

「噢，抱歉！」大橋的手電筒射向澡堂周遭，照亮灰色舊磁磚和對面牆上的馬賽克鑲嵌畫；馬賽克陳舊粉碎，描繪的是森林、湖泊與雲朵環繞的富士山。好幾個地方的磁磚都已剝落，形成一幅未完成的富士山拼圖。

「這裡沒供水了。」大橋說。「所以恐怕我們不能使用浴室。跟我來。」

他們三人穿越膠囊旅館，花的時間比平常長，因為得停下來讓崛和隆驚嘆廢棄旅館所有鬼魅、有趣的景象——置物櫃的門被扯下合葉，壁紙剝落，地板和走廊蒙上一層厚厚的黑色塵土；全是大橋習以為常的景象。

到膠囊房區後，大橋指出哪一個是他的。崛和隆恭敬地點頭，各自選了兩邊的膠囊，中間都隔著一個空膠囊。他們想要靠近彼此，但大家都需要一點隱私。

「好啦，先生們想來點晚餐嗎？」

「噢，拜託要！你真慷慨。」

「有食物的話要我殺人我都願意！」

他們三個人坐下享用三角飯糰和麥茶的簡單晚餐；這些都是大橋的私藏，由三個人平分。坐在微弱的光線中，每個人的臉漸漸堆起深深的憂愁線條。

「所以。」打破沉默的是大橋。「有什麼打算？」

「我們或許該去教堂？」

「我覺得這時候可能有點危險。」崛說。

「上帝會供養我們——」

「很抱歉，隆先生。但是我的想法跟崛一樣。」大橋嚴肅地說。「我們不知道去教堂安不安全。他們現在說不定跟警察合作。誰知道呢？」

「但是我們要上哪找食物？」隆看著天花板。

「我可以弄到一些。」大橋說。

「夠我們三個人吃？」崛問。

「應該可以。」

「**人不能只吃麵包**。」隆引述道。

「那聖經裡是怎麼說三角飯糰的？」崛問。「想像耶穌嘗試拆開一個三角飯糰。」

就連隆也容許自己笑出來。

那晚大橋早早告退。緊張的一天。他們對彼此道晚安，各自鑽進孤獨的膠囊。懷抱著各自的思緒，他們緩緩遁入睡眠中，憂慮和煩惱譜成的刺耳搖籃曲接連不斷地猛力拉扯汗涔涔的夢境。

每天早晨，一小方一小方光從旅館的高窗滲入。多雲的日子裡甚至根本沒什麼光；不過若是陽光普照的一天，一個個膠囊沐浴在溫暖的光暉中。在那樣的日子裡，貓咪會找尋一塊塊陽光，攤開肚子躺在地板上。

大橋早早起床，走去招呼他的毛朋友；他在地板躺下，因此貓可以跳上大橋的肚子。花斑貓一面用腳爪按壓大橋軟呼呼的贅肉一面搖晃。他輕搔牠的下巴，另一隻手撫摸牠拱起的背。貓咪發出愉悅的呼嚕聲，彷彿紅燈怠速的汽車。他研究貓咪的臉，細看牠淡紅色的下巴和聚積在嘴角的涎沫。那對美麗的綠眸都看見了什麼？一如平常，大橋想起他父親。他父親對貓著迷；無論何時，總是有任意數量的貓在他的書房內打轉。小時候，大橋最喜歡做的其中一件事就是抱著一本落語集窩在父親書房的角落，撫摸貓，保持安靜。

那對綠眸都看見了什麼？這隻貓從哪來的？想像牠知情的那所有祕密和謊言，那所有人類以為無人觀看時幹的好事。

「這是你朋友嗎？」

貓的頭轉向正鑽出膠囊的崛。大橋感覺到貓咪的爪子扣得稍微深了一點，評估著情勢。牠該逃離這名暴牙的男子嗎？還是說，他也跟他的紫頭朋友一樣，會帶鮪魚來？

「別害怕。這是崛先生。跟崛先生打招呼。」

「聰明的小貓。」崛抓搔貓咪耳朵之間，而大橋感覺到爪子縮回。「真是隻漂亮的小貓。看看牠背上的可愛毛色——形狀好眼熟哪。是男孩嗎，還是——」

大門的方向傳來撞擊聲，接著是兩個男人含糊說話的聲音沿走廊朝他們傳來。他沒用過那條走廊。一個高大的人影擠進這個房間，大橋感覺胃一沉。圭太。隆跟在他身後。

「你們這些無賴。你們一直躲在這裡！就像躲在洞裡的老鼠！」

「大橋先生！」隆不安地微笑。「上帝今天早上賜予我們一次幸運的偶遇！」

「麻煩你們，先生們，」大橋站起，放下貓咪，「以後請不要走大門。像我之前帶你們走的時候一樣，從窗戶進出就好。」

「好啦，別急。」圭太晃進一個空膠囊內躺下，當自己家一樣。

「很抱歉，大橋先生。」隆低聲說。「我有請他跟我一起到後巷，但他自己從前門衝進來。」

「沒關係。」大橋靜靜地說。

「你們在說什麼悄悄話？」圭太在膠囊內吼道。

大橋一掌蓋住臉。

「有東西吃嗎？我餓死了。」圭太探頭問。他朝貓點頭。「那隻髒貓是誰的？」

大橋從他漸漸消減的私藏中撈出食物，全部平分，然後餵貓。他很快就需要向誠要更多食物了。

那晚，大橋回來便遇上吵鬧的場面。

他爬進窗戶的時候就覺得不對勁，在旅館外便聽見說話聲和笑聲。他走向他們時，聲音變得越來越大。

有人在房間中央點燃一個小火堆，一大群人站在劈啪的火焰旁。他看見圭太正就著一大瓶燒酎咕嚕咕嚕地豪飲，還有些大橋從來沒見過的人。他們都站在火旁興奮地高聲說話。隆和崛也在，他們開懷大笑。當他們抬頭看見大橋，笑容隨即消失，取而代之的是尷尬的難為情。

「瞧瞧誰來了。」圭太醉眼斜睨大橋。

「先生們，我可否問問這裡是在做什麼？」大橋對著隆和崛問。

「只是小小的聚會而已。」隆說。

「跟你又有什麼關係了？」圭太嘲弄道。

「嗯，這也是我家。先是我的家的。」大橋說。「希望你們能稍微尊重一下這件事。」

「你家。」圭太嗤之以鼻。「真有錢哪。你只不過是意外找到一棟空建築而已。誰都可能找到。看看他，包著那條做作的手帕，一副自己是城堡裡的國王的樣子，唯一的朋友是一隻蠢貓。」

其他人哄堂大笑，就連隆和崛也一樣。

「嗯，如果你們能壓低音量，我會很感激的。要是有人來發現我們，那可就不好了。」大橋直朝著他的膠囊走去。

「來啦，大橋。跟我們一起喝一杯。」崛低聲說。

「不了，謝謝你。我累了。」

大橋鑽進膠囊，拉上布簾，坐好重讀他那本已經翻爛的《細雪》（***The Makioka Sisters***），不理會外面的喧鬧。

「嘿，大橋。」是圭太。

大橋放下書，對著布簾沉下臉。如果他不出聲，那傻瓜或許會離開。

「大橋。」

「什麼事？」

圭太拉開布簾。

「聽著，我很抱歉。不是故意要這麼無禮。給你。」

圭太遞出裝在缺口玻璃杯裡的棕色透明液體。

「這是什麼？」大橋擔心地打量圭太的臉。

「你的最愛，麥茶。」圭太微笑。「你可以在裡面配你的書喝，也可以出來跟我們一起聊聊。隨你囉。只是想求和。」

「謝謝你，圭太。你真好心。我或許會過去加入你們。」大橋鑽出膠囊，從圭太手中接下那杯茶，接著他們一起走出去找其他人。

崛正在說一個有關一名武士和一名僧人的笑話——快說完了——因此大橋安靜坐著聆聽。這是個好笑話，不過崛說故事的技巧達不太到大橋的標準——時機都錯過了，而且太多東拉西扯。崛終於說出笑點，所有人再次哄堂大笑。隨著喧鬧聲迴盪，大橋覺得他的胃緊張地縮起，想像著印有黑色文字的廂型車在附近的街道上徘徊。他伸手拿起差點被他遺忘的杯子，啜飲一口麥茶。

那味道。

他幾乎要吞下去，但卻吐了出來。他拋下杯子，杯子在地上摔個粉碎。他全身顫抖，怒火在體內燃燒。因自己所作所為而生的怒火，因那味道迫使他做出那種事而生的怒火。對他家人，對他自己，對他的人生。他自己的錯。他看著圭太；而圭太笑得猛打嗝。

「我要殺了你。」大橋用低沉的聲音說道。

圭太還是笑個不停。

大橋撲向圭太。崛靠上前，一隻手試著放在大橋的手腕上，但大橋把他甩開。大橋的雙手握住圭太的脖子，緊緊捏住。好多手伸過來拉他，但他們沒有力氣阻止他。他用他先前一直隱藏起來的所有恨意、懊悔與絕望捏了又捏。他看著圭太的臉由紅轉藍，他還是繼續輾壓、緊握。

要不是一股鐵般的力量扯開他，他本會繼續下去；他的雙手被固定在他身後，有東西把他從圭太身上拉開，他看見圭太大口大口喘氣。他感覺到冰冷堅硬的金屬銬上他的雙腕；當他抬頭，他只看見藍。藍色的制服，穿在無臉的人身上，他們擠在他身旁、聳立在他身邊，怒目而視，斜眼覷看。當大橋朋友們的臉漸漸清晰，他們的表情中有恐懼，但他們是害怕藍色制服？抑或是害怕大橋本身以及他打算做的事？

「他……他……想殺我！」圭太的嘴脣邊緣泛紫，鼻孔擴張。

「把他們都登錄在案。」陰影中一個響亮的聲音說道。「然後把火滅了。」

他們被又推又拉胡亂塞進廂型車後車廂。他們在黑暗中彈跳，大橋凝視黑暗。

「早安。」

大橋睜開眼，對著前方模糊的人形瞇起眼。

「給你。」一個人端了一杯熱氣蒸騰的咖啡給他。「喝吧。」

「謝謝你。」大橋小心接過馬克杯，另一隻手揉揉眼睛。他的身體因為睡在監牢裡的硬長凳上而發疼。

「給你一分鐘清醒過來，不過我得帶你去訪談室。」

大橋抬頭，看見一個年輕警官站在打開的牢房門口。他看起來大約二十五、六歲，相貌和善。他有點讓大橋想起誠。大橋將冒煙的咖啡端到唇邊，喝之前輕輕吹氣。

「我在哪？」大橋問。

「待運站。我們只是需要快速對你做個訪談——實際上只是個形式——之後你應該就可以自由離開了。」

「謝謝你。」

「走吧，先生。我們還有一大堆人要訪談，不想延誤時間。你可以帶著你的咖啡。」警察示意打開的門。

大橋起身，腳步遲疑地跟著警察穿過走廊。牆壁反射他們的腳步聲，聽起來就像他在人行道上用鐵棒敲打鋁罐的匡啷聲。這聲音在他的胃深處共振，令他隱隱作嘔。

訪談室頗為樸素：黃牆、中央一張桌子、頭頂一條燈管、桌子兩側兩張面對面的椅子。警官示意大橋坐下。

「在這裡等。很快就會有人來跟你談。」

他啜飲咖啡，注視著牆，納悶著自己會怎麼樣。門打開，打斷了他的白日夢，一名年長的警官帶著幾張紙走進來。

「你好。不，不用站起來。我的名字是福山（Fukuyama），有幾個問題要問你。」

「很高興認識你，福山先生。」大橋略為鞠躬。

警官坐下，拿著筆懸在一份準備就緒的表格上。「好，最重要的先來。你身上有任何身分證明文件嗎？」

大橋搖頭，低頭看地板。

「沒關係。我們一起把這張表格填完就好。貴姓？」

「大橋。」

「大名？」

「一郎。」

警官點頭並潦草寫下。「年齡？」

「六十四歲。」

「職業？」

「呃……我想……」

警官抬頭。「你有工作嗎？」

「呃，我撿鋁罐，但是我不覺得……」

「嗯……就算資源回收吧。雇主的姓名？」

「我不算有雇主……」

「嗯。寫失業好嗎？這樣可能比較簡單。」

「好的。」

「地址？」

「嗯，呃……」

「露宿？」

「可以這樣說。」

「不成問題，大橋先生。可否提供家人的住址呢？任何親戚都可以。噢，還要他們的電話號碼。我們需要打電話請他們來接你。」

「呃……」

「任何親戚都可以，大橋先生。」

「我沒跟任何人連絡了。」

「聽著。」警官拿下眼鏡按摩眼睛。「大橋先生，我真的了解這對你來說有多艱難。你可能跟親戚失和，可能再也不想跟他們說話。我完全了解。但我們需要你給我們這項資料，這真的非常重要，否則……嗯……」

「我有個弟弟。」

「太好了！」警官看起來滿懷希望。「他的地址是？」

「我好幾年沒跟他說過話了。」

「你知道他的地址嗎？」

「應該吧。」

「很好。請寫在這裡。」警官把一枝筆和一小張紙滑過桌面給他。

大橋多年前曾造訪那棟位於中野的房子，他寫下該處地址。他記得曾在那裡與家人相聚，他跟弟妹打招呼、跟小姪女玩。弟弟太郎總是那麼滿足。錢不多，但跟美麗的妻子在一起是那麼幸福，還有他那個開朗的女兒涼子（Ryoko），以及庭院裡的櫻樹。太郎原本的成就可能遠不只是當個計程車司機而已。他總是寫著那麼美好的詩，有如夢幻，而且想像力豐富。父親是如此為他感到驕傲。

大橋曾在那株櫻樹下為兩家人演出不公開的**落語**表演。想到那時的觀眾，他的眼裡冒出一滴淚：有弟弟太郎、弟妹、姪女涼子，還有大橋自己的妻女。他還記得他說故事時他們臉上的笑容。不過當他的表演變得越來越粗暴，父親就不再來了。太郎會對現在的他感到多麼羞恥啊。

他將紙片交還警官，警官看了看後快速推過來。「也請寫下他的全名。」

大橋寫下**大橋太郎**四個字。

「你的筆跡很美，希望你別介意我這麼說。好了，我去確認一下。放輕鬆，一切都會沒事的。」

經過這麼多年，用這種方式跟弟弟重新接上線也太糟糕了。他心不在焉地拿起咖啡杯，貼著嘴唇往後傾，不過只得到沉積杯底的冰冷粉渣，在嘴裡留下苦澀的味道。

大約十分鐘後，警官和一名身穿西裝的男子一起回來。大橋發現自己立即討厭起那人。很難確切說出原因，不過他儘管費了一番心思表現出和藹可親的模樣，卻有種不可靠的感覺。其中一個原因是他以大橋不贊同的那種方式用髮膠抓出刺蝟頭。他這番過度殷勤的外表有點讓大橋想起那個針對廣島和長崎說出可怕言論的教堂牧師。

「大橋先生，恐怕有個壞消息。我打電話去你剛剛給我地址的那個地方，很遺憾，你弟弟現在不住在那裡了。現任屋主說不出他搬去哪，我們也無法取得他新住處的資料。」

「噢……」

「好，大橋先生，能否請你努力想想還有沒有其他親戚，任何親戚都好。遠房叔叔、表親，誰都可以。」

「沒其他親戚了。」

「想啊，大橋先生。這很重要。」

「很抱歉，但真的沒其他親戚了。」

警官嘆氣。「好吧，那我只能宣告你『無固定居所』，並把你交給這位先生，大橋先生。」

「很高興認識你，大橋先生。不用害怕，我們會照顧你。」過度殷勤的男人露出屈尊的微笑，眼神在大橋和警官之間來回，彷彿在看兩個欠缺球技的小孩打網球。

「很抱歉，大橋先生。我們無能為力了。」警官起身離開。

大橋被移交給穿西裝的男子；這人在警官空出的那張椅子坐下。

「好了，大橋先生。我們會帶你去我們的設施，離這裡不遠，對你來說會是一個美好的新家……」

大橋聆聽冗長又迂迴、用意在於欺瞞的說明。不過他看清真相——他們要偷走他最後的塵世所有物：他的自由。

貓咪輕輕沿小巷走向旅館的窗，接著慢下腳步。空氣中有什麼不太一樣，一種味道——煙味？不對勁。浴室的窗依然開放，因此貓咪溜進去。

牠安靜地穿過走廊；隨著貓穩定地快步前進，怪異的味道越來越濃。接近膠囊時，牠看見被撲滅的火堆殘骸，此外空無一人。寂靜，被緊張的喵叫聲打破。

紫頭人不在他床上。他的東西不見了，但他的味道還在。

貓哀鳴。

紫頭人去哪了？

早餐在哪？

貓等待幾分鐘，打了一個大呵欠，沿來時路緩緩離開。

牠在巷弄間漫步，肚子咕嚕咕嚕響，找尋著食物。牠的步態中有一種不安感，隱隱暗示被打破的慣例。牠會想念紫頭人。不過牠知道牠總會沒事的。這座城市是牠的朋友。這座城市會供養牠。

紫頭人的頭不再是紫色。

他們拿走他的大手帕，要他穿上橘色連身衣，帶他去他的新家。門在他身後關上，他注意到這小房間比他已漸漸習慣的膠囊大了一點兒。地上鋪著榻榻米，擺著兩張床墊。其中一張床墊已有人占據，一個蓋著毯子大聲打呼的龐大人形睡在上面。這一個膠囊肯定比他習慣的那一個乾淨，也比較大，但這一個的窗上有鐵條，門上有鎖。

大橋癱在空著的那個床墊上，嘆了口氣。就在這個時候，毯子下傳來的打呼聲停了。大橋看了一眼；毯子下拉露出一隻懶洋洋的眼睛；大橋嚇得一縮，那隻眼睛瞪大。

「噢，是你啊。」毯子下傳來低沉的說話聲。

「你好，圭太。」大橋嘆氣。

「還沒原諒你喔。」圭太推開毯子坐起。

「我也還沒。」大橋從緊緊抿起的唇間擠出這四個字。

「無論如何，我們到底在哪？監獄嗎？」圭太打呵欠，揉揉眼睛。

「我不認為是監獄。警察不是釋放你了嗎？」

「我看就像監獄。」

「嗯，並不是。」

「好吧。不需要怒髮衝冠。」

大橋伸手放到他的頭髮上。少了大手帕，禿頭的地方露了出來。

「如果你繼續像這樣對我說話，圭太先生，那我就不說話了。」

「試圖殺我的人居然說這種話。」

「我沒有試圖殺你，圭太。」

「有。」

「嗯，你也不該做那種事，對吧？」

「只是開開玩笑而已。要是知道你會像那樣發瘋，我就不開玩笑了。」

「聽著，圭太。我不想跟你一起待在這個房間裡，我假設你也不想。但我們就這件事而言並沒有決定權。我們不如忘記先前的事、向前看如何？」

「正合我意。」

大橋閉上眼。

「我可以幹掉一些清酒。」圭太咕噥道。

大橋想了想。他沒有告訴圭太，他頗確定這裡不會有任何清酒。他們兩個安靜地躺著，習慣這個詭異又無生氣的新家。

「啊。」

大橋看著另一張床墊上的那團毯子。圭太不舒服地扭動，他的床單明顯被汗水浸溼。

已入夜，燈火將熄，大橋聽見警衛的皮靴在走廊上發出嘎吱聲。這不是監牢，家人隨時能來探訪並接走居民；不過每天晚上在他們坐下享用自助晚餐前，穿西裝的管理員田中（Tanaka）總會語氣一本正經地宣告：「對你們這些傢伙來說，待在這裡比待在街上好多了。你們在這裡很安全。」

才過幾天而已，但是這裡的食物很糟，比教堂給的稀粥還難吃。要是被管理員發現你在自己盤子裡挑挑揀揀愛吃不吃，你可能會被瞪，或是更糟，被記過，因而喪失特權，不能再去設施裡那座滿是小卵石的庭院。大橋趁用餐和庭院時間找過隆和崛，但沒看到他們。他們說不定在其他樓層，而不同樓層似乎輪流使用各種設施。

窗戶都裝上鐵條，這只讓大橋想起陽光穿透舊旅館骯髒的窗，他跟貓一起在柔軟的一灘灘光暉中玩耍。他的貓現在在哪？他想念她。夜晚對他來說是一種解脫，因為他可以忘卻自己身在何處，就算只是暫時忘記也好。只不過圭太又開始呻吟了。

「你還好嗎？」大橋問。

「別管我！」

「怎麼了？」

「他們這屎坑裡怎麼可能一點酒也沒有？」

「來，喝這個吧。」大橋倒一杯水給圭太。

「滾啦。我不需要你幫忙。」

「喝下去。你很快會覺得好一點。」

「你怎麼知道？我不喝酒非常感謝先生。」

「我以前喝，圭太。喝得比你多太多了。我戒掉了。」

圭太拉下毯子，懷疑地打量大橋。他的額頭冒出一顆顆汗珠。

「你確定會好一點？」

「確定。只要幾天的時間，感覺很糟，我知道。不過你很快會覺得改善許多。但你還是要多喝水。」

圭太伸出一隻顫抖的手，試著從大橋手中接過杯子。

「該死。」他差點打翻。

「來，讓我幫你。」大橋小心地把杯子拿到他唇邊。

圭太看起來像個小小孩，可憐兮兮地大口喝水。

「睡一下吧。」

他們關燈，只留下淡淡一抹光。

圭太又叫醒大橋之前，他幾乎已經睡著。

「嘿。」

「怎麼了？」

「你醒著嗎？」

「你覺得呢？」

「抱歉。我吵醒你了嗎？」

「睡吧，圭太。」

「睡不著。」

「怎麼回事？」

「腦袋就是轉個不停。」

大橋哼了一聲。「那就停下來啊。」

「沒辦法。」

「那你可不可以安靜地轉？」

「抱歉。」圭太安靜了幾秒。「但是你從來不會這樣嗎？」

「哪樣？」大橋掀被坐起。

「腦袋轉個不停啊。回想你這輩子做過的每一個決定，看見的都是錯誤。你做了某些事，而那些事把你帶到現在這番處境。」圭太凝視空中，彷彿正看著某個大橋看不見的東西。「如果你有幾件事採取不同的做法呢？如果你就是做了比較好的決定，你的處境因而變得比現在好。」

大橋癱倒回去，翻身面對另一邊，但沒說話。

「又或者，」圭太說，「我們只是運氣不好。」

「我知道我不是運氣不好。」

「為什麼？」

「我曾經是世界上最幸運的人。」

「怎麼說？」圭太稍微撐坐起來。

「我家境好，有個慈愛的母親和鼓舞人心的父親。」大橋吞嚥了一下。「後來還娶了美麗的妻子，生下可愛的女兒，也獲得夢中的工作。」

「發生什麼事？」

「不重要。」

「是酒的關係嗎？」

「我不想談。」

「隨便你。」圭太停了一會兒又接著說。「我知道我犯了錯。我父母叫我不要加入極道，但是我當時又年輕又蠢，滿腦子只想著要看起來很酷和做愛。我記得我去淺草紋身，只為了讓一個女孩印象深刻。以為加入極道就可以名利雙收。她到頭來還是跟別人走了。說他更體面。你永遠贏不了他。」圭太嘆氣。「早該聽我父母的話的。極道並沒有像他們說的那樣照顧我。只要犯幾個錯，兩根手指，被踢出去。沒人想再讓我加入他們的家族。」

「沒這回事，圭太。」

「有。我知道我粗魯又討人厭。大家都不喜歡我出現在附近。」

大橋在床墊上動了動，轉頭朝圭太龐然身軀的黑暗輪廓看去。「你是我們的一分子，圭太。我、島田、隆和崛。我們現在是一家人了。」

圭太頭部的輪廓轉而朝向大橋。「真的嗎？你說真的？」

「當然。」不是真的，但只要讓大橋睡，要他說什麼都可以。

「謝了。」

「沒事的，圭太。我們休息了好嗎。」

一陣短暫的停頓，接著圭太半夢半醒地柔聲說起話來。

「你的妻子和女兒一定都還愛你，大橋先生。」

大橋嚥下喉嚨中一個突如其來的團塊。

「晚安，圭太。」

那一晚，就跟其他許多夜晚一樣，他夢見東京。

但有所不同。他推著他的推車走動，不過天空是紫橘雙色，街道舉目所及空無一人。他走在滿是綠鏽的頹圮摩天大樓之間，看見遠方靠近海灣的建築下陷。大地震動，建築倒塌消失。這叫作液化。接著地震止息，一切回歸平靜。

電車在軌道上生鏽，車上空蕩蕩的。便利商店看似曾遭掠劫，食物從架上灑落，掉到街道上，但都腐敗、不能吃了。空咖啡罐堆積如山，到處都是廢棄物和垃圾。但是沒人。

他不停地走，直到迎面遇上他的朋友，那隻貓。

「跟我來。」貓說著跳上高牆。「來啊。」

「沒辦法。」

「你可以的。試試看用四隻腳，而非兩隻腳。四隻腳比較好用。」

他雙手和膝蓋著地，果真，他變得比用雙腳輕盈、靈活。他跳上牆，來到貓身旁。貓看起來沾沾自喜。他在另一隻貓的眼中看見自己的倒影。他自己也成了貓，他們不需要以言語溝通。

他們一起翻越屋頂，爬上頹圮中的摩天大樓最高點。他們爬樹、溜進狹小空間、追老鼠，還在空蕩蕩的街上賽跑。

城市屬於他們。

「她們怎麼了？」

「誰？」

「你妻子和小孩。」

大橋忽略這個問題。

「你那小孩是個女兒，對吧？」圭太不放棄。

大橋快速瞥了圭太一眼。他沒在這問題中察覺任何惡意，但他還是不想回答。

「能聊別的嗎？」

「你為什麼老是閃避？」

「閃避什麼？」

「談你的過去啊。」

「因為那不干你的事，圭太。」

「難怪她們離開你。」

「你說什麼？」

「我說，難怪她們離開你。」

「你太過分了。」

「怎麼？你什麼也不談。你只是一個高傲的老傢伙，自以為比所有人高尚。我再也受不了了，跟一個自負的老討厭鬼關在一起。」

「那我呢，跟一個愛發牢騷又被極道退貨的傢伙困在一起。」

「下地獄吧，老傢伙。」

門上傳來重擊聲，並精準地同時打開。

「如果你們打算闖進來，那敲門還有什麼意義？」圭太抱怨道。

「圭太，別吵！」大橋說。

一名表情陰森的男子繃著臉站在門口。「哪一個說的？」

「他。」圭太手指大橋。

警衛看著大橋。「注意言行，自以為是的傢伙。」

「我沒有——」

「我不想聽。你們兩個都被記過，明天不准離開房間。」他甩上門，重歸寂靜。

「混蛋。」圭太低聲說。

大橋翻過身，但氣得睡不著。

一會兒後，他坐起，擺出熟悉的姿勢。「好吧，圭太。你想聽故事？我就來告訴你一個故事。有一個名叫大橋的人，他曾擁有一切，但又失去一切……」

大橋端正地坐在他的床墊上，膝蓋疊在身下，雙手舉在前方，端起過去身為**落語師**的驕傲姿態；他永遠都會是**落語師**。

至少，永遠沒人能把這從他身上搶走。

——快打旋風二（Turbo）

凱爾舞臺 Guile's Stage／音速爆擊 Sonic Boom／虎式上鉤拳 Tiger Uppercut／瑜伽之焰 Yoga Flame／瑜伽之火 Yoga Fire／倒旋鶴腳踢 Spinning Bird Kick／波動拳 Hadoken／昇龍拳 Dragon Punch／第一回合 Round One／開始 Start

「你不覺得他看起來跟塔爾錫（Dhalsim）一模一樣嗎？」京子（Kyoko）密謀般對著我耳語，身體也靠向我。

我感覺到她炙熱的呼吸吐在我脖子上，一縷香水味蓋過充斥卡拉OK包廂的香菸和廉價酒味。在這之前，她沒對我說過任何一句話。我們在一家公關公司的同個辦公室共事一段時間了，然而這之間對對方說不超過一個字。工作時，她的視線總是直直穿透我，我對她也不曾有過其他想法。彷彿在這一刻之前，我們對彼此來說都是隱形的。

我把頭轉向她所指那男人的方向。他一隻嶙峋的手端著一杯燒酎，另一隻手拿著麥克風。

「不好意思？」我其實聽得很清楚，只是不太能相信她真說了這句話。

「噢，少來了，誠君！塔爾錫啊！你知道的，快打──」

「快打旋風二。我想妳說的是這個。」

「你不覺得嗎？」她問，這次伴隨著輕笑。

我又看著那男人。他含糊地唱著歌詞，光頭晃來晃去，不時把酒灑到睡在他身旁的女孩身上。一經她這麼說，沒錯，他確實很像。他臉上完全就是塔爾錫會有的表情。吐火的畫面。你用上鉤拳把他往後打，就在他昏過去之前，他就會露出那個表情。

「瑜伽之焰。」我說。

她的酒從鼻子噴出來。「別說了啦！」

「我不知道妳有在玩。」這句話沒說出我預期的效果。我原本希望呈現出一種歡樂友好的驚訝，不過實際聽起來卻像我是個怪咖。

「噢我沒玩啊。」她輕啜一口酒，看著跑過卡拉OK電視螢幕的歌詞。「嗯，只玩快打旋風二啦。」她的嘴角上扯，露出一個歪斜的笑。「罪惡的歡愉。」

「哪一個？他們出了幾款。」我坐得挺一點。

「Turbo。」

我靠得更近一點。「妳什麼時候玩的？」

「我哥哥有一台超級任天堂，我們小時候會玩。」電視的光映在她的眼睛上，散發濕潤的反光。

「嘿！你們兩個！你們在聊什麼？」直屬上司龍（Ryu）鑽過塔爾錫身旁，過來坐在我和京子之間。他聞起來像穿著他的西裝睡了一週，而且一如往常，襯衫上有醬油汙漬。他轉向我，含糊地說：「誠，你在騷擾她嗎？」然後一手環住京子。「小京子！點首歌吧。妳整晚都還沒唱呢。像妳這麼漂亮的女孩，聲音一定跟天使一樣。」

「噢，龍君。你知道的，我不喜歡唱歌。」她從一大瓶結霜的麒麟倒了一點啤酒到她的空杯子，用一條從她手提包拿出來的小手巾仔細抹掉手上的水珠。「你的聲音好……有男人味。何不再為我們唱一首呢？」

我點燃一根菸，看向另一邊。

這些夜晚的工作聚會好令人厭倦。如果可以像那個美國女譯者芙珞（Flo）一樣擺脫他們就太棒了。她只說覺得不舒服，所有人就放過她了。我為什麼不能比照辦理？悲傷的事實：因為我是日本人。突出的釘子是會被敲進去的。

不過在工作聚會時，沒人有機會跟其他人聊天或彼此認識。我們從頭到尾就只是喝個爛醉和唱卡拉OK。然後我們得聽老闆們單調地說他們有多偉大、當他們剛進入公司時，工作比現在艱難多了。我們的日子有多好過，巴拉巴拉巴拉。沒記錯的話，他們才是在泡泡裡過好日子的人。我這代從一開始就被搞砸了。

麥克風現在來到大老闆手上。他正用尖叫的方式唱出衝擊樂團（The Clash）的〈倫敦呼叫〉（***London Calling***）——名副其實地在謀殺這首歌。他看起來像個超大尺寸的寶寶，小綹頭髮在他光禿的腦袋上拍打甩動。聽起來根本不像英文。我坐在那裡，該點頭就點頭，該微笑就微笑，該大笑就大笑。把自己喝到不省人事。我真正想做的事是他媽離開這包廂回家睡覺。不過現在我忍不住一直想著京子剛剛說的話。她小時候玩快打旋風二。

而且竟然是Turbo。

我現在真的、真的好想玩一場快打旋風二Turbo。

這晚像一個錯綜複雜的句子一樣溜走，雞翅、薯條、三角飯糰、啤酒和泡菜是其中的標點符號。燒酎加冰塊、燒酎加烏龍茶。播到〈嘿，朱德〉（Hey Jude）時，一個討人厭的傢伙脫去長褲，拿著鈴鼓在我耳邊死命敲打，我感覺得到我的耳鳴與音樂同步漸強。

我忍不住一直偷喵京子。她身穿粉色圓領毛衣、奶油色長褲，長髮披肩。她是不是通常都綁馬尾？是什麼改變了？我喝醉了嗎？我是說，她是個美麗的女孩。對我這樣的人來說太美了。我總是把她想成一般粉領，午餐時間和其他粉領聚在一起聊購物、化妝，或各種女孩話題。別弄錯我的意思，男孩也談各種瘋狂的話題，例如棒球和 ***kyabakura***（酒店）。我受不了這種狗屁——大家總聊著他們認為他們應該聊的話題，以免顯得自己在社交方面很笨拙。

一定是剛剛京子對快打旋風二那番言論的影響，因為現在我滿腦子只有跟她打一場。

然後把她打成泥——當然是在遊戲中。

我看著她啜飲啤酒，安靜地隨大老闆唱 U2〈有你或沒你〉（With or Without You）而點頭，我開始幻想跟她打一場快打旋風。

她可能會選用春麗。我當然選肯。我們會去美國的凱爾擂臺，因為那裡的音樂最酷，背景一架噴射戰鬥機，旁觀者看起來像在打手槍。音樂響起（那調子配什麼都搭），主持人會說「第一回合。開始！」時間開始倒數。

她說不定會搶先出手，快如閃電，火球直朝我飛來，我則接連對她使出**波動拳**。我是個有耐性的玩家，樂於丟丟火球，等待她犯下所有人一段時間後都會犯的致命錯誤。她會越來越煩躁，決定是時候發動攻擊。她會躍入空中，準備對準我的頭重重一踢。所有旁觀的人多半都會想：「肯要死了。遊戲結束。他的頭要飛起來了。」

他們的想法不算錯得太離譜。就算是快打旋風的女性狂熱愛好者也會擔心我拖太久，認為我早該反擊、格擋，或是躲開攻擊。但那是因為我向來非常擅長一件事（而每個人應該都要有自己擅長的一件事，對吧？）。相較於所有跟我對戰過的玩家，我向來能夠以比他們都快的速度順利完成肯的最強招式。如果我生在以前，我說不定會成為以快速拔刀而聞名的武士（像是電影《大鏢客》（Yojimbo）裡的三船敏郎），或是我如果生在美國的舊西部，我會成為像是布屈·卡西迪（Butch Cassidy）的人物（還是日舞小子（Sundance Kid）比較快？）。

好啦，所以她出招了，衝著我的頭飛來，接著我的大拇指動得超快，你會聽見小鍵盤的喀喀聲，眼睛根本追不上我的動作，不過實際上發生的事是：

→↘↓↘→**加重擊**

肯衝上空中（他朝兩側移動的距離稍微比隆遠一點，因此我才選他），拳頭化為一團火焰。這一拳正中她的大腿，她被打中臀部往後飛。我再一記強大的飛踢把她踢倒，她要站起來時再給她來個一樣強大的掃堂腿，又把她打倒。她會震驚地站起來，星星（或小鳥）繞著她的頭盤旋，然後我會使出肯的翻滾拋擲，把她丟上空中。春麗落地時會滑行，揚起塵土，直到她終於停下，這時時間減慢，整個螢幕開始震動。然後肯舉起拳頭擺出勝利姿態，我的分數在螢幕上不停增加，總共三萬分，這時主持人的美國腔進來：「你贏了！完勝！」

我不知道這會達到什麼效果。她會不會感到印象深刻之類的。用這種方式絕對交不到朋友，我知道。

我又偷瞄她一眼。她現在真的勾起我興趣了。

她打輸時會怎樣？她是那種發脾氣、把手把丟在地上、悶悶不樂的人嗎？還是會在下一次對決時試圖讓我分心，藉此打敗我？她說不定是脾氣好的輸家。她說不定最後泰然面對輸贏，反倒因為保持冷靜而激怒我。

不過我倒是有一件事能夠確定：她永遠贏不了。除非我讓她。

好吧，無論最後會怎樣，我知道我必須跟她玩一場。

這些卡拉OK派對的結尾幾乎比派對本身還糟糕。

夜晚正年輕，我們對澀谷來說卻已經太老。我們圍成一圈站在這家招財貓複合式卡拉OK店外，尷尬地等著看接下來會發生什麼事。在這樣的時刻裡，沒人老實說出自己接下來要做什麼。有人想溜回家，但他們不希望別人知道他們想這麼做。其他人則是盡可能努力不表現出他們有多想繼續喝、接著續攤***nijikai***（二次會）；他們或許是想，如果他們表現出他們有多想續攤，風向卻跟他們的想法不一致，這會反映出他們在團體中受歡迎的程度。誰知道呢。

我有其他想法。我站到京子身旁，試圖抓到引起她注意力的最佳時機，但又不引起其他人注意。***tejime***（拍手賀成）的時刻慢慢逼近，我需要找到方法跟她聊起來。

「感謝各位今晚出來聚會。」塔爾錫今天扮演派對規畫者的角色，他的四肢熱情地揮舞，光頭映照出澀谷的霓虹燈。「我很肯定大家都同意今晚是一次大成功。現在我們該為今天畫上句——」

「啊啊啊啊啊啊啊啊！」我們全部轉身看著大老闆。他手臂大大張開，對著夜空發出刺耳的原始尖叫。「啊啊啊啊啊啊啊啊！」他像森喜剛（Donkey Kong）一樣捶打自己的胸膛。

「大老闆，你還好嗎？」塔爾錫一臂伸長，一手放在他肩膀上。

大老闆抖掉他的手。「***Baga yaro***（笨蛋）！」

「大老闆！」有人大喊，所有人都緊盯著眼前展開的這一幕。

我把握機會。「京子！」我低聲說。

她的目光緩緩從這場戲轉到我身上，呆滯地看著我。

「京子，我在想……」我扯鬆領口。「如果妳想，不過妳不想的話，我也完全理解……」

「是？」她猜疑地打量我。

我得加快手腳。大老闆抓住其中一個新到職女孩的肩膀，輕輕用膝蓋撞她臀部，假裝揍她。所有人手忙腳亂試著阻止他（在不僭越的前提下），斷斷續續傳來關切叫喊「大老闆！請住手！」的聲音；公司的頭頭不停膝擊新到職的女孩，還對著天空發出不明所以的尖叫，那女孩嚇呆了。

「京子，妳要不要跟我一起玩快打旋風二？」

「去哪玩？」她挑起一邊眉毛。

「遊樂場。我確定附近一定有。」

一陣咳嗽聲，她別開視線，朝塔爾錫的方向點頭；他成功中斷這場鬧劇。大老闆奇蹟般地平靜下來，現在所有人又站成一圈，雙手舉起，都期待地看著我。

「噢，不好意思。」我也舉起雙手，接著所有人一起拍手賀成。

於是就是這樣。

今晚沒有快打旋風二。

我們圍成的圈破開後，我原本打算回家，不過看見京子還留在原地等二次會，我也決定留下來。我們走向一間***senpai***（前輩）極力推薦的酒吧。我抽著菸獨自前進，這時感覺到肩上一扯，硬生生被拉進一扇門的陰暗處。

「搞什——」我轉身，看見京子一根手指抵著脣，一隻手摀住我的嘴。

我們兩個在陰暗處看著其他人魚貫經過，興奮地閒聊八卦，朝酒吧走去。最後一個人也走掉之後，京子的手離開我的嘴。

「來吧。」

「去哪？」

「這裡。」她走向我們身後的雙開門，而門自動滑開。

門一打開，我隨即聽見殭屍爆炸、威力提升、超級跳躍、強力衝擊，以及衝擊波攻擊的聲音。我跟著京子走進去，進入遊樂場勢不可擋的明亮帶狀燈光中。一道多彩的像素在我們身旁閃爍，將我們沐浴在綠紅藍三色中。喧天的聲音效果之上，卡莉怪妞的音樂以更大聲的音量透過高掛牆上的巨大喇叭持續放送。我們沿成排的太鼓達人與吉他彈手前進；他們為我們經過的那些舞動騷亂和烏茲掃射敲出純粹的節奏。京子看起來來過這裡。她目標明確地直接走向最遠端角落裡一部看來老舊的投幣式電玩。

她在機器前停下腳步。「這裡。」

「哇！古董耶。」我的手伸向零錢包，拿出兩枚百元銅板。

「不對。」她舉起一隻手。「你要去那裡換代幣。」她指著牆邊的機器。

「沒問題。」我像個大人物一樣昂首闊步走過去，塞進一張千元鈔票，抓起滿把代幣。「這樣應該夠了，對吧？」我把代幣交給她。

「太多了。」她把代幣放在機台邊上，握著兩枚代幣蹲下一個接一個投入投幣孔。

機臺發出熟悉的勝利音樂，顯示兩條命。我讓她選左邊，我則是右邊。我們站在一起，距離好近；我不確定是不是我在幻想，不過我覺得我們的身體有些部分幾乎相觸。我有一種詭異的興奮感，幾乎就像有電流在我們之間跳躍。

「準備好了嗎？」她看著我，一隻手懸在一號玩家的開始鈕上。

「當然。」我把我的手放上二號玩家按鈕；摸起來有點黏黏的。

「數到三。」她深深吐氣。「一、二、三！」

我們同時按下按鈕。

螢幕凍結，轉白，接著出現四個字。

遊戲結束

「搞什麼啊！」我捶打機臺側邊。「別鬧了！」

「沒關係啦。」她輕聲說。「一定是壞了。」

「可惡。可以找誰客訴啊？」

「沒人可找吧。」

「該死。虧我那麼期待。」

「算了啦。」

「剩下那麼多代幣要怎麼辦？」

「可以玩其他遊戲？」她快活地說。

「但是我想玩快打旋風……」我聽起來像個發牢騷的小鬼。

她拉起粉紅色毛衣的袖子，朝一只銀色小腕表看了看。「有點晚了。」

「是啊。今天就這樣吧。」我感到挫敗。

遊樂場的聲音和玩家高呼叫喊的聲音充斥我的耳朵，我突然覺得噁心。閃爍的光和刺耳的音樂讓人受不了。

「我們出去一下好嗎？」我邁步朝外走。

「那這些代幣怎麼辦？」她問。

「放著吧。」我揮揮手，繼續往外走。

來到外面，我靠著牆大口大口呼吸新鮮空氣。

「你還好嗎？」滑門在京子身後關上。她站在那兒，外套整齊疊好掛在手臂上。

「嗯，我沒事。喘過氣就好了。」我努力掩飾我的失望。

「那……」她說。

「那……」我回道。

「你累了嗎？」她問。

「還好耶。」我點燃一根菸。

「因為，嗯，我知道很瘋狂，也有一點遠，但……」她咬住嘴唇。

「怎麼？」我深深抽一口菸，把一股煙吹離她，朝熙攘的霓虹街道吹去。

「我知道一間酒吧。嗯，其實是我朋友的酒吧。」

「然後？」

「那是一家快打旋風主題酒吧。」

「不可能吧！」

「是噢，店名是瑜伽之焰，店裡全是快打旋風二的人偶和紀念品。他有一部連上超級任天堂的大電視，客人只要附飲料錢，高興怎麼玩就怎麼玩。」

「好棒噢，我們走啊！」

「很高興你聽了喜歡。不過唯一的問題是……」她抓抓頭。

「怎麼了？」

「那家店在千葉。」

「千葉？」

「對啊，太遠了，對吧？算了啦。或許下次再約。」

「不會。我們可以今晚去。千葉沒**那麼**遠。」

「真的嗎？」她的眼睛亮了起來。「你不介意？」

「當然不介意啊。只要他們有快打旋風二。」

「太好了。」她雙手拍合。「欸，最後一班車很快就要開了。我們去***konbini***（便利商店）吧。可以買啤酒和點心路上吃。」

我們坐在電車上，帶著幾個便利商店的塑膠袋，袋裡裝滿冰涼的啤酒，還有我的泡菜豬肉三角飯糰（含限量版鹽味***nori***（紫菜）），以及她的白土司三明治（切邊，裡面塗滿無顆粒的花生醬）。

我們需要在城裡換幾次車，但我只是跟著京子走。根據她換車的速度判斷，她顯然常走這條路線。在車站裡和月台上時，她直直穿過那些搖搖晃晃找尋各自最後一班車的醉漢。當我們終於坐上直接通往千葉的***kaisoku***（快速列車），我們才能放鬆、打開啤酒。我手上拿著便利商店的塑膠袋。我緊張地咳嗽，跟京子說起我法學院畢業後在羅森打工的經驗。

她的眼睛發亮，突然說起英文：「Don't you know that's against the lawson?（你不知道那是違法的嗎，孩子？）」然後又切換回日文。「懂嗎？違法……孩子！」

一陣尷尬的沉默，她的臉漸漸轉紅。我應該要笑才對。我為什麼不笑？這是個好笑話——但是她精準的英文發音比較令我驚訝。她的口音完美。我的英文還可以——通過***eiken***（英檢）和多益；我懂許多難搞的文法和字彙，但是說起英文口音很重。我一直改不掉學校裡學到的***katakana***（片假名）發音。無論如何，我為什麼不接話？我應該要笑她的笑話才對啊。

「很好笑。」我說，但缺乏說服力。

她朝我的手臂揍一拳。「沒必要裝啦。」

「不是啦，我是說真的。」天啊，我聽起來像個渾球。

「所以你以前也在便利商店工作，啊？」她咯咯笑。「我還會做上架的惡夢。」

「我討厭打開這些東西。」我拿高手上的袋子，打一個工整的結後放進口袋。我努力用當便利商店店員時的無聊故事逗她笑；每天都有些好笑的人或怪人來店裡，我也把他們的故事都告訴她——那所有人生：有一雙詭異綠眸和嚇人刺青的女孩、總是買便當當午餐的計程車司機。顧客中有人發現我辭職、繼續前進了嗎？他們有沒有注意到我？還是說，我對他們來說只是一具機器工人？還有，那個綁紫色大手帕的善良老傢伙怎麼了呢？我以前總在店外跟他見面、把要丟掉的食物送給他。可憐的老傢伙。不過我甚至還沒辭職，他就已經不再來了。

「***Kanpai***（乾杯）。」她的朝日啤酒與我的輕碰，把我帶回這當下。她特意把她的啤酒瓶拿得比我的啤酒瓶低，這令我有些惱怒。幾乎就像被她捷足先登。

「**乾杯**。」我大口灌下啤酒，然後咂了咂嘴。

「那⋯⋯」她說。

「那⋯⋯」我說。

「我想我們之前沒有真正說過這句話，不過，***yoroshiku onegai shimasu***（請多指教）。」她鞠躬。

「***kochira koso***（彼此彼此），請多指教。」我把頭垂得比她還低，也用上比她更正式的語氣。希望能夠以此彌補**乾杯**時錯失的先機。

「你好拘謹噢。」她從手提包拿出手巾包住啤酒罐。

「所以，妳為什麼這麼了解怎麼搭車去千葉？」我插入我的飛踢攻擊。

「因為我住在那裡。」她阻擋。

「妳為什麼住在那麼鄉下的地方？」我低角度掃出一腿。

「房租比較便宜。」她跳過我的腿。「你住在哪？」她一腳踢中我的臉。

「嗯嗯嗯……」我嚇傻了。

「抱歉，我問太多了。」她敏捷地跳回螢幕上屬於她的角落，血條還是滿的。

「你什麼時候開始玩快打旋風的？」

面對這種問題，我感到自信心略微提升。「還小的時候。我都跟我兄弟一起玩。」

「哥哥還弟弟？」

「都有，我排行中間。」

「中間，嗯？我也是。那誰最厲害？」

「這個嘛……很難回答呢。」

「怎麼說？」她啜飲啤酒，小口小口吃她的三明治。

「我們還小的時候，最厲害的是我哥。他以前老是痛宰我們。」

「後來怎麼了？」

「我不知道，不過有一天，我打敗他了。」

「噢哇。幹得好。」

「不……那天過得並不好。」我回想我打敗他的那天發生了什麼事。弟弟看到我贏是多麼高興，他大笑出聲。哥哥勃然大怒，他氣得發抖，但他不是攻擊我，反倒是抓起弟弟，揍了他的臉。我眼睜睜看著，嚇壞了，不知道該怎麼辦才好。「不說了。倒是妳和妳哥哥怎麼樣？妳之前說妳跟他一起玩。誰比較厲害？」

「當然是我囉。」

「那妳哥哥現在在哪？」

「他死了。」她凝視車窗外。

「噢……很遺憾。太慘了。」

她低頭看她的三明治，臉擠成一團。「不。我很抱歉。」

「這是什麼意思呢？」

「呃。」她搖頭，接著一手拍打自己的額頭。「他不是真的死了。我不知道我為什麼那樣說。我很抱歉。說那種話真是爛透了。」

「喔……」我慢慢喝一大口啤酒。她發瘋了嗎？

她把手放在我的手臂上。「聽著，我不知道我為什麼那樣說。你可以忘掉我剛剛說了什麼嗎？」

我吞下啤酒。「當然可以。」

「我哥哥沒死，我們也沒吵架什麼的。我們處得很好。他住在群馬，結婚了。他的妻子很討人喜歡；他們有兩個可愛的孩子。我常常去拜訪他們。但是……」她又凝視車窗外的黑暗。外面的某處，波浪緩緩捲上地平線，但是我們看不見。或許我們都能從搖晃的電車上感覺到波浪的運動。

「但是？」

「但是……我不知道，太蠢了。你會不會覺得好像一切都改變了？像是，就算你人生中沒發生過任何戲劇化或嚴重的事，只不過慢慢變老這件事本身就像一個巨大的創傷。當我想著我們小時候，我跟我哥哥一起坐在榻榻米上，一想到我們已經失去那個片刻，我就會感覺一股難以承受的痛苦。那是一股鄉愁，持續提醒著我們永遠無法回家了。坐在地板上的孩子是如此年輕又快樂，他們現在都已死去、不在了。他們永遠不會回來。別讓我談起我弟弟，他年紀比我們小好多……他不再去上小學，也不跟任何人說話。我幫不了他。他原本是多麼快樂的一個孩子，但就好像長大本身就在慢慢殺死他……」

我不知道該說什麼，於是保持安靜。我無法相信她竟然這麼坦率。

「不好意思，說了一些沒意義的話。」她嘆氣。

「不會啦，我不覺得沒意義。我懂妳的意思。家人很棘手。」嗯。我又來了，聽起來像個討厭鬼。

「謝謝。」她轉身對我微笑，把手伸進袋子拿出泡菜豬肉三角飯糰給我。「知道嗎，你很擅長聆聽。」

「謝啦。」我接下飯糰時，我們的手指輕輕相觸，她抬眼瞥過我。我脫口而出：「那妳最喜歡哪一個快打旋風角色？」

她甚至沒眨眼。「肯，你呢？」

我為什麼會以為是春麗？天啊！我有性別歧視。「肯。」

「真正的玩家才選肯。」她微笑。

「妳玩的時候會加上速度祕技嗎？」我試探她。

「當然。」

「妳還記得怎麼做嗎？我有時候會忘記——」

「下、右、上、左、Y、B。要用二P才行。」

哇，她真懂。

「嘿，妳有沒有聽過M．拜森（M. Bison）的故事——」

「拳擊手巴洛克（Balrog）在美國原本要叫作M．拜森，因為他是以拳王泰森（Mike Tyson）為原型，不過卡普空（Capcom）擔心被泰森告，所以調換了角色的名字？」

「快打旋風有什麼是妳不知道的嗎？」我深感佩服。

「我要怎麼知道有還沒有？」她咯咯笑。

「我可以招認嗎？」我問。

「來吧。」

「遊戲裡有兩個動作我永遠做不到。」

「真的？」

「對啊。我做不到塔爾錫的瑜伽靈移（Yoga Teleport）和桑吉爾夫（Zangief）的螺旋打樁機（Spinning Piledriver）。我有點不敢問，不過，妳會操作這兩個動作嗎？」

「我花了很多力氣練習。這兩個動作很難。」

我低估這女孩了。

「我小睡一下，你不介意吧？」她問。

「睡吧。」

「頭靠在你肩上會太無禮嗎？」

「不會，請靠。」

她把頭靠在我肩上；她的頭髮刷過我的領口，我感覺到髮絲的柔軟。

「到了叫我喔。」

「當然。」

我們離開東京越遠，乘客越顯得稀疏。此時車廂幾乎全空。我們並肩而坐，面對著漆黑的窗戶，車廂內明亮的光線照射下，幾乎不可能看見外面。我坐在那兒思考。我知道我玩快打旋風不可能打贏京子。就跟這班車會抵達千葉車站一樣毫無疑問，我就要被踢屁股了。

想到這裡時，我們又在無人上車的一站停靠。熟悉的嗶嗶聲響起，示意車門即將關閉，接著一隻小花斑貓從車門間的窄縫跳了進來，躍上對面的座位。

「哇啊！」我忍不住驚呼。京子動了動，但沒醒來。我的左手立即輕輕伸向口袋，有多小心就多小心，我想拿出手機拍下這隻通勤的貓。

那隻貓坐得筆挺，直勾勾看著我。

我在那雙發光的眼睛中看見了什麼。某種混亂的東西。一座城市映在牠的虹膜上，就好像貓看見我們往來各處，而正如牠的眼球反射了城市，貓也棄絕所有人形與控制的概念。這貓沒有主人，而我因此羨慕牠。

京子的頭還靠在我肩上，胸口在輕柔的呼吸下韻律起伏。我的手依然隱匿在口袋中，碰觸著我的手機，不過就當我拿出手機，電車剛好於下一站停靠。門打開，而就像那樣，貓彷彿清楚知道自己接下來要去哪，牠跳下椅子離開電車。我看著自己拍下的照片：模糊晃動的垃圾，貓只是一團正要離開電車的顏色。我輕觸手機上的垃圾桶圖形，影像隨即被吸走，不留一絲痕跡。我抬起頭，透過車窗看見貓正在外面沿月臺漫步離開，尾巴高高舉起。電車又開始搖晃，我坐好，閉上雙眼。

我有時候覺得整座城市就像一個龐大的有機體，像一個人，而我們都是其中的一部分。但我們受限於道路、水路、隧道、電車。感覺就像我們的道路都已攤在我們眼前，不可能偏離路線。那隻貓正是因此而不同於我們。牠可以任意上下車，我們人類卻被綁在城市的命運中，沒人能逃離控制。我想打包搬去鄉下，但我不能離開。我困在這裡。幼稚園、國小、國中、高中、大學、實習，實習到就職、就職到退休、退休到死亡。這就是我的人生，已經攤在我眼前了。我，以及每天與我擦肩而過的其他千百萬人。城市需要我們，我們也需要城市。共生的該死負重。

請容我姑且按下暫停。

所以，直到現在為止，你或許注意到我都在談過去的事。你們之中可能有人納悶著「最後發生什麼事？」嗯，實情是，我**現在**正在訴說我的故事，而我**現在**正和京子一起在電車上。貓剛剛上了車又跳下車；因為牠的關係，我思考起今晚發生的事。

不知道有沒有人也有過這種下沉的感覺，像是你就是知道接下來會發生什麼事。就像我現在搭的這班車——我們脫離不了軌道。坐在這兒，我想我完全知道這晚將會怎麼發展。事實上，我確信不疑。接下來會是這樣：

我們抵達千葉。京子和我因為來到目的地而感到興奮。

我們去她朋友的酒吧，一面聊著我們有多想玩。

我們決定各自擁有多少角色、在哪個舞台對打，諸如此類。

我們慢慢接近酒吧，看見門上的大招牌寫著「瑜伽之焰」。但是我們的視線接著往下，看見黏在門上的白紙，兩個人都說不出話來。

不用讀我們就知道，紙上寫著像這樣的東西：

家有急事，今日休業。謹此致歉。

然後我們晃來晃去，試著想出一些點子。我們或許會找家酒吧，一面喝酒一面決定接下來該怎麼辦。然後我可能會不經大腦說出一些蠢話，像是：

「嘿！我們可以去愛情旅館！」

她會一臉噁心地看著我，並說：「你以為我是什麼樣的女孩？」

我這才發現我沒把開場白說清楚，我會說：「不是啦。我的意思是，有些愛情旅館有時候會附遊戲機台。我們可以上網找找千葉有沒有附超級任天堂的旅館。這樣我們就還是能玩到快打旋風了。」

她還是因為剛剛那句話而惱怒，接下來說的話可能會像這樣：「我可不是什麼墮落的女人，你知道吧。」

然後我會覺得尷尬又惱怒，因為我根本沒那個意思。

我們吵起來，她才了解我的本意並不像那句話聽起來那樣。我會流露抱歉又沮喪的樣子。然後她也道歉，並說：「我家就在附近，如果你想，可以來我家過夜。」之類的。

我會問：「妳家有快打旋風嗎？」

她會說：「沒有，不過……」

我會說：「沒關係，我還是回家好了。」

她會說：「不過早上才有電車。」

我會說：「我可以等。」

她會說：「好吧，那我陪你。」

我會說：「不用啦，沒關係的。妳先回家吧。」

我們停頓。

她會說：「好吧。再見。」

我會說：「再見。」

我們轉身，朝不同方向離開。

然後當我週一早晨遇見她，她的視線只會穿透我，彷彿我是隱形人。

這些都還沒發生。我還坐在電車上幻想未來。但為什麼感覺像已經發生？像是已經發生過幾千次了，不停發生，就像城市的一段閉路電視影片，困在一個迴圈中。她的頭還放在我肩上，我滿腦子卻只想著我們到底能不能主宰自己的人生。怎樣才能改變未來？因為那是命運，不過一旦你以設定最高的難度和電腦對戰，你便已用盡生命力，你犯下致命錯誤。這是那種難以忍受的片刻，在最終一擊到來前，感覺就像永恆。你知道你搞砸了，覆水難收。你想按幾次暫停都可以，但並無法阻止即將發生的事。

該按下開始鍵了；停止暫停這場遊戲，把它玩到最後。

她抬起頭，睜開眼。

「到了嗎？」

櫻花

「上野，麻煩了。」她低頭鑽進後座。

我點頭，拉下方向盤下方的拉桿，後車門隨即自動關上。我們安靜地出發。她身穿櫻花紋的粉色和服，花紋非常淡。從她的傳統髮型看來，我會說她是外地來的。東京的女人再也不時興那種髮型。我猜她來自某個有點歷史的城鎮，或許像京都。豐饒富裕。不想猜測她的年齡，做那種事太不紳士了。有時候我很無聊，日子感覺沒完沒了，我便試著想出乘客是什麼樣的人。在乘客上車時評估他們，試著猜測他們的職業、他們要去哪裡，這麼做頗有一番樂趣。但我沒有刺探他們人生的習慣。我大多只專注於道路，努力不顯得好管閒事。別人的事是別人的事。

「美好的春日，是吧？」她說。

「千真萬確。」我回道。

「好幾年沒在東京看見櫻花開了。」她嘆氣。

「從很遠的地方來的嗎？」

「金澤。我不常來東京。對我來說是難得的樂事。」

「嗯，希望您享受這趟旅程。」

「謝謝您。」我從後照鏡瞥見她的笑容。「我來拜訪一位美國朋友，她來自奧勒岡（Oregon）的波特蘭（Portland），以前也住在金澤，後來搬來這裡當翻譯。」

我微笑。這些外地人總是令我驚奇。東京人才不會初次見面就大談自己的事。我們又安靜了幾分鐘，不過她重拾話題。

「您去過金澤嗎？」

「沒有。」我說。「我不太常旅行。」

「我想您應該都在工作吧。」

「算是吧，對。」

「您有孩子嗎？」

哇，這可是個私人問題。「有一個女兒。」

「她住在哪？」

「紐約。」

「真好！她在那裡做什麼呢？」

我得稍微踩下煞車，因為燈號轉紅了。「嫁給一個名叫艾瑞克（Eric）的美國人。一個好人——愛喝酒。喜歡啤酒和燒酎。他們新年時來拜訪，我們度過很美好的一段時間。看到他們離開總是令人傷心。她快生了。誰能相信呢？我要當外公了！」

「您看起來還不到當外公的年紀啊。請問貴庚？」

「六十。」

「寶寶出生後，您和您夫人會去紐約探望嗎？」

我不太確定該說什麼——我不想破壞氣氛。「希望囉。」

「您倆都會玩得很開心的。」

是啊，她應該會。「希望如此。」

我們抵達上野後，她從錢包抽出鈔票，付錢時向我道謝。我找錢給她，拉拉桿打開後門。這自動門真方便。紐約的黃色計程車上一定沒有吧。她對我鞠躬，我也回以鞠躬。她下車時，熟練地一手放在和服下。接著她便來到街上與另外三位女士會合；她們都穿著與春季色彩搭配的和服。我看見她剛剛提起的那位美國朋友——金髮藍眼。她穿的和服非常適合她。她們立即興奮地聊開，美國女孩一口驚人的日語。她們朝公園走去。隨著我開走，她們的對話漸漸淡去。

尋歡作樂的人今天傾巢而出。他們坐在櫻花下喝啤酒、吃便當，便利商店買來的炸雞裝在塑膠盒裡傳來傳去。有些年紀較大的男人已經喝醉，睡倒在鋪地的藍色防水布上。所有人都把鞋子整齊地排在防水布旁。好幾百雙鞋——大多是上班族的黑鞋，不過也有涼鞋、高跟鞋，以及運動鞋。不知道有多少人在*hanami*（花見）的騷亂中遺失鞋子。

我希望我也能加入他們，在樹下飲酒。不過我需要買午餐、快速睡個午覺。得靠假寐才能撐過漫長的上班時間——早上八點到隔天凌晨四點。我很少待在家裡，但這正合我意。我不太喜歡獨自待在家。空蕩蕩的空間最容易讓人想起原本有些什麼在那兒。否定的空間。床上的缺口、空著的椅子、放在櫥櫃裡無人使用的那雙筷子、架上放在湯碗旁的飯碗，已全部蒙塵。很好笑——我都已經搬到這個新家，遠離了中野，我還是無法丟掉她的東西。

我停在我幾乎每次都去的那家羅森，進去買便當和綠茶。我對在櫃檯工作的新來小子點頭微笑。這裡的員工似乎流動率很高，時常來來去去的。我最近發現很多工作者都來自其他亞洲國家，像是越南和中國，一定都是學生；很高興看到他們來日本學日語。店裡的所有食物和飲料包裝都以櫻花裝飾，我頗受啤酒瓶的繽紛粉色設計吸引。呸，工作。

我通常在車上吃午餐，可以一邊聽音樂。此時播放器裡放的是卡特·史蒂文斯（Cat Stevens）的CD。我有時一邊開車一邊播放，但有些客人會抱怨。最好還是休息時間再聽音樂，或是趁我獨自開車的時候。

我開過一條小路，發現一個停下來吃午餐的完美地點——在一棵懸到小路上方的櫻花樹下，稍微有點遮蔭。我坐在車裡，播放〈父與子〉（Father And Son），吃便當配茶，抬頭欣賞櫻花。這是我獨享的**花見**！

吃完午餐後，我把座椅往後倒，雙手放在腦後伸展身體，抬頭看著櫻花。強風吹襲，花瓣落在擋風玻璃上，彷彿一陣櫻色的雪花。我閉上眼，幾乎可以感覺花瓣飄落在我臉上。

我在作夢。我知道我在作夢，因為我在爸的書房裡，而且他還活著。我正看著他寫他的故事，用的是他在他死前給我的那枝自來水筆。他以亮藍色墨水在方正的稿紙上謹慎標出***kanji***——漢字。我走進書房時，他抬頭微笑。到處都是一疊疊堆得整整齊齊的紙，準備好要送交編輯和出版社。搖搖晃晃的書堆。他的書櫃下層角落裝滿**落語**

書，哥哥一郎總是讀了又讀。他這會兒就窩在那兒讀書，又變回小男孩。

我還留著爸送我的筆，只是現在放在抽屜裡，好幾年沒拿出來用了。我答應過他我會創作更多詩。不過自從遇見她，我就不曾動筆。遇見她之後，我就是不再覺得有必要寫任何東西。然後涼子出生，我一心只想工作，賺錢給她們兩個，讓她們幸福快樂。

當我再回頭看，父親的臉卻變成哥哥的臉。他身穿和服，以*seiza*（正座）的姿勢坐在那兒，雙手整齊地疊在身前，彷彿正要開始表演一段**落語**。

一郎向來都是說書人，也是出名的那一個。

現在他也不在了。

當她過世，我甚至沒辦法打電話告訴他。

手機的鬧鐘把我吵醒。陽光從計程車車窗灑入，我一身是汗，背痛得厲害。我打開置物櫃，摸索著那罐藥丸。我的手指撥弄蓋子，發現很難好好握住藥丸。我把藥丸放在舌頭上，嘗到苦味，再用剩下的一點點茶把藥沖下去。接著我套上一雙乾淨的白色司機手套，帽子戴正，檢查鏡中儀容，繼續開車。

經過上野公園時，一個外表古怪、三十幾歲的男人把我攔下來。他一頭散亂長髮，沒刮鬍子。從他的衣著和外表看來，他很像是休假的工廠工人。他安靜地上車，我們隨即啟動。

「要去哪裡呢？」

「秋葉原。」他看著車窗外。

外面的建築在我們周遭蜿蜒、蜂擁。太陽仍高掛空中，中午的熱氣烘烤著瀝青。閃動的熱浪懸在空中。我開啟空調。電氣街的玻璃高樓映照出天空的深藍色，零星的蓬鬆白雲位移到灰色水泥盒子的窗戶上。要是有筆，我會寫下這些東西。爸不會喜歡的。

經過人行道上一群咯咯叫的外國觀光客旁時，這傢伙開口了：「只有我這麼覺得嗎？還是最近這城市真的到處都是外人？」

他折響指節。我發起抖來。

「是啊，我覺得很自豪——」

「我覺得很噁心。」他沒在聽。

「是這樣嗎？」

「來到這裡，不尊重我們的文化，連日語都不說。」他哼了一聲。

「真的嗎？」

「他們來這裡踐踏我們的寺廟、神社和墳墓。他們不尊重我們的歷史和文化。他們上酒吧、喝得太多，還對我們的女人毛手毛腳。他們把我們當白痴耍。」

「不好意思，客人，但是，呃，可能是我個人的誤解，但是我以為他們是因為對我們的文化有興趣才來——」

「哦，你這麼以為，是嗎？」他的喉嚨擠出滑稽的口水噴濺聲，彷彿我剛剛說了全世界最蠢的話。「美國人朝我們丟炸彈、閹割我們、逼迫我們接受他們的和平。**他們的**和平，不是**我們的**和平。現在我們袖手旁觀，讓中國人搶走我們的尖閣諸島，同時韓國還想偷走我們的竹島。我們成了亞洲的笑柄，因為我們任人宰割。外人不尊重日本，也不尊重我們的文化。這讓我覺得噁心。」

真是一派胡言呢，這是我的想法，但是我不能對客人說這種話。

「我懂了。」我只能這麼說。

「謝謝。我在這裡下車。」

我停車，他付錢。我找錢給他時，他遞給我一張卡片。

「有興趣的話看看。」

他走開時，我看著那張卡。一句話印在寒酸廉價的紙上：**別成為螞蟻的一分子！**

這是什麼？***uyoku dantai***——**右翼政治團體**？我望向車外，看見他走進一家咖啡店；外國女孩都在這種咖啡店裡兜售他們的服務。我搖搖頭，把卡片丟進腳下的小垃圾袋。

接下來幾個小時，我又在幾個不同地點接到幾名客人：一群正要去唱卡拉OK的女高中生、兩名相撲選手，他們讓車子輕輕咯吱了一聲，還微微往後翹起、一位和善的老教授，他帶著一疊剛剛在神保町的書店買的二手書。日落時分，我在東京車站附近工作。工作日即將結束，丸之內的辦公街區漸漸清空。大多數較資深的工作者整天都在櫻花樹下喝酒，較資淺的現在才離開辦公室，急忙前去加入慶典。我將一個年輕人從東京車站外的計程車候客處送去新橋。他看起來已經在電車上喝過一點了。多半是從外地來這裡出差。

「抱歉，可以麻煩你開慢一點嗎？」他一面說話一面咳嗽。

「沒問題，先生。不好意思。」

「沒關係，我只是……我只是……」

「您還好嗎？」我已停下車。

「我需要——」他發出反胃的聲音，一手摀住嘴。

我從側邊收納格抽出一個嘔吐袋，盡快能快速交給他。他嘔吐時，我望向一旁。

我聽見液體撞擊袋底的噴濺聲。酸味已充斥我鼻腔，因此我不著痕跡地掩鼻，稍微打開窗戶。

「抱歉。」他說。

「請別在意，先生。這難免的，不用道歉。」我對他微笑，看見一縷長長的銀絲從他唇畔連到袋緣。我從側邊收納格拿出面紙給他；這些面紙就是為這種場面而準備。

「謝謝。」他抹抹臉。

「您好一點了嗎？是否可以繼續走了？」我問。

「應該可以。可以慢一點嗎？」

「沒問題。您喜歡卡特．史蒂文斯嗎？」

「超愛。」他微笑。

我按下CD播放器的播放鍵。

城市在夜間流動。白日時交通緊湊速度又慢，城市顯得磕磕巴巴。不過到了夜晚，道路淨空，我的計程車在乘客間順暢巡行。混凝土在我的輪胎下唱著安靜的曲調。整座城市像是放在滾珠軸承上在我身旁移動，我則是位於中心的那一個，將萬物連接在一起。我喜歡這種感覺。這讓我想起我入睡前總是想著的那個畫面——我從還是小孩的時候就開始這樣做了。我的床墊變成魔毯，我躺在上面時能夠在街道間翱翔。我飛過去時，路人抬頭看、伸手指；我有時會減速跟他們聊天。

我的下背又開始陣陣抽痛，於是我又吃下一顆藥，接著在計程車候客處停下來喝杯咖啡。和田（Wada）和山崎（Yamazaki）在販賣機旁廝混抽菸。和田又變胖了，山崎則是變得更瘦。從一段距離外，他們看起來像迪士尼電影中的搞笑角色；涼子還小時，我總是跟她一起看這部有關獅子的電影。又忘記牠們叫什麼名字了。其中一個是疣豬，另一個是愛說俏皮話的老鼠之類的。

「噢，這不是太郎先生嘛！你好嗎？」

「還不錯，山崎先生。你呢？」

「累得像狗，但不能抱怨。」

我朝販賣機投入一百二十元，獲得一罐冰涼的黑咖啡。我拉開拉環，解脫地嘆一口氣。

「太郎先生，抽菸嗎？」和田搖搖胖掌中的菸盒。

「*Arigato*（謝謝）。欠你一次。」我抽出一根，山崎已伸長手臂，手上拿著點著的打火機。

「胡說，你老是請和田抽菸。他是個下流的白食鬼。」山崎微笑，露出染黃的牙。

和田一臉受傷。

「說到白食，你兒子怎麼樣了啊，山崎？」和田對我眨眼。

山崎翻白眼。

「噢，別提這個。在家裡被我老婆嚼掉耳朵就夠慘了，不需要你們兩個來提醒我我的麻煩事。說實在的，我很高興我有份整天不用待在家的工作——只為了遠離我的家人。」

「你家人怎麼樣，太郎先生？」和田轉向我。

山崎對和田使眼色。我轉向另一邊，裝作朝旁邊吐煙的樣子。我不想讓和田難堪。他可能還沒聽過我家人的事，於是我改變話題。

「你們知道巨人隊的得分嗎？」我問。

「你以為我們有空看棒球？」山崎說。不過他聽起來很高興我們換了話題。

「我完全不想管這一季。鯉魚隊弄得我心情沮喪。」和田來自廣島，他可驕傲了。

「嘿，你怎麼不偶爾來跟我們喝一杯，太郎先生？」

「啊，我不知道耶。」我說。

「來嘛！會很好玩的。」山崎說。

「我知道一家很棒的什錦燒——朋友開的。」和田說。

「和田，」山崎說，「太郎先生是土生土長的東京人。他經驗老到。你覺得他吃那種鄉巴佬的垃圾嗎？」

和田玩鬧地打了山崎的後腦一下，我們都笑了。我們站在那兒聊天、抽菸，他們檢查我的手機號碼是否正確，好安排近期的酒約。然後便是那種令人不舒服的沉默，我們都知道，儘管我很想站在這裡喝咖啡抽菸，不過時間就是金錢。我告退；和田跟平常一樣，好心地把我的空罐拿在他胖嘟嘟的手中。我鞠躬，回到車上。把車開走時，我看著他們點燃另一根菸，忍不住對自己笑了起來。他們到底有沒有在工作啊？

時值傍晚，無星的天空在城市的霓虹混亂中投下一抹黑。道路糾結扭曲，高架橋旋繞，隧道潛伏。一切交叉纏繞，彷彿碗中糾結成一大股的白色烏龍麵。隨著夜色漸濃，城市開始冒汗、發臭。煙從新橋站鐵軌下的燒鳥攤飄出，在色彩明亮的燈籠和牆上剝落的泛黃昭和時代電影海報間飄盪。攤販外，空啤酒箱倒放充當廉價凳子，辦公室工作者們坐在上面抽菸聊天，一面吃烤雞肉串，用一杯杯冒水珠的啤酒把所有東西沖進肚裡。

隨著夜晚的時間流逝，醉漢越來越喧鬧，也越來越寂寞。我看見一群白領勾肩搭背，對著夜空嘶吼著歌曲。還有一個年輕男子在天橋上對著下方的道路撒尿。他的朋友大聲為他歡呼。我忍不住暗自發笑。他們需要發洩。他們每天都被鏈在辦公桌上、關在各自的隔間裡。為公司服務。可憐的傢伙們。那種事我永遠做不來，所以才選擇開計程車。在外面，我是我自己的老闆。沒人命令我做什麼、上哪去。一切都看我自己。

不久後，我在六本木載到一組客人。兩男一女。男人穿黑西裝白襯衫——坐辦公室的。女孩看起來有點不同。她身穿粉色圓領毛衣搭奶油色長褲。粉紅色的毛衣讓我想起早上那位女客人——和服上櫻花紋的粉色。不過這個女孩比較年輕，頭髮紮成馬尾。第一個男人和女孩安靜地上車——他穿著西裝外套，看起來和善又聰明，髮型不花俏，不像最近的年輕人老是抓成刺蝟頭。另一個男人拖了點時間才上車，因為他在咒罵更前面路上的某人。他終於上車後，我看見他已把外套脫掉，襯衫也沒扎進褲腰，胸口口袋下有一個醬油印子。可憐的女孩被夾在中間。

「澀谷！」邋遢的傢伙說道。

「算了啦。」另一個男人說。「不好意思，龍。我就不去了。不能再喝。我要回家了。」

「別鬧了，誠！別這麼無聊！京子，妳想續攤，對吧？」

「這個嘛，我們喝不少了……」女孩答道。

「胡扯！夜晚才剛開始呢。司機！載我們去澀谷！」

「了解。」

我駛向澀谷，不過我有預感，這組客人不好應付。當計程車上有三個喝醉的人，通常免不了爭吵。

「我們要去哪個酒吧？」名叫龍、喝醉的那一個問。

「我現金快用完了。」名叫誠的另一個說。

「司機，你收信用卡嗎？」龍問。

「我收。」我回道。「不過現金還是比較好。公司要我自付信用卡服務費。」

「沒問題。可否麻煩你先載我們去提款機？反正我本來就需要領錢。」

「好的。」

我們在提款機停下，龍抓著信用卡下車。另外兩個人坐在後座低聲交談。

「要怎麼擺脫他？」誠問。

「噢，天啊。」女孩京子說。「我不知道。他喝醉後真的好煩人。」

「提早在地鐵站下車怎麼樣？我們可以搭地鐵去其他地方，或許回千葉？」

「完美。」

「司機，可否麻煩你先讓我們在地鐵站下車，再把我們的朋友送去澀谷？」京子稍微提高音量問道。

「沒問題。」

我不禁感覺到即將隨之而來的爭端——危險就在前方。一部分的我想叫他們都長大點，好好跟對方溝通，把自己的想法說清楚點。或許在涼子所在的紐約，計程車司機會毫不顧忌地說點什麼，不過在日本，我們總說顧客就是神。你怎麼能對神指手畫腳呢？

龍回到車上，胡亂把一疊萬元鈔塞進皮夾。

「好！狂歡囉！」

接近地鐵站時，我從後照鏡看著他們。誠伸手從口袋掏出更多鈔票。

「來，這些應該夠付車錢。」他把紙鈔交給龍。

「這是幹嘛？」龍問。

「我們要在這裡下車。」誠說。

「什麼意思？你們要去哪？」

我把計程車停在地鐵站前，打開誠那邊的車門。他先滑出去，然後是京子。她站得離他很近，不過兩個人沒有相碰。

「你們要去哪？」龍又問了一次。

「回家。」京子說。

「我以為我們要去澀谷喝一杯。」他語帶嗚咽。

「抱歉，龍。我們累了。你自己去吧。」

「你們離開前，我們不能一起在這裡再喝一杯嗎？司機，謝謝，我也在這裡下。」龍把錢推向我。我微微伸手過去接，但隨即把臉轉開。

「算了啦，龍。」誠說。「回家吧。」

「好吧。」他把錢交給誠。「你拿回去。我不想要。」

「別傻了，收下就對。你可以去澀谷喝一杯再回家。」

「我不需要。我自己有錢。」

龍沉下臉。

「明天見囉。」京子說。她對他微笑揮手。

「隨便啦。」他說。

於是我關上車門，我們朝澀谷駛去。

「該死的混蛋。」龍在後座喃喃自語。「暗箭傷人的垃圾。」

我沉默不語。我在應付醉漢方面經驗豐富。不只是工作上，在家裡也是——我處理過狀態最糟的一郎。這傢伙我也應付得來。

「幹。」

我播放卡特．史蒂文斯，希望他聽了心情好一點。

「關掉這垃圾。」

「抱歉。」我關掉音樂。

「該死的混蛋。一切都被搞砸了。」

「您還要去澀谷嗎，先生？」

「當然要去！哪門子的問題啊？」

「抱歉，先生。」我輕觸帽子並點頭。「我只是確認一下。不好意思。」

「做你該做的事就好。開你的車，他媽少管閒事。」

「很抱歉，先生。」

他凝視窗外，一面搖頭。我們慢慢接近澀谷混亂的路口。時值午夜，年輕人傾巢而出，準備喝到天亮。

「停車。」

「是，先生。」

「拿去。」他把信用卡交給我。

「先生，可否麻煩您付現金，因為——」

「你想教我該怎麼做嗎？」

「不是的，先生。只是——」

「聽起來很像你想教我該怎麼做。你叫什麼名字？」

「如果您看我的頭靠後面，您可以看到我的名字和電話——」

「我問的不是這個。我只問你一個簡單的問題。你叫什麼名字？」

「大橋太郎。」

「很好，太郎。」他靠得好近，我都能聞到他呼吸中的酒氣了。「你知道我是誰、我幹什麼的，還有我父親是誰嗎？我可以讓你沒工作，知道嗎。你這蠢貨。」我想著一郎；他那天在庭院的櫻樹下對我們說出糟糕的話，我這時也想起其中的一部分。

「我很抱歉，先生。」我低聲說。「我無意冒犯。」

「是啊。只是你給我記清楚了，我才是顧客，你不是。」

「是的，先生。」

我盡快為他刷卡，然後打開門讓他離開。

「去你的，太郎。你這個爛計程車司機垃圾。」

他滑下計程車。

「謝謝，先生。祝您有個美好的夜晚。」我關上門開走。

夜裡，當我在開車，我有時望著車窗外，會看見一張臉以跟我一樣的速度移動。在那一刻，感覺就像我們都是靜止的，兩張鬼魅般的臉懸在空中。他們有時直勾勾看著我，有時則凝望遠方某個我看不見的東西。臉就這麼懸在黑暗中，有如倒影，不過一旦被我看見，臉彷彿立即飄開，攀上高架橋，我則是遁入隧道。就像這樣，我們漸行漸遠。

現在是深夜一點。我在澀谷的麥當勞前停車；每次在這時間來到這一區，我都會來這家麥當勞。要是知道我為什麼總是來同一家麥當勞，其他人會認為我很怪異吧。就連對自己坦承也很難坦承，但是，我是為了見一個在這裡值夜班的女孩。跟平常一樣，她今晚也輪值。我排隊等待，讓其他人先點餐，算好時間剛好由她為我服務。

「啊，又見面了！你好啊？」她問候道。

「***Genki***（元氣）。」我說。「就一個老人來說。」

她大笑，綠眼睛閃爍。「要點什麼呢？」

「一杯黑咖啡就好。」

「還需要其他餐點嗎？」

「那來個炸洋芋絲吧。」

「你是說薯餅嗎？」她咯咯笑。

「對，就是薯餅。」

我看著她為我點餐，她把托盤拿給我，我對她微笑道謝。她伸手把托盤遞過來時，她的刺青從袖子下探出頭，但是我努力不看，反倒是跟平常一樣看著她的名牌，細看每一個筆畫——也看見她的名字旁一顆星星也沒有。我在櫃檯附近坐下；這個位置面朝窗，因此我可以看見她的倒影，又不會被她發現我在看她。她總是對我微笑，有時候會問候我。不過最近又被她認出來時，我開始覺得不好意思。不知道她會不會覺得我專程來看她很恐怖。她的顴骨跟我姪女園子（Sonoko）一樣輪廓分明，也有一樣帶酒窩的笑容。園子很久以前就過世了，那時她還只是個孩子。但若她長到二十幾歲，我喜歡想像她長得就像在這裡工作的這個女孩。我喝我的咖啡，吃掉半個薯餅；我離開時，她對我揮手。我也向她揮手。我回到車上，開進澀谷一條遠離酒吧、比較安靜的小路。我停好車，吞下兩顆止痛藥，然後再次快速地打個盹。

有一棵櫻樹。僅此而已。只有一棵櫻樹，就跟老家庭院裡的那棵一樣。在一郎開始酗酒、喝到連他的故事都說不好之前，他總是在這棵樹下表演。有一次，我還得當著園子和涼子的面把他架進屋裡，他朝我又是吐口水又是咒罵。

櫻花盛開，我的目光離不開花朵的奇妙色彩——染上血紅的白。

這會兒，花辦從樹上緩緩落下，瀑布般接連落地，彷彿滿是鮮血的白手帕。我眨眨眼，又看了一次；所有櫻花都不見了，眼前只剩一株枯萎的老樹，花朵在樹下腐爛。

手機上的語音訊息圖示在閃爍。東京的電話號碼。清晨時分的來電。一定是和田或山崎打來約吃晚餐。我輕觸圖示後聆聽。

「您好，我是東京警視廳的福山小隊長。我向計程車公司取得這個電話號碼，想與大橋太郎先生聯繫。我現在正要離開辦公室，但希望您能以這個電話號碼回電，若您沒回電，我明天會再撥打一次。謝謝您。」訊息結束。

到底會是什麼事呢？但是我累得無法思考。需要回家洗澡睡覺。

路上人車俱無，我加速駛向西郊，黃色路燈從旁邊掠過。遠處一盞路燈在閃爍，隨著我漸漸接近那盞路燈，我的眼睛冒出淚水。我眨眼，還用手揉了揉，但燈還是在閃。令人分心。多半只是需要換燈泡。我又揉眼睛，接著有東西一閃而過。一個小東西衝上馬路，停在我正前方。牠的眼睛被我的遠光燈照亮，懸浮空中，彷若來自陰間的鬼魅臉孔。牠不動，而我沒時間反應。牠為什麼不動？我踩住煞車，但反應時間不狗——要撞上牠了。我不想這樣，不想奪走一條小生命，於是我轉動方向盤。貓還是沒動，但方向盤轉到底了，輪胎發出尖叫聲。這個時候，我不再正對著貓，而是直朝一輛停靠路邊的車開去，距離越來越近，但我停不下來，真的到此為止了，冰箱裡的牛奶會臭掉，還需要把垃圾拿出去，他們會打電話到紐約通知涼子，我沒辦法跟和田和山崎去吃什錦燒了，或許這種結果最好，或許我能再見到她。

然後一陣嘎扎聲和刺耳的聲音，玻璃破裂，我的鼻子撞上一個從方向盤綻放的白色汽球，我的頭一陣疼痛；還有金屬扯裂撞爛發出可怕的嘎吱聲還有還有還有還有……除了寂靜和霧之外什麼也沒有。我的腿一陣劇痛。

「有人嗎？」

我試著把頭從方向盤抬起來，然後看著我的白色司機手套。其中一隻手套手背的位置有一個紅色汙點，看起來就像一面日之丸旗。我腦中只想著手套整個毀了，我得買雙新手套了。我的手機躺在副駕駛座，摔得四分五裂。

「你還好嗎？」

我輕輕抬頭，看見一張鬼魅般的臉懸浮空中。它距離我好近，我看得見臉上的關切和同情和溫暖和憐憫和所有我曾如此熟悉的情緒。接著我擔心起這張臉和我又會漸行漸遠：它會消失，我又再次孤單一人，躺在我的魔毯床墊上飄走，飄離城市，進入海灣上方的黑暗中。我眨眼，透過充血的眼睛看見一名金髮西方女士帶著狗的輪廓。她是天使嗎？我死了嗎？她透過破碎的玻璃凝視我。我試著說話，但什麼也說不出來。

「別動。我打電話叫救護車。」口音濃重的日語說道。

然後眼前只剩染上紅的白。

——石川偵探：案件筆記一

他們第一次來到我辦公室那天，我正用筆電跟我的大學老友在線上玩*shogi*（將棋）。他們來的時候時間已經晚了，工作進度緩慢。

除了案量穩定的抓姦，我最近只接到尋找遺失貓咪的案子。或許有什麼特別原因，不過最近越來越多貓從街道上消失，增加的速度頗為驚人。甚至還有小孩帶著自己畫的幾幅漫畫來找我；畫中是他走失的貓。我問他有沒有照片，但他只有漫畫。古怪的小孩。對東京的偵探來說，走失的貓貓狗狗就是我們的飯碗，不過最近走失的數量實在太多，稍微有點不正常。謠傳他們正為了奧運把牠們都清理掉。不過就跟大部分謠言一樣，你永遠不知道其中有幾分真相，就算有也寥寥無幾。

總之，我能做的不多——只能到郊區走走，到處貼海報。要命，大多數人根本無論如何不看這些東西。要是我找到一隻寵物，我會把牠交給妙子（Taeko），讓她帶回家放幾天。這樣一來，我就可以依照工時多跟客戶收一點錢。嘿，他們總是高高興興付帳——他們找回他們珍貴的寶貝了呢。

我正在思考我的下一步棋，這時妙子透過對講機呼叫我。

「石川先生。」

「什麼事？」

「客戶上門。一男一女。請他們進去嗎？」

「當然。」我繼續研究螢幕上的**將棋**棋盤，直到他們雙雙走進門，我才蓋上筆電。

大家總愛談一目了然的案子。不過說實在的，這種案子不多。大多數案子都懸而未決，而且很多就一直這樣下去。此時此刻，我手上就有一大堆懸案，我不敢說能有解決它們的一天。所有案子都需要時間和運氣。大多是靠運氣啦。有些人就是兩者皆無。剛走進我辦公室的這兩個人，看起來就是我僅見運氣最差的人。就算把他們放進滿屋子都是錢的地方，他們也會在一週內就依偎著彼此流落街頭。

她是看起來緊張的那種人——雙手痙攣抽動。她的雙手若不是在身前擰絞，就是在把鬆脫的（油膩）髮絲塞到耳後。看得出她已經穿上自己最好的衣服來我辦公室，不過那身衣服看起來還是陳舊破爛。顯然她選擇不多。

同樣適用於丈夫。他的選擇也一樣不多。他的襯衫滿是汗漬。我會猜是午餐的拉麵。牙齒歪七扭八，頭髮也沒梳。真是一團亂。不過他體型不小。他的體格有一種龐大的感覺，不過已隨著年齡增長而漸漸衰塌。他彎腰駝背，彷彿對自己的身高感到不好意思。

「請坐。」我示意辦公桌前的椅子。

他們笨拙地坐下，寬大的臀部擠進窄小的座位中。

我等他們之中有人開口。

「偵探先生。」先開口的是她，說話時視線從雙手抬起。「我們需要您的協助。」

「嗯，那還真意外呢。」我需要抽菸。

「是的……」她接著說。「我們……呃……該怎麼說呢？」她大力擰絞自己的手，擰得都發白了。我覺得她的手指可能會掉下來。

「呃呃你——」他坐在椅子裡往前靠，一面用手帕輕拍汗涔涔的額頭，「呃呃能不能幫我們知知找我們的兒兒兒子？」

太好了。這將會是一場漫長的會談。

「開始說細節之前，我應該先告知二位我的收費標準。」

根據過去的經驗，我學會開門見山談錢總是最好的做法。被逼著聽完賺人熱淚的冗長故事，他們才知道他們得花多少錢；沒什麼比這種場面更糟。他們知道後才真正開始痛哭失聲。

「對，對。好主意。」她這會兒把指甲戳進自己的手腕。

「來。」我把價目表遞給他們。

他先接下，我看見他雙眼瞪大。他的下巴微微垂下，她從他手中抽走紙卡。她把價目表放回桌上，拿出一條白色手帕按壓手腕。她把手帕放回皮包時，我看見上面沾染了點點血痕。

「失失石川偵探，」他開口，「有沒有可能……」

「……讓我們分期付款？」她幫他把話說完。

「我們或許可以做點安排。」我嘆氣。

接下來的會談進展順利，不過我看見他們的眼睛變得稍微比較沒有生氣。他們交給我幾張他的照片（為什麼失蹤人口在照片裡看起來總像他們即將失蹤？）。我們道別，我說我會盡我所能。

不過我看得出來，他們還在思考錢的事。

有些人就是負擔不起，而沒什麼比接下他們的案子更糟了。我不常有付不起費用的客戶上門，因此遇上時總是弄得我拙於應對。我的標準案子通常像這樣：

「石川偵探，很高興認識您。」

「我也很高興認識您。請坐。」

我對妙子點頭，不過她已經知道該送上咖啡。

我們對彼此鞠躬，交換名片。

我們坐下，安頓好的同時，把各自的meishi（名片）放在面前的桌上，我有短暫的時間能研讀她的名片。

她的名片看來高貴，純白，簡單的黑色字型，只有英文。極簡——沒有電子信箱，也沒有通訊地址——只有一個名字，姑且說是「杉原弘子」（*Sugihara Hiroko*）吧，另外還有一組電話號碼。沒有公司名稱或職稱。

「我的酒吧。」她慧黠的雙眼看著我。「一家高級酒吧。我們的客人需要最嚴密的保密，因此沒有地址。我對此致歉。」

她看也沒看我的名片。

她從外套內側口袋拿出一個銀盒。

「介意我抽菸嗎？」

「請便。」我從底層抽屜撈出一個菸灰缸放在她面前。

妙子用托盤送咖啡進來，小心地放在桌上。她離開時對我們鞠躬，並在身後關上門。

「要來一根嗎？」杉原把打開的菸盒呈到我面前。我看不出是什麼牌子，倒是看得出她頗能自制。菸盒裡只有七根菸。

「不了，謝謝您。我戒菸了。您請便吧。」

她點著菸，我立刻後悔起沒拿她一根。她的嘴脣輕觸濾嘴，吸氣時，我看見一抹愉悅的電流點亮她的眼。她越過桌子直勾勾看著我。

「石川偵探。我就直接說重點了。我不是那種拐彎抹角的女士，我也知道時間就是金錢，對您我來說都一樣。」

「您覺得方便就好。」

「我的丈夫有外遇，我想逮住他，我才能拿到比較好的離婚條件。」

我讓這句話懸在那兒片刻。

「您確定他有外遇？」

「對。」

「他的行為最近有什麼改變嗎?」

「沒有。」

「您說不出是什麼讓您起疑?」

「說不上來,對。」

「根據我的經驗,伴侶若出現婚外情,他們的行為通常會有所不同——通常是變好。尊夫的穿著或許有所不同?」

「沒有。」

「我了解了。他看起來是否比以往快樂?是否對您比較體貼?送您禮物?」

「完全沒有。」

「我了解了。」我停頓了一下。「呃,我無意冒犯,杉原太太……但是您怎麼確定尊夫外遇了呢?」

她深深吸一口菸,撢掉菸灰,朝空中吐出一條煙龍。那道煙飄過辦公桌,俐落地鑽進我的鼻腔。

「石川偵探。我丈夫是個騙子。」

「很抱歉,我——」

她舉起一隻手要我安靜。「我丈夫是個職業騙子。他的工作就是說謊。自從我認識他，他就一直在騙我。我們的關係就是建立在謊言之上——成功欺騙彼此。不過丈夫不忠時，女人總會知道。我沒有證據——他太聰明，不會留下證據。不過我切切實實知道我丈夫背著我偷吃。我只需要您為我取得證據。就這樣。」

我保持安靜，讓她醞釀。

「石川偵探，您大可回絕我的委託。您不是我今天在新宿拜訪的第一個偵探。不過，我對其他偵探也說一樣的話，您會得到豐厚的酬勞。我想的是這個數字，外加開銷。」

她遞給我一張摺起的紙。我打開它，看著那些零。我把紙摺好還給她。

「好，我接受委託。」

我就是這樣賺錢的。逮住不忠的已婚人士、搜集證據。有時候，我分不清其中到底誰最糟。不過至少我最後總會收到錢。

那對夫婦離開後，我告訴妙子她可以提早下班，做了一點文書工作，然後便關閉辦公室，結束這一天。

外面下雨，所以我撐起傘，加入穿行街道朝新宿車站走去的黑西裝上班族人潮。我看起來就跟他們一樣。這是我的強項——融入、不引人注意。***Deru kui wa utareru***——突出的木樁會被打下去。

新宿。好一個糞坑。我不會選在這樣的地方設立辦公室。我是大阪人——土生土長。不過新宿是這城市裡最骯髒、最性感的部分，也是所有活動發生的地方。對像我這樣的***tantei***（探偵）來說再完美不過。在這裡，你可以找到所有下流東西，二丁目的同性戀區、***nyu hafu***（人妖）變性人酒吧、妓院、泡泡浴場、愛情旅館、不貞。

東京就是把它那些公開展示的罪惡藏在城市的這個部分。而我都知道。我穿著雙面外套、頭戴帽子和假眼鏡，迷你攝影機藏在筆裡，監視著這些罪惡。有妻小等著他們回家的男人。人除非來到離婚官司的另一端，付出了慘痛代價，否則不會知道他們有多幸福。

那一晚，電車是另一種人滿為患。中央線有人臥軌，所以原本就誤點而且塞爆了，下雨還弄得車廂又熱又黏。我擠上車，屏住呼吸，隨西行的電車朝郊區前進。我站著睡著，差點坐過站。

到站後，我又擠下車，這才發現我早餐後就沒吃過東西，因此在一家拉麵店停下來，點了一碗味噌拉麵外加***chashu***（叉燒）和啤酒。餐點迅速送上，我餓壞了，吃完後又加點一瓶啤酒和一盤餃子。端起麵碗把最後一滴拉麵湯倒進我喉嚨時，我看著一片片紅油沿白碗內側滑下，看起來就像錦鯉在池塘裡游過彼此身上，蠢到極點的嘴咕嘟咕嘟地，渴望吃到水面上的食物。就像東京——所有人都為了一些碎屑跟其他人爭得你死我活。可能是啤酒讓我感傷了吧。我需要喝更多。

下一站是回家路上的什錦燒店；我以前在店裡的吧檯寄了一瓶燒酎，這次喝掉不少。老闆是一個真正的好人，來自廣島，跟他聊天總是令人愉快。我們針對哪一種比較好開了一點經典的玩笑：大阪燒還是廣島燒（答案當然是大阪燒）。店裡的所有客人都喜歡加入，聽些笑話哈哈大笑一場——就是這樣我才喜歡這家店。讓我回想起老家。有兩個我沒見過的人——計程車司機——一對活寶。我們坐在那兒瞎扯，他們說起一個故事，說是前陣子有個女孩在一家店裡變成一隻貓。問我的話，我會說這故事也太扯了，不過就連老店長的臉也變得像白紙，一面聽他們說故事一面點頭。結果我喝太多、太晚離開。

可能是燒酎的關係，總之我最後跟店長買了一包花斑牌的菸，還抽了幾根。

隔天早上，我在宿醉中醒來，滿喉嚨都是刺痛的後悔，真不該買菸，而且還抽。我把剩下的菸連盒子一起捏爛丟進垃圾桶。我拉開我這小公寓的窗簾，看到一隻花斑貓沿外面的小巷緩緩前進。貓距離很遠，但立即擊中我——孩子的貓——畫漫畫的那個孩子。我百分之百確定。那是個才華洋溢的孩子。他捕捉到那隻小貓的神態，錯不了的。我正要衝出家門試著抓貓，但牠眨眼就走掉，衝進樹籬下後隨即消失。不可能在這龐大的老城市裡找到那隻小貓。可憐的孩子。

接著，我肚子裡突然一陣古怪的感覺。那感覺緊緊攫住我，逼得我雙手抱頭，全身顫抖。可能是因為昨晚的豪飲，但感覺跟之前的宿醉一點都不像。這次感覺不一樣——更深層。

那陣感覺過去。我走到廚房，倒滿一杯水喝了一小口。我拿著水走到舊扶手椅，把水放在書架上的一個杯墊上。肚子裡還感覺得到那股空蕩蕩感覺的餘韻——剛剛抓住我的東西不在了。我坐下，拿出我的手機和皮夾。我撥打那對夫妻給我的名片上的電話號碼。

他立即接起。

「***M-m-moshi moshi***（喂，您好）？」

「我是石川。」

「噢！呢呢您好，知知偵探先生！」

「噓。聽著。我免費幫你們查，但你知我知就好，知道嗎？」

漢字

電車車廂裡緊貼著芙珞的男人讓她很不舒服，因此她決定在新宿站下車，移動幾節車廂的位置到婦女專用車廂。她朝月台擠，避開塞滿電車的通勤者，也閃過等待上車的長長人龍。

早晨的山手線總是人山人海，婦女專用車廂通常都是電車上最擁擠的車廂。如果可能，芙珞總是盡量避開，但她很久沒遇上剛剛那種事了。她排在其他女人後面等待上車，聽見月台上傳來人工錄製的鳥鳴啁啾，還有熟悉的新宿車站鐘聲。警示音響起，表示電車即將開走，她硬擠上車，貼靠著眾多女性軀體。跟其他乘客在車上排排站時，一股空調冷氣迎面襲來，混亂交雜的香水和洗髮精味道在許許多多人頭上方狹小的氧氣空間內飄盪，她發現自己微感窒息。她不再想自己剛搬來東京時在電車上昏倒的那一次。真丟臉哪。

她的臉貼著玻璃窗，順勢看著車站月台。有一張在東京許多車站都能看見的熟悉小海報：一個年輕女性的剪影，她的帽子掉到鐵軌上；一名車站員工在她身旁用一根長長的抓取工具為她撿起帽子；下方的日文寫著：「乘客若有個人物品掉落軌道，請通知車站工作人員。」這張海報總是令芙珞微笑。大多數其他海報都廣告著她負擔不起或不需要的事物：旅行、刮鬍泡、電器用品、健身房會員、啤酒；不過她接著注意到車站牆上一張紅黃雙色的海報，以漫畫手法描繪一名男子在電車上偷摸一個女人。漫畫的最後面是這名男子被車站警衛或警察追捕，旁邊的文字寫著：

痴漢は犯罪です！

性騷擾是犯罪行為！

日本鐵道公司居然還得付錢張貼海報，告訴乘客***chikan***（痴漢）——偷摸女性——是犯罪行為，這真是太胡來了。那難道不是常識嗎？***chi***痴的部分意指愚笨，***kan***漢的部分則是中國的意思。跟***kanji***漢字是同一個***kan***漢。芙珞越是想，越覺得這個詞很怪——

中國人跟日本男人在電車上偷摸女人有什麼關係？這個詞是在說，偷摸別人的人跟愚笨的中國人一樣嗎？這整個感覺有點怪，而且非常種族歧視。

唉，不過至少這句話裡面有一點所有人都會一致贊同——在電車上偷摸人是犯罪行為！

車站開始劃過她的視野。列車匡噹匡噹緩緩開走，她的目光鎖定其中一個在月台上工作的車掌。她注意到他輕微的訝異，但對他微笑，而他回以微笑並鞠躬，戴手套的手貼著整齊熨過的灰長褲。要是有空間移動手臂，她會對他揮手，不過有時候微笑便足矣。

她感覺其他乘客的汗水沾濕她裸露的腿和手臂，還有空調冷卻肌膚上液體的涼意。她閉上眼，試著想些比較美好的事。

芙珞用起她常用來應付通勤的熟悉伎倆，她之前聽一場演講時偷來的；當時一個男人站在前方，要所有人想像他們人生中最快樂的片刻。他告訴所有人，只要感覺到壓力，覺得生氣或沮喪，他們就在心裡抓住那段回憶——再次經歷那個片刻。芙珞選擇想起她看見太陽從富士山山頂升起的那個早晨，雞蛋般的紅色球體是怎麼緩緩從雲朵中冒出來；登山者感覺到暖意湧回他們冰冷的四肢，同聲倒抽口氣。芙珞太快走上山，花了好幾個小時的時間蜷縮在一小片陳舊的牆旁。她當時覺得自己好蠢，居然沒帶上合適的裝備，只能坐在那裡發抖，直到一個好心的女士請她喝了點綠茶。如果幫助她撐過艱難時刻的回憶是富士山山頂的日出，那她是靠什麼撐過發生在那一刻之前的所有事？

擴音器告知即將抵達她要下車的站。她睜開眼，跟其他乘客一起走下電車，以與其他上班族和粉領相同的殭屍姿態朝辦公室走去。她剛搬來東京就學會這種姿態了。

「芙珞小姐？」

芙珞不用轉頭就知道是誰在叫她。「是，京子小姐？」

「啊，芙珞小姐。」京子上下打量芙珞全身。身穿完美粉色圓領毛衣和奶油色長褲的京子，她每天都穿相似的服裝，像制服似的；她的衣櫥裡一定有一排又一排沒完沒了的衣架，掛滿嶄新的粉色圓領毛衣和熨燙得毫無破綻的奶油色長褲。京子有一種本領，總是能讓芙珞覺得自己無論穿什麼上班都令人無法接受。「妳有看見我的紙條嗎？」

「妳的紙條？」芙珞已經猜得到接下來會怎麼發展。

「對，我留在妳桌上的紙條。」

「啊，沒有。我才剛進來。我立刻去讀。」芙珞鞠躬。

所有人都會把這動作當成對話的結尾。

但京子不會。

她跟著芙珞一起沿開放式辦公室的隔間走道走向芙珞的座位，沿途說個不停。

「有五件事需要妳處理。首先……」

京子開始逐條列出。說到第二項，芙珞已走到她的座位，拿起京子用A4紙印出放在那兒的紙條閱讀。京子對著她逐字念出紙條的內容。芙珞玩起一個遊戲，她注視紙上的文字，把這些文字一一與京子說出來的話配對——她今天得到一百分。跟紙條分毫不差。

「奧運越來越近了，芙珞小姐。我們真心感謝妳的辛勞——妳的翻譯對這城市來說無比珍貴。」京子歪頭，憂慮地凝視芙珞的雙眼。「妳有任何問題嗎？」

「沒有，清楚至極。」芙珞說。「非常感謝妳，京子小姐。」

「***yoroshiku onegai shimasu***（麻煩妳了）。」京子鞠躬。

「***yoroshiku onegai shimasu***（麻煩妳了）。」芙珞回以鞠躬。

芙珞對京子微笑直到她走開。接著她坐上旋轉椅轉了一下，啟動電腦。這部老古董桌機開機很花時間，於是她先去自動販賣機買一罐冰咖啡。她回來時，登入畫面等待著她。她登入，打開工作的電子郵件。

二十封未讀信件。其中之一來自京子，內容是她剛剛接收那份筆記／演說的複本。翻譯這、翻譯那。填寫這份外國人對歌舞伎意見的問卷。填寫那份相撲的報告。交稿期限。更多期限。芙珞嘆氣。

她用另一個視窗打開她的個人電子郵件。兩則新訊息——一則來自小川（Ogawa）老師。她將滑鼠移到來自母親的信件上方，已可看見構成開頭幾句話的刺眼羅馬字母：「幾百年沒收到妳來信了，親愛的。妳什麼時候回波特蘭？」芙珞搖頭。滑鼠點選來自小川的柔軟蜷曲日文。她打開信，讀了兩次。

親愛的芙珞小姐，

東京的天氣如何呀？我想應該很熱吧。時值夏季，請好好照顧妳的身體喔。希望妳在東京能找到品質好的西瓜。或許我從金澤前去拜訪妳的時候，可以帶一點給妳。

金澤跟平常一樣。我們正在準備夏季祭典。榊原（Sakakibara）和其他會話班的同學不時談起妳呢。他們都很好奇妳東京新工作的狀況。我告訴他們妳已經去一家公關公司上班，不繼續翻譯電玩了。他們聽說妳在電玩公司工作得不愉快，都感到很遺憾，不過我們覺得妳的新工作聽起來好多了。榊原非常敬佩妳——我們的芙珞在翻譯二〇二〇年奧運的素材呢！我們都為妳感到驕傲。

這一切讓我回想起妳多年前初到金澤的時候。妳剛下來自美國的飛機，完全不會說日文。看看現在的妳！為奧運翻譯。他們應該頒給妳一面金牌才對！

妳還在練習***shodo***（書道）嗎？希望妳沒中斷——妳真的非常有天分。知道嗎，我非常懷念我們的書法課。

好啦，絮絮叨叨說夠多了。我很期待很快可以到東京拜訪妳。我們可以約週六早晨一起喝咖啡，不巧的是，我下午另有約會。再告訴我妳想約幾點在哪裡見面吧。等不及了！

珍重

小川

P.S. 我有個新漢字供妳學習。
妳認識這個字嗎？

貓

芙珞看著這個字，思考片刻。她很確定這個字是***neko***——貓——不過還得確認一下。她從桌上滿書架的書中抽出一本翻爛了的漢字字典，一頁頁翻過。對，找到了，***neko***——貓。不過和正規的寫法不一樣。這個字的日文標準寫法是「猫」——左邊的偏旁是「犭」。大川信上寫的左邊則是「豸」一定是過去的寫法。芙珞知道過去日本人相信有***bakeneko***（化貓）的存在——會化為人形的貓，以諸多方式威脅人類。不過這版本的「貓」字已不再使用。小川常常教她超出日常實際範圍的漢字，不過芙珞就是喜歡她這一點。

芙珞看見京子馬尾的頂端在隔間的另一端躍動。她關閉個人電子郵件的視窗，埋首工作。午餐鐘聲轉眼響起。她抓起包包，離開辦公室，朝她常去的咖啡店走去。

她有一小時。

芙珞點了一分附冰咖啡的義大利麵套餐，在角落的桌子旁坐下。她從包包拿出一本日文書和一枝鉛筆。她停頓片刻，思考了一下後拿出一份標題寫著「複製貓」（Copy Cat）的英文手稿。她把手稿放在旁邊的椅子上，注意力轉回日文書。她一邊用叉子吃麵條，一手把書平攤在桌上瞪大眼閱讀，偶爾放下叉子，在頁緣註記，或是在句子下畫線。

芙珞吃完義大利麵，沉浸書中，直到手機的鬧鐘響起，提醒她只剩十分鐘就得回辦公室。她把書和鉛筆收回包包裡，對來收走義大利麵托盤的服務生微笑。還剩一點冰咖啡，她靠著椅背緩緩啜飲，凝視著遠方。

一名美麗的短髮日本女孩跟一個外國男人——看起來是英國人——剛剛買好咖啡在她隔壁桌坐下。芙珞做著白日夢，不過隔壁桌的兩人坐下時，男人自以為是地對她點頭，女孩興致缺缺地對她揮手，她還是對他們回以微笑。他們開始高聲聊天，芙珞擋不住他們的說話聲。男人竭盡全力說著日語，從語氣聽來，他主要是為了芙珞才這麼做；女孩則是以緩慢、屈尊的日語回應，有時切換成口音道地的美式英語。他們談話的內容完全不值得關注，芙珞盡最大努力關起耳朵，享受著午休的最後幾分鐘。

「***Kono Café Kawaii ne***（這家咖啡店真可愛呢）。」女孩說。

芙珞一縮。***Kawaii***——可愛——是最被過度使用的日文詞彙之一（她得承認使用者主要是女孩），幾乎用來形容任何事物，因此幾乎不再具備任何意義，只是用來填補沉默的空白。這家咖啡店並沒有特別可愛。

「昨晚！好多***brooor brooor***！」男人用幼稚的日文說道，一面發出那個聲音一面比手畫腳。

「你說的broor broor是什麼意思呢？」女孩用屈尊的日語問道。

「暴風雨！」男人說。

「對，昨晚有暴風雨。」女孩說。「所以呢？」

「閃光！」男人說。

「對，有打雷。」女孩用英語說，同時看了芙珞一眼尋求同情。芙珞閉上眼。

「不是。不是打雷！閃光！」男人堅持，繼續用糟糕的日語說著。

「噢，喬治（George）。你為什麼老是說這個呢？」女孩輕輕哼了一聲。

男人嘆氣，切換成英國腔的英語。「聽著，真理（Mari），閃電的日語怎麼說？」

「*kaminari*（雷）。」女孩說。

「不對，那是雷。閃電是什麼？」

「我不懂你在問什麼。」

芙珞起身離開，走一步後想了想，又回到桌邊。

那兩個人抬頭看她。

「*Inazuma*（閃電）。」芙珞說完轉身快步走向門。

門打開時，她聽見男人問：「她說什麼？」

芙珞踏出店外，沒聽見女孩的回應，也沒聽見男人大喊：「嘿等等！小姐！」，她只是漲紅臉，立刻後悔對他們說話。她非常快速地走回辦公室，因此拿著她的「複製貓」手稿追在她身後的男人放棄了，回到咖啡店，卻遭到同伴一番斥罵。

加班幾個小時後，芙珞正要離開辦公室。她禮貌婉拒和幾個同事一起去喝酒的邀約，理由是身體不適。回家的電車上，她拿出她的書，卻發現自己不停點頭，因此容許自己打個小盹。

從車站回家的路上，她在一家羅森便利商店停下來，買了一份沙拉。她沒拿沙拉醬，因為她家的冰箱裡有一大瓶芝麻醬。

她關上公寓的門，在***genkan***（玄關）脫下鞋子，同時間，她就像平常的每一晚一樣，思考著玄關有多難翻譯成英文。可以翻譯成「門口（entrance way）」或「入口處（porch）」，但兩者都不是那麼貼切。日式住家中，玄關的意義在於一個指示出外面結束、裡面開始的空間。

她走進沉悶的公寓內，打開一扇窗。芙珞沒有空調，因為那太貴了，不過她倒是有許多書。她的書架上塞滿書，所有能用的層架空間也都被占滿。看見她的書給她一種安心感，讓她覺得平靜。她大部分都讀過，不過還有許多在排隊，這帶給她一種興奮感，腦中冒出她最喜歡的其中一個日本詞彙——***tsundoku***（積讀）——這個詞在英文中需要用一句話才能說明：不停買書堆在架上但不讀。她打開電扇，帶著剛剛從便利商店買的沙拉進廚房。她從冰箱拿出芝麻醬，倒一點在沙拉上，再拿一雙筷子攪拌。她帶著沙拉和筷子到書桌，坐下來對著電腦吃，啟動電腦一邊看幾個她最喜歡的日本Youtuber。

吃的時候，她一邊第一百萬次想著，比起用刀叉，用筷子吃沙拉實在方便許多。可以輕易夾起小番茄，吃得乾乾淨淨。用叉子很難叉起小番茄，通常最後都會飛到地板上。

一整天裡，芙珞有幾百萬個像這樣的想法在她腦中游來游去，但無人可分享。她總是告訴自己：**有了書，誰還需要朋友**。她的書架上不只有她最愛的小說，還有一大堆語言學教科書、字典和參考書，都與日本語言、文化相關。她自詡為日本學家。崇日者是只**熱愛**日本但不問問題的人。他們活在動畫與漫畫的奇幻世界中，覺得日本不可能有任何問題。

芙珞喜歡視自己為日本學家。她覺得所有文化與語言都應該受到尊敬，而她以同樣的方式尊敬日本的語言與文化。不過她知道在她內心有一股深層的需求，她需要把她面對的每一個問題都刨根究底。對日本相關知識的追尋。學習、研究、吸收。

她一邊吃沙拉，一邊從書架抽出一本厚重的漢字字典，一頁頁翻過，想找**痴漢**或

漢字的漢。早晨在電車上遇到有關這個字的問題，這會兒在她腦中不停打轉。她找到這個字的條目，一面咯吱咯吱地嚼沙拉，一面閱讀定義，發現這個字確實有「中國漢朝」的意思，不過同時也代表「男人、傢伙、小子」。漢的這個定義很可能正是**痴漢**一詞中所指。所以根本不是種族歧視的刻板印象、指稱中國人就是地鐵鹹豬手。**痴漢**只不過是「愚笨的傢伙」。

她收拾晚餐。在廚房裡時，她打開冰箱拿出一壺冰咖啡。她從碗櫥拿出一個玻璃杯，咖啡壺在杯子上方遲疑了一下。她看表，搖搖頭，把咖啡壺放回冰箱，改在杯子裡裝滿自來水，端著杯子回書桌。

芙珞又坐下工作，先簡短欣賞一下她搬來東京時小川寫來送她當作臨別贈禮的書法。小川寫的是貓的漢字，但巧妙地把文字轉化為貓的形狀。小川和芙珞都喜歡貓，這幅書法本身訴說著她們之間友誼的故事。裱框的書法字旁是芙珞、小川和幾位朋友的合照。她們都穿著和服——小川挑了一件粉色和服，在她到東京賞櫻時穿。芙珞記得那天，以及她們玩得多麼盡興。她們去了上野公園，坐在櫻花下吃便當、喝綠茶。

現在是夏天了，天氣炎熱。

芙珞從包包裡拿出她正在翻譯的那本書，打開Word文件，打出她中午時讀的部分。這本小說由芙珞最愛的日本作家其中一位撰寫，她已經翻譯幾個月了，現在接近完成。一如平常，她迷失在工作中，抬頭看時鐘已經是凌晨兩點，她大吃一驚。

她揉揉眼，爬上床；在她還沒意識到之前，鬧鐘已再度響起。

芙珞工作的日子幾乎每天都一樣。這週唯一的不同是週末有件值得期待的事——小川即將來訪。而且，花了幾個月時間翻譯的小說即將完成。她打算把譯稿修潤一番，印出來，週末見面喝咖啡時交給小川；芙珞很高興所有事情都照她安排好的時程走。

因為最初就是小川帶芙珞認識這本書的作者。她送給芙珞一本為兒童而寫的科幻短篇故事日文版，名稱是《複製貓》，作者的筆名是西古二（Nishi Furuni）〔本名大橋源一郎（Ohashi Gen'ichiro）〕。芙珞迷上這位作家，並驚訝於他的作品居然尚未翻譯成英文。小川樂於跟芙珞分享這位作家的一切。

古二是一名多產的作家，只不過有點古怪——他著迷於貓，還有漢字。他的孫女被診斷出患有癌症之後，他便開始創作一系列故事，每天為她寫一則。古二最年長的兒子也就是這名孫女的父親，他是知名的**落語家**，不過被酒癮拖垮。因為這層關係，照顧孫女的責任落到古二身上；他會用整天的時間創作一則故事，然後每晚在孫女睡前念給她聽。他持續這麼做，直到她死去。《複製貓》也是其中之一，包含在這位作者為他孫女創作的浩浩三百篇故事集之中。芙珞全部讀完了，甚至完成《複製貓》的翻譯，並送給小川當作禮物。她打算拿去文學雜誌投稿，但完全沒概念該寄去哪一家。

不過芙珞最近一直在翻譯的小說是更私人的計畫。《荒蕪濱岸》（***Desolate Shores***）是古二的著作。這是他自殺前寫的小說。孫女的死對古二的創作風格和人生哲學造成重大衝擊。原本不過量飲酒的作家變得依賴酒精，還染上致幻藥物。《荒蕪濱岸》是一本令人困惑的傑作，出自一名心理失常的天才；芙珞從頭到尾讀過十次了。閱讀的過程中，芙珞也迷上**漢字**——日文中用來書寫文字的中國字。他開始產生幻覺，認為要是他寫下一個字，那個字便有可能活過來。因此撰寫《荒蕪濱岸》時，他避免用上漢字，擔心它們會獲得生命，從紙頁上的文字化為真實世界中的怪獸，趁他入睡時攻擊他。他拒絕在小說中使用**鼠**或**蟑螂**的漢字，而且入夜後會用粉筆在一條放在地上圍住他床墊的鍊子上重複寫下**貓**的漢字，相信他睡著後，這些寫下的文字會化為真貓活過來並保護他。

完成《荒蕪濱岸》的草稿時，古二把書稿交給版權代理人，隨後用伏特加吞下一瓶安眠藥。

他變成她們共同沉迷的對象。她們會花好幾個小時的時間聊他的人生和作品，芙珞熱切地聆聽小川哀嘆他的作品竟沒有被翻譯成英文。芙珞打算匡正這錯誤。

不久，週末到來，芙珞傳簡訊給小川，告訴她約在哪個地鐵站見面。芙珞挑了一家位於西郊的貓咪咖啡店，打算帶小川去，給她一個驚喜。金澤沒有貓咪咖啡店，所以對小川來說應該是難得的體驗。

·

那天，芙珞比預定和小川會合的時間提早三十分鐘到車站，於是她到公園散步打發時間。回到車站時，小川已經在外面等了。芙珞人還在遠遠的人群中，便能看見小川那頭經過設計、鶴立雞群的髮。今天小川身穿白色和服，上面有水仙花的圖案，撐著一把白色陽傘遮陽。她攤開日誌，正聚精會神地讀著。距離拉近後，芙珞加快腳步，想偷偷接近小川嚇她一跳。

芙珞溜到她身後，輕拍她的肩膀。小川微微一跳，轉身面對芙珞。小川的驚嚇隨即轉為大笑，她們倆興奮地緊握對方的手肘，跳了一小段舞。幾個路人轉頭看她們，顯然驚訝於這麼一位外表老派的女士竟會跟一個外國年輕女孩一起跳舞。

「小芙珞！」

「小川老師！」

「噢，別叫我老師了啦！」

「妳永遠都是我的老師。」芙珞咧嘴而笑。

「噢，我只是一隻愚蠢的老鴨子！」小川大笑。

「好吧。要不要去咖啡店了呢，愚蠢老鴨老師？」

她們雙雙大笑，手勾著手沿小巷朝貓咪咖啡店走去。

那家咖啡店的店名是貓咖啡，她們進去時，店裡出奇安靜。貓比客人還多。她們走進去前，小川已猜到這是什麼樣的咖啡店，芙珞點頭確認後，她興奮地微弱尖叫了一聲。這會兒她們倆笑容滿面地環顧所有桌子。一名看似店長的男子走過來，把她們帶到一張附坐墊的矮桌。他說明收費方式，並為她們點餐。同時間，小川撫摸一隻來她們桌子拜訪的虎斑貓。

牆上有幾幅大張相片，主角都是同一隻花斑街貓，拍攝於東京的同一處郊區，只是季節各不相同——冬雪、夏祭、秋葉，以及春櫻。芙珞起身細看春季的照片。這一幅特別吸引她注意。小貓坐得筆挺，低頭防備地看著相機。四周滿是落櫻，背景的櫻樹失焦化為一片模糊的粉色，照片裡的貓感覺好真實。相較於在咖啡店裡跳來跳去跟客人玩、馴化的貓，牠看起來不一樣，有一種挑戰的感覺：牠的臉訴說著故事，訴說著牠沒有主人、沒有家——一隻真正的城市貓。芙珞仔細看，發現那隻貓的眼睛映出了些什麼；攝影師蹲低拍下這張照片時的身影。她好奇起拍照的會是誰。

她回到桌邊跟小川一起坐下；小川這時正在為一隻薑黃色的貓好好地抓下巴。薑黃貓嘴角垂下一點口水。

「真不錯的照片，對吧？不知道是誰拍的。」小川說。

「對啊，我也在想同一件事。」芙珞說。

「好啦，妳最近過得怎麼樣？」

芙珞正要回答，不過店主剛好在這時送上她們的冰咖啡。

「謝謝。」那男人把咖啡擺上桌時，小川優雅地對他鞠躬。「我們剛剛才說到，不知道這些可愛的照片是誰拍的呢？」

「噢，一個外國人。」他說話時看著芙珞。「他叫作喬治，來自英國。妳來自哪裡呢？」芙珞還沒來得及回答，他又對著小川說：「她會說日語嗎？」

小川沒回答，只是點頭示意芙珞自己回答。

「我來自奧勒岡的波特蘭。我是美國人。」芙珞說。

男人微微往後一跳。「噢，天啊！妳的日語說得真是無懈可擊！」男人瞪大眼。

「聽起來甚至跟日本人一樣耶！」小川的嘴角上揚。

「欸，那是因為我有個好老師。」芙珞對小川點頭，而她事不關己地揮手。

「佩服。」男人對她們倆微笑。「對了，這些照片都待售中——有興趣的話跟我說一聲就好。」他鞠躬後便離開讓她們自己聊天、跟貓咪玩；聊天過程中，牠們晃過來又晃走，對這世界毫無掛念。

談天時，芙珞從頭到尾都覺得恍若重生。她們回憶芙珞住在金澤的那段時間。小川告訴她當時所有朋友和同學的近況。芙珞一從波特蘭的里德學院（Reed College）拿到文科學位便搬到金澤。也不是真心對日本感興趣之類的，她只是想逃到一個不一樣的地方。她透過日本交流與教學計畫（The Japan Exchange and Teaching Programme，JET）找到一份在金澤的國中教英語的工作，並決定大膽一試。五年後，她的日語已達流利的程度，便前往首都，在一家電玩公司擔任譯者。

不過她並不像在金澤時那麼精力充沛。東京令人疲憊。東京是永不止息的固定行程。這裡有時感覺太大、太沒人味，彷彿她被吞進這城市裡，沒人會注意到她。現在跟小川聊天，她才發現她有多想念金澤。小川啜飲咖啡，聊著這個學生或那個學生——誰結婚了、誰生孩子了、誰在電車上喝醉鬧了醜聞。芙珞耐心聆聽，後來忍不住對小川講起她對早先一堂漢字的日語課突然開竅了。那堂課是這樣展開的：

當時在社區中心，芙珞隔著摺疊桌坐在小川對面，搖搖晃晃的椅子隨著她在上面蠕動而咯吱尖叫；這時的她總是很緊張。中心提供拖鞋給所有人穿，夏季當芙珞赤腳時，她感覺到腳底冒汗，在塑膠拖鞋上滑溜溜的。

小川平靜地打開筆記本，其他老師和學生對話的聲音在她們周遭嗡嗡響，她則是緊張地啃著鉛筆。角落那個傲慢的澳洲人最資深，他放聲說話，音量壓過所有人。芙珞盡可能擋住他的聲音，專注於小川；小川緩慢又清晰地一次端出一個字，一一對她講述。

「漢字非常簡單，小芙珞。很多人看著複雜的字，覺得那些字太難了、自己永遠不可能學會。不過就跟所有事情一樣，如果我們從簡單的開始並把它們學透，慢慢就會發現複雜字只不過都是由簡單字構成，而且都訴說著故事。」

人＋木＝休

「左邊是人，右邊加上樹木，就得到休息。想像一個人在野外靠著一棵樹，休息。文字放到其他文字旁意義就改變了，因此我們一定要專注於它們之間的關係。沒有哪個文字真正孤立，而且就算是最複雜或最簡單的字也會有它們各自的故事。記住囉，小芙珞。」

那堂課之後，時光飛逝。現在她們坐在東京的一家貓咪咖啡店裡，芙珞包包裡有一份小說翻譯的初稿等著要交給她過去的老師。她因期待而坐立難安。

「噢，小川老師，趁我現在還記得……」芙珞的手伸向包包。

「不！我先。」小川已經打開包包，正拿出一個包裹。「來，我之前說會從金澤帶西瓜給妳。」她把包裹交給芙珞，芙珞雙手接下。

「太感謝了，小川老師。」芙珞鞠躬。

「沒什麼啦！」小川說。接著，她露出俏皮的微笑，拿出另一個包裹。「來，還有這個。」

芙珞接下包裹。感覺像一本精裝書。「是什麼？」

「打開啊！」小川微笑著說。

芙珞靈巧地撕開黏住包裹的膠帶，把書推出來。看見書名時，她的心臟沉到了胃裡。

《荒蕪濱岸》

英文版，譯者是威廉．H．施耐德（William H. Schneider）。

「英譯版剛發行！我想妳可能也會想讀英文版。」

芙珞的雙手在書套上留下汗水的痕跡。

「謝謝妳。」她努力裝出熱情的聲音。

「怎麼了，小芙珞？妳還好嗎？」

「我沒事。不好意思，我覺得不太舒服。」

「要喝點水嗎？」她呼喚店長過來。「可以麻煩您給我們兩杯水嗎？」

男人點頭，去幫她們取一個水瓶和兩個玻璃杯。

「妳確定妳沒事，小芙珞？」

「對，我沒事。真的。」

小川的手橫過桌面放在芙珞的手上。「妳知道的，妳無論有什麼事都可以對我傾訴。」

芙珞滿心無比強烈的孤寂感，好幾個月來都渴望著被另一個人類以如此溫柔碰觸，現在她卻只覺得麻木。

男人帶著水回來，小川縮手。

「還需要什麼嗎？」男人問。

「是。」小川開朗地說。「請問那幅春季貓咪的相片多少錢？可否幫我查一查？」

「沒問題。」男人回去櫃檯查看。

「妳喜歡那幅，對吧？」小川問。

「對。」芙珞說。

男人回到桌邊。「一萬元。您想買下嗎？」

「妳覺得如何，小芙珞？」小川對芙珞微笑。「我的禮物。」

芙珞覺得坐立不安。「不用了啦。」

「確定嗎？」小川又問。「不用擔心價錢——我錢多得花不完呢。」小川大笑。

「不，真的不用。」芙珞眼淚盈眶。「不過還是謝謝妳。」

小川抬頭看男人。「那我們結帳就好。」她看著芙珞。「我請客噢。」

小川付完錢後去洗手間。這時，在咖啡店裡工作的男人過來要芙珞的電話號碼。芙珞謊稱她沒有手機。小川回來時她鬆一口氣，她們隨即離開咖啡店，緩緩朝車站走去，一路無語。

「很遺憾不能多陪陪妳，芙珞，不過妳也知道鈴木（Suzuki）先生的要求有多高。妳想一起來嗎？非常歡迎喔。我相信鈴木先生一定也很高興見到妳。」她們站在車站前面。

芙珞非常渴望說好，但也知道自己沒辦法持續談話，尤其是人多的時候。她花了很大的力氣才在小川面前藏起她內心的感受，但是這表象沒辦法再撐太久。

「謝謝妳，不過我還得工作。」

「妳最近好忙呢。」小川微笑。「我真為妳感到驕傲。」

芙珞覺得自己快哭出來了，因此咬住嘴唇。

「妳沒問題吧，小芙珞？」小川碰觸她的手臂。

「對，我沒事。」

「很遺憾今天沒時間多聊聊，不過妳知道的，如果妳需要逃離，永遠都歡迎妳回金澤。」

「謝謝妳，小川老師。」

「保重噢，小芙珞。」

「再見。」

她們擁抱，芙珞屏住呼吸，不想讓情緒潰堤。

她們揮手道別，小川通過票閘搭車去了。她搭手扶梯上去月臺前又回頭揮手。

芙珞慢慢走回家，努力不哭出來，感覺到那一疊徒勞的A4紙和嶄新的精裝書沉甸甸地壓在包包裡。

芙珞的鬧鐘在週一早晨喚醒她，而一如平常，她不想去上班。

搭上擁擠的電車後，她彷彿靈魂出竅，也沒有書或音樂幫助她脫離炙熱車廂的現實。她跟所有其他乘客一樣拉著從行李架垂下的拉環，頭委靡地靠著手臂；儘管車廂內充斥可怕的人類體味，她還是閉上眼嘗試睡一會兒。

正要睡著時，她感覺一隻手摸上她的胸部。

她用力轉身，左右張望想找出是誰輕薄她，不過車廂內擁擠混亂，她看不出那隻手到底從何而來。人類體味益發濃烈。

然後一隻手攫住她臀部——嶙峋的手指擰痛了她。

她大可放聲尖叫，「**痴漢**！」就跟日本人一樣，不過芙珞想自己逮住這傢伙。她假裝再度入睡，頭靠著臂彎，不過胸腔內的心臟劇烈跳動。

那隻手一碰到芙珞的胸部，她立即把它抓住朝那人的手臂扭。犯案男子痛呼。芙珞更用力地扭那隻手，直到可能將它折斷；她咬牙從齒間擠出英文。

「你這隻豬。你這隻**下流**的豬。」

車廂裡的其他乘客左右張望，想知道這陣騷動是怎麼回事；芙珞還是扭住男人的手臂。她打了他三拳，重重地打在耳朵上。

另一個男人用日語對她喊：「嘿！妳不能這樣！這可是日本！」

芙珞轉身面對此人。「**痴漢**！」她以日語尖叫。「**他性騷擾**！」

車門打開，芙珞啜泣著逃下車。她用最快的速度衝上手扶梯，努力逃離案發現場。她不想惹上任何麻煩。

芙珞搭電梯上樓到辦公室時還在發抖，有時還得摀住嘴，以免忍不住又哭出來。一個同事對她點頭——法律部門一個友善的傢伙，名叫誠。他關切地看著她，不過依據日本禮節，在電梯裡不能問她任何問題；她鬆了一口氣。

她正試圖走到她的座位，這時聽見有人叫她。

「芙珞小姐！」

她繼續走。

「芙珞小姐！早安。」京子追在她後面沿走道跑過來，輕微地喘著氣。「妳沒聽見嗎？我剛剛有叫妳呢。」

「抱歉。」芙珞說。

「讀我的紙條了嗎？」

芙珞搖頭。

「啊，沒關係。今天有七個任務要交給妳——」

芙珞努力忍住眼淚，感覺到自己在搖頭。

「芙珞小姐，妳還好嗎？」京子放下原本正在讀的那張紙，注視著芙珞的雙眼。

「不，我不好。」

京子左右張望了一下，看看有沒有人在看她們，接著低語：「跟我來。」

京子帶著芙珞走出辦公室，進入女用盥洗室，一路上兩人都沒說話。

走進去後，京子轉身面對芙珞。「發生什麼事？」

「一個男人……電車上……」芙珞艱難地說著。

「痴漢？」

「只是……只是真的……」芙珞突然哭了起來，開始用英語說話，而且一開始就停不下來。「只是真的太難以承受了。我受不了，我該死的再也受不了了，京子。我工作又工作又工作，但卻一事無成。日復一日都是一樣的東西，沒有色彩、沒有光、沒有希望。這座城市從我體內把我吞食殆盡，大得要命又好冷酷，好無情。男人可以對我做那種事，沒人會多看一眼。沒人在乎、沒人阻止他，他們只是看著事情發生——他們讓事情發生——他們都是共犯。這所有人，這所有繼續過著的人生——他們都太沉浸於自我。他們不會注意到需要幫助的人……誰知道呢，或許他們都在受苦。我不該批判。」她又啜泣了一會兒。京子注視著她。芙珞試著深呼吸，又切換成有條理的日文。「我只是……我只是覺得好孤獨。」

她雙手掩住臉。

京子把手放在芙珞肩膀上，用完美的英語說：「嘿，芙珞。看著我。」

芙珞抬起淚眼看著她。

「妳並不孤獨。妳有時候可能以為妳很孤獨，但妳並不孤獨。」

芙珞的鼻水流個不停。她試著用手指掩飾。

「這座城市太大、太多人，發生太多無人注意或遭人忽視的瘋狂事。我還記得我剛開始在這裡工作時，我搬出父母家，自己住在千葉，每天搭電車上班，當時的我覺得好無所適從、感覺被吞沒了。我無法面對通勤。要是發生像那樣的事，那就更難了。」

「妳不是東京人嗎？」芙珞抽鼻子。

「這就是好笑的地方了，芙珞。我是東京人，土生土長。我是少數人之一……不過有時候其他人讓我覺得我彷彿不該在這裡。」京子咬住嘴唇。

「什麼意思？」芙珞問。

「沒什麼……嗯……其實……去他的。我也是外國人。我只有一半日本血統。我媽是韓國人。我沒告訴別人，因為我想融入。」京子突然露出警覺的表情。「要命，拜託不要告訴任何人。天啊，我甚至還沒告訴我男朋友呢。」

「別擔心，京子。我不會告訴任何人。」芙珞皺起臉。「但是妳好……日本。不好意思，聽起來頗刺耳。」

京子大笑。「哈——不過妳也是啊，芙珞。我們只是需要再更努力融入，對吧？」

她們安靜地打量鏡中的彼此。京子又開口。

「說起來妳可能會感到驚訝，不過不像我，在這裡工作的東京人其實並不多。大多數人都是來自其他地方，來這裡找尋幸福。不過在這裡只找到……嗯，這裡並不全然像大家吹捧的那樣。」她停下來，走進廁所隔間拿了些衛生紙出來給芙珞。「妳這週末有什麼安排？」

芙珞擤鼻涕。「不知道，應該是繼續翻譯吧。」

「妳在翻譯什麼？」

「呃……是一本小說，但是……」

「誰的小說？」

「西古二。」

京子的眼睛亮了起來。「啊！我好喜歡他的科幻故事！」

芙珞把衛生紙整齊地摺好。「我也是。」

「聽著，芙珞，這可能是個古怪的問題，但是妳喜歡漢字對吧？」

芙珞點頭。

「試過書法嗎？」

「愛死了。」

「要不要跟我一起去上書法課？我一直在找伴——不想自己去。」

芙珞展露笑顏。「好啊。」

「太好了。」京子微笑。「我在千葉找到一間教室，距離東京有點遠，但——」

「沒關係。我想去。」

「太棒了。」

「謝謝妳，京子。」

她們對著鏡子打理自己，準備回到無趣的開放格局辦公室。芙珞擦掉臉頰上的睫毛膏，重新畫上眼線。京子重新綁好馬尾，耐心地等芙珞。

芙珞準備好後，她對京子點點頭。

她們正要走出盥洗室時，京子握住芙珞的手腕，輕輕對她說：「這是個難纏的城市，但妳並不孤單，芙珞。永遠不要忘記喔。」

她輕輕捏了芙珞的手腕兩下才放開。她們走向各自的座位，知道她們又將分開。

不過就在這短短幾步中，她們並肩走過隔間之間的走道。一起走。

芙珞回到座位坐下，輕推滑鼠。

她嘆出一口氣，微笑。

——秋葉

「我要你賞我一巴掌，然後逼我吸你的屌。」真理用英語低聲說。「整個塞進來。」

喬治不知道該說什麼才好。他試著回應，不過只發出一陣低沉的呻吟。

「好嗎？」她從她的咖啡抬眼看，注視他的雙眼。「你願意為我做這件事嗎？下次做愛的時候？」

「但為什麼呢？」他尷尬地在椅子上扭動。

「因為我要你這麼做。這就是原因。」

「但我愛妳啊。我為什麼要這樣對妳？」

她瞇起眼。「你愛我的話就照我的要求做。」

「但為什麼呢？」

「因為那會讓我感到快樂。」

他們兩個坐在高円寺的Mister Donut裡用紅杯子喝黑咖啡。喬治四十多歲，真理三十多歲，他們在甜甜圈店的頂樓，可以透過窗戶看見車站。列車隆隆駛過，鐘鳴和月臺廣播構成車站的聲音，節奏感十足地傳送進來。陽光灑入；對秋日早晨來說，咖啡店裡變得頗熱。外面的天空湛藍，空調嗡嗡響著開始運轉，歷經漫長的夏季中為數千客人保持涼爽，這時結巴了起來。附近只有寥寥幾個人：一個帶枴杖的老人對桌獨坐、三名高中生坐在一起咯咯發笑、一群看著各自手機的年輕媽媽，她們漫不經心地搖晃自己的寶寶，如果寶寶大喊或哭泣，她們便噓聲要寶寶安靜。真理打量躺在各自嬰兒車裡的寶寶，接著看著坐在她對面的喬治。她心不在焉地戳弄她自己點的甜甜圈。喬治拿出一根菸點燃。她嘆氣，拿起她那本翻爛了的《麥田捕手》繼續閱讀，為剛剛那段對話畫下惱怒的句點。

喬治拿起他的圓珠筆，繼續在筆記本上塗塗寫寫，菸鬆鬆地叼在脣間。

他們遇於秋
在鎮上最大公園
樹燃起赤金

他爛醉如泥
而她清醒如岩石
在那個秋日

他不停飲酒
徹夜豪飲無休止
直至日高掛

每年皆不輟
她拾掉落的紅葉
夾在她書中

一頁又一頁
構成顏色的目錄
歷史的葉片

他曾對她說——
而她曾對此警覺——
他音似浪潮

「妳在做什麼？」
「沒什麼，收集紅葉。」
「這一片如何？」

「我想應不錯。」
〔給自己的筆記：必須完成這一節〕
「喝咖啡如何？」

「啥？跟你？現在？」她問。

「是，有何不可？」

喬治停頓。用俳句的形式寫東西好費腦力。嚴格的五七五音節結構弄得他頭痛。他覺得自己是個純粹主義者。他不喜歡西方人將俳句翻譯為英文，卻失去詩的音節結構。他讀了好多翻譯版的松尾芭蕉，發現句子裡多出一個音節時，他好生氣，少掉一個音節時也一樣。為什麼大家不尊重形式？要是少了這種結構，為什麼還要稱之為俳句？他渴望讀這些詩的原文版。一次一步，就像小林一茶的俳句：

蝸牛
そろそろ登れ
富士の山

蝸牛
一步一步登上
富士之巓

喬治完全不知道這首俳句也出現在真理此時讀的那本書同作者的另一本小說《法蘭妮與卓依》（***Franny and Zooey***）中。而真理就算知道，應該也不在乎。

這已經是真理第十次讀英文版的《麥田捕手》了。這是她最喜歡的小說。她愛這本書的一切。第一次讀是高中時讀的日文版。另一個像她一樣的靈魂、跟她一樣迷失在一個巨型城市、不相容於紐約、跟她同齡的男孩、孤立又與眾不同；她還記得當時讀到這些描述時最初的激動。她能夠同理他的感受。青少女時期的她曾幻想與霍爾頓（Holden）相遇。他比她高許多，金髮藍眼，帶著那頂有名的紅色棒球帽。她帶他來東京並照顧他。他們在一起很快樂。他們不再迷失，因為他們的生命有了意義。

她偷覷一眼正在寫字的喬治。他全神貫注的時候看起來好酷。她愛他那張粗糙如皮革的臉、金髮與藍眼。他的菸灰越積越長，但他沒讓菸灰掉落。她希望自己能為此時的他拍張照。專屬於她的霍爾頓。她那個無助、迷失的外人。的確，他並非來自紐約，甚至也不是美國。他的英國口音含滷蛋似的，還附帶壓抑的硬子音音節，她花了一些時間才適應；她遇見喬治前曾接連跟幾個美國人交往，他的口音跟他們截然不同。她在一家貿易公司負責外國客戶，工作時遇過很多美國人。和外國人談話對她來說很簡單，但喬治不一樣。她剛開始的時候覺得有點障礙，想念起美國人的散漫與開放。

這個英國男人就跟日本男人一樣。完全不是她想要的伴侶類型。而且他有一個她不是非常了解的面向。她知道他在英國時當過警察；想到這件事事實上會稍微點起她的性致。要是他還留著制服和警棍就好了。不過她可以把他短暫閉上嘴時的樣子想像成美國人。她努力不去想他在英國的前妻和女兒。他在寫什麼？或許也是小說，跟她正在讀的這本一樣。她容許自己稍稍幻想身為外國作家的妻子會過著什麼樣的日子。她也會書寫這種生活，以日文寫。他們說不定住在紐約，但她會回日本上談話性節目、推廣她的最新小說。她回頭繼續閱讀。

喬治需要休息一下停止書寫；寫字弄得他手腕痛。他看著在桌子對面安靜閱讀的真理，輪廓鮮明的顴骨懸在攤開的書本上方。她的黑髮剪得很短，像男人的髮型。她有時候看起來好兇猛，但現在似乎比較柔軟、更容易親近。跟平常一樣，咖啡由她付帳，晚一點他說不定還會跟她借錢。他想在她像現在這個樣子時跟她談——這時的她看起來更講道理。他咳了咳，把筆記本推向她。她並沒有立即抬頭，因此他在她鼻端揮揮手。她皺起眉。

「***Mari-chan, mi-te***。（小真理，妳看。）」他的舌頭吐出結結巴巴的外國音節，努力想感動人、想更靠近她。當他嘗試以日文念出她的名字時，他的舌頭在中途凍結，弄得裡外不是人。他不曾剛好說對子音的正確讀法。不是L也不是R。不過她比較喜歡他以外國人的強烈口音說她的名字，念出那個迷人的捲舌R，帶著異國風情的聲音。一個她自己以前曾覺得很難、但現在感到有點驕傲能發出來的音。當她對外國人自我介紹，她努力用他們的發音方式說出自己的名字——「嗨，我的名字是真理。對。讀起來跟英語的結婚一樣。」——以她這副借來的外國舌頭滿足他們的外國耳朵。

她忽略他的日語。

「真理，妳看。」他改用英語說。

「什麼？」

「我在寫一首有關我們的詩。有關我們的相識。」

她放下書，嘆了口氣。他把翻爛的筆記本拿給她，她接下時翻了翻白眼。她快速讀過那首詩。

「很棒。」她把筆記本還他。

「妳不喜歡？」

「嗯……只是有點……」

「有點？」

「***Nanka……monotarinai***（感覺……有點不足）。」

「別鬧了，真理。」喬治嘆氣。「我聽不懂。請用英語說。」

「軟弱無力？」

「噢……」喬治在菸灰缸輕輕彈菸。聚積的菸灰掉落，他一臉遺憾地深深抽了一口。很快就要抽完了。

「為什麼不寫成故事，別寫詩了呢？還有，或許把場景安排在有趣的地方，像是紐約？」她微笑，手朝他的手挪近一吋。

他靠向椅背。「但是，唉，我想寫成俳句。」

「噢，真的嗎？但這不是俳句啊……」她歪頭，重新讀起那一頁。他的視線朝上一閃。「是，是俳句。」

「不，不是。」她定定注視著他。

「呃，每一節都是俳句啊。」

真理不知道節這個字是什麼意思，但她不想承認。喬治用了一個她不認識的英文字，這令她有點生氣。她搖頭。「俳句應該要用日文書寫。」

「我不認為。」他假笑。

「***Yappari gaijin wakaranai ne***（外人果然就是不懂呢）。」她非常小聲地快速說出這句話。

「什麼？」喬治跟不上她說得飛快的日語。

「總之，你寫的東西沒有*kigo*（季語），喬治。」

「季語？」

「對。你知道的，像是，一個季節性的字詞。每首俳句都應該包含一個跟其中一個季節有關的季節性的字詞。」

「我懂了。」喬治放下筆。

「那個金髮女孩留在咖啡店裡的故事文稿呢？」真理瞇起眼。

真理和喬治兩人都非常清楚，那個外人女孩把書稿落在咖啡店不到一小時後，他又把那份稿子掉在他們搭的計程車上。真理完全沒有要讓他忘記這件事的意思。「不確定。」

「我想讀。那看起來很有意思。」真理噘起嘴。

喬治咬住嘴唇，沒提起這個字加上她用的語調讓他有點難過。或許她沒那個意思。

他們喝完咖啡，出發前往貓咖啡。

喬治在貓咖啡的照片展即將結束。今天是他們去店裡看看售出幾幅並收走未出售作品的日子。咖啡店的店長康（Yasu）是真理的朋友，給他們三萬元的優惠價讓喬治展出他的作品。真理為他付了這筆錢，而他凝視他大量的作品好幾個小時，努力想決定該展出哪幾幅。最後，在真理稍微出手相助之下，他決定展出一系列街拍的照片。這批照片都圍繞著同一隻貓；只要他帶著相機到那附近亂晃，他總是會看見牠。

這系列頗為巧妙：照片是在過去幾年間拍下，清楚展現出城鎮的季節輪轉。真理對他解釋，這是日本藝術與文學常見的主題——就跟俳句一樣。季節的流動會吸引那些欣賞喬治照片的日本客人，而且貓也是個好題材，肯定會令貓咖啡那些貓痴客人為之瘋狂。真理很肯定一定會成功。

「喔喔喔，看看他那張***kawaii***（可愛）的臉……」她輕柔低語。這天晚上喬治正在編輯照片，真理手指著電腦螢幕上一張貓在雪中玩耍的照片。

「妳怎麼知道是個『他』？」喬治問。

「噢，他、她，有差嗎？」她回嗆。

喬治並不知情，不過真理和咖啡店老闆康打過一次**炮**。那是一個錯誤。只是真理人生中為數眾多的其中一場喝醉炮。一點意義也沒有，而康是個好人——閱歷豐富的男人，對他來說性就只是性——看見真理和喬治在一起並不會覺得困擾。不過她知道如果她對喬治解釋這情況，他不會表現出同樣的冷靜，於是她閉口不談。外人總是這麼愛吃醋。

他們抵達貓咖啡，進門時，他們看見所有客人都在拍撫在店裡漫步的貓咪。康出來迎接他們，並送上飲料。他用破爛的英語對喬治說話，一邊說一邊微笑、握手；不過當真理詢問賣掉幾張喬治的照片，他轉而快速地對她說起日語。

「啊……」康看起來不太自在。「小真理，這就是我一直想跟妳談的事。」

「怎麼了？」真理和康快速地以日語交談，她對喬治一笑。喬治接收到暗示，走去角落撫摸一隻胖嘟嘟的薑黃貓，讓他們倆繼續談。

「呃，事實上，小真理。呃，說老實話，我們只賣出一幅……」

「一幅？」她的聲音沒有顯露出她內心的震驚。

「對……說老實話，還是我自己買的。」

「我懂了……」她咬住嘴唇。「一幅啊。」

「對……我不知道妳打算怎麼對喬治說。剩下的照片都打包好在後面了。妳想要我怎麼處理？」

真理想了想，伸手拿她的路易威登（Louis Vuitton）錢包。「阿康，很抱歉用這種事麻煩你，不過你可不可以暫時幫我收著？可以的話，我之後再過來拿。」她迅速把五張萬元鈔塞到他手裡。

「沒問題，小真理。一點問題也沒有。」

「非常感謝你。我很快會來帶走。」

他們一起離開咖啡店。朝車站走去時，喬治開口了。

「所以，我們表現得怎麼樣？」

「嗯嗯嗯？」真理看著地面。

「賣掉幾幅？」

她抬起頭。「啊，全賣掉了。」

「全部？」喬治的嘴裂開成一個大大的笑容。

「對啊，幹得好耶，親愛的。康給了我一些錢要轉交給你。你賺了六萬喔。」

「好棒噢！」

「幹得好，親愛的。我真是為你感到驕傲。」

「我們要慶祝一下！痛快喝一場吧！」喬治蹦蹦跳跳一小段。

「好主意。」看見他這麼開心，真理也露出微笑。

他們常常在日本旅遊。他們都覺得東京令人透不過氣，也都享受暫時逃離到不同城市的不同地點，或是到鄉間遊覽。旅行的費用都由真理以貿易公司的薪水支付，因為喬治教英文的微薄薪水負擔不起真理想去的那些地方。經過他在兩週內喝光整個月薪水的事件，喬治現在每個月都把未拆封的薪水袋直接交給真理。她現在每天給他一個五百元銅板吃午餐。不過喬治一點也不在意；他不會對真理坦承，不過他其實暗中頗享受讓真理處理所有財務方面的事。有一晚，他跟會話班學生一起出去大醉一場，其中一個學生——中年白領——告訴喬治，以前武士身上從不帶錢，一切交由他們的妻子處理。喬治偶爾會幻想自己是武士，真理則是他的伊豆藝妓。

真理個人擁有昂貴的品味，熱愛造訪***onsen***（溫泉），並留宿奢華的***ryokan***（旅館）。她不介意出錢，因為都在她財力範圍之內。而且，她一手提設計師包包，另一手勾著她的外國男友，其他女性面露嫉妒，這樣對她來說就值得了。

「**旅館**是什麼？」他們第一次規畫旅遊時，喬治這麼問道。

「**旅館**就是傳統日式飯店。」她當時回道。

「妳的文法錯了，真理。」喬治說。「妳可以**旅館**和傳統日式飯店都用複數，或是兩個都用單數。兩種都可以，隨妳選。」

她一時露出吃驚的表情。接著，她的聲音微微顫抖，她說：「嗯……我想，如果是我付錢，我應該想怎麼說就怎麼說。」

「好！」喬治舉起雙手想讓她冷靜下來。「對不起。」

「我不是你那些該死的學生，喬治。不要像那樣對我。」

他搔她腋下逗她發笑。「妳喜歡被指導，對吧？」

她咯咯笑。「住手啦！」

「妳想稱呼我為**老師**，對吧？」

「呆子！」她玩鬧地打他的手臂。

他們擁抱、親吻，繼續在喬治的筆電上規畫旅行的行程。

真理只要拿到喬治的筆電，而他又不在附近，她便喜歡查看他的瀏覽紀錄。喬治看好多A片，而且種類眾多。她並不會吃醋，反倒對此著迷。他喜歡什麼？他用的搜尋詞彙有諸如亞洲顏射、優質女孩被幹、內射、女孩穿高中制服、妻子外遇。偶爾搜

尋紀錄中會出現非常變態的詞，像是人妖，或是雙插頭。有些人可能會覺得噁心，但真理不會。這令她興奮。她喜歡觀看他看過的A片，同時想像自慰中的他。

不過讓她著迷的並不是他。想像自己置身於他觀看的A片才真正令她興奮。她想著，如果喬治點選一個影片，突然看見鏡頭前是真理，那就真的太棒了。她會直接注視攝影機。要是他看見，他會出現什麼樣的表情？他的臉會白得像鬼吧。嗯，比他原本的膚色還白。而他本來就挺白的了。

之後她會被愁思席捲，把他的筆電整理好，恢復成她使用前的狀態。然後她會去洗手。

他們之前的九州南部島嶼之旅非常成功。兩個人都心情愉快，而且就這麼一次沒怎麼吵架。

去鹿兒島的途中，他們中途在福岡停留，然後到大分泡溫泉。喬治在**溫泉**鎮由布院的湖邊為真理拍了一些很棒的照片，她後來有很長一段時間都用那些照片當作她的臉書頭像。這座湖名叫金鱗湖——金色/魚鱗/湖。他們在由布院一起租了一間私人浴室，那天很完美。甚至還留下一個有趣的故事。

當時喬治正在湖邊忙著拍照，突然聽見真理用英語噁心地叫喊。

「你**他媽**在做什麼？」

喬治轉身查看發生什麼事，看見一個男人頭戴發亮的粉色圓蓬假髮，站在一個私人**溫泉浴室**洞開的門口，而且全身赤裸。他從門口朝他們走來。他的陰莖完全勃起，他一面把陰莖朝他們的方向甩，一面對著喬治和真理羞怯地微笑。他手上拿著一隻手機，正在用手機為喬治和真理拍照——多半是拍下他們看見他怪異外表的反應。

「別理他就好，真理。」喬治懶洋洋地回頭繼續拍湖的照片。「他只是想吸引他人注意。」

「他是個該死的變態狂！」真理大喊，喬治好笑地從鼻子噴氣。她真的很擅長用英語咒罵，他也注意到她聲音中的歡欣——幾乎稱得上興奮了。

一大群觀光客走近，男人帶著他的勃起、他的手機和螢光粉紅圓蓬假髮退回他的溫泉小屋。

「那傢伙一定發瘋了！」他們稍後在火車上一面大笑一面聊這件事。

「妳知道我真正後悔的是什麼嗎？」喬治問。

「你想幫他吹？」真理大笑。

喬治的臉略一紅，不過他還是維持愉快心情。「不。我希望我有幫他照相。」

「為什麼！你跟他一樣*hentai*（變態）！」

「才不是！拍照我才能拿給其他人看！」喬治大笑。「沒人會相信我們剛剛看見什麼。真該拍張照當作證據的。」

「他可能愛死了！」真理咯咯笑著捏捏喬治的手臂。

同一趟旅程中，他們還在福岡的時候，他們去了一座名叫東長寺的佛寺。喬治小題大作地問真理寺名的漢字怎麼寫，他好寫在筆記本中。

「**東**方的**東**，就跟東京的東一樣。」她說。

他伸出舌頭，努力地記憶著這個簡單的漢字。

「不對，不是那樣。」她伸手不耐煩地要拿走他的筆和筆記本。

「讓我自己試試看！」他哀鳴，接著像個孩子一樣潦草地重新胡亂寫下那個字。

「好，好。接下來是**長**度的**長**……對，沒錯。寫得真好，寶貝！」

「這樣對嗎？」他把他剛剛寫完的三個字拿給她看。

只見「東長寺」三個字寫得歪歪扭扭，看起來比小學生的作業還糟。

「對。太棒了！你連寺的漢字都寫對了。」

他微笑。「謝謝。」

他們參觀寺廟，並上樓欣賞巨大的佛像。喬治拿出相機想拍下矗立眼前的***daibutsu***（大佛），不過真理立即手指禁止拍照的圖示斥責他。

「真厲害。」他說。

「**非常酷**。」她說。

他們走進一條通往佛像後面的小通道，來到***jigoku***（地獄）和***gokuraku***（天堂）兩區。地獄區有些人類遭惡魔折磨的古怪圖畫。

當時喬治手指一個看起來心煩意亂的罪人，他緊抓著一根橫桿，腳下是火湖，火焰不停往上衝。

「那一個是我。」他說。

真理聽了笑得好猛烈，他心裡覺得暖呼呼的。

他們經過地獄區的另一幅畫，這幅畫描繪的是人被用船運過河。

「這是在說什麼？」喬治問。

「噢，那是某種佛教神話。你得渡過這條河才能前往來世。」

「那傢伙是誰？」喬治手指船上一個看來和善的人。

「那是地藏王。」真理說。「祂看顧每一個人，確保他們都安全渡河——就連未出世的嬰兒也一樣。你知道的，像是有女孩墮胎的話。」

「胎兒嗎？」

「沒錯。日本到處都有寺廟，你如果墮胎，就去一間廟放一尊小地藏王，請祂看顧你未出世的寶寶。」她說話時仔細地看著他的臉。

喬治暗自哼了一聲，繼續前進。

地獄區之後是一段非常暗的走廊，通往天堂區。真理為喬治翻譯牆上的標牌。

「上面寫我們必須緊握左手邊的扶手，因為通道完全無光。」

「好。」喬治不太感興趣。

「還說我們應該要用空著的手碰觸右手邊的牆。走到某個地方時，我們應該要能摸到一件佛祖的衣物，如果你真的摸到，據信它將帶領你到天堂。」

「有趣。」喬治心裡想的是等一下午餐預定要吃的拉麵。

「好，我們走吧。」

喬治無法相信走廊竟然真的一片漆黑。他什麼也看不到，緊緊抓著扶手，擔心他會鬆手並在黑暗中絆倒。

他聽見真理的聲音在他前方移動，叫喊著：「快點，喬治！」

他謹慎地拖著腳步走，專注於不被絆倒。他聽見真理興奮地喊了些什麼，不過距離有點遠，他聽不太清楚她確切說了什麼。他全心全意只求活著走出這條走廊。

他繞過一個彎，眼前突然爆亮。他感到如釋重負。

真理在等他。

「你摸到了嗎？」她問。

「嗯嗯嗯……」他不太確定她在說什麼。

「佛祖披巾的扣環。你剛剛有沒有在你的右邊摸到？就在牆上。」

喬治完全忘記用右手去摸。他太專注於握緊左邊的扶手。「呃……」

「你沒摸到？掛在牆上的大圓環？」她手指天堂區一面牆上的佛祖畫像。一個環連接覆蓋祂身軀的披巾。「你沒用你的手摸嗎？要不要回到最前面再試一次？」她看來頗關切。

喬治並不想。黑暗的走廊嚇到他了；那裡有一種超自然的感覺。只要他去到宗教場所，他都會有一種感覺，而這條走廊也給他同樣感覺。就算他沒有宗教信仰，還是有一種恐懼潛伏在他內心深處——**要是那是真的呢？要是我正在惹惱一個神祇呢？要是我最後落入地獄呢？**

他快速編了一個謊。「噢，原來就是那東西啊。我還在想牆上的環是什麼呢。」

他輕笑。「有，我碰到了。」

「真的嗎？」真理歪過頭。

「真的。」

「好。」她微笑。「現在我們知道我們兩個都會上天堂了。」

喬治感覺胃裡沉甸甸的。

「我昨晚做了一個詭異至極的夢。」喬治說。

「嗯。」真理作噁地皺起臉。她在床上翻過身，背對喬治。

「怎樣？」

「只是。不，好吧，我討厭聽人描述自己的夢。」她翻回來，用手肘撐起身子。

「什麼意思呢？」

「嗯，那些夢總是好無聊。」

「但這個夢栩栩如生耶。」

「肯定是。栩栩如生地無聊。」

「聽我說啦，好嗎？」

「那就說吧。」

「好，我不知道為什麼，不過我們被低溫凍結——妳知道的，就像他們在科幻電影裡那樣。當人要旅行到遙遠的星球，他們得走幾光年的距離，於是他們進入這些槽裡，把自己冰起來。他們的身體不會老化。有點像想要長生不死，把自己身體冰起來的有錢人。

「總之，因為某些原因，我們兩個都被冰起來了。但是我們被切成兩半——從正中間切開。所以我們只有一條手臂、一條腿、一隻眼睛、半個鼻子，諸如此類。我們各成一半躺在床上。然後機器壞了，我們自然而然解凍，我們都知道我們就要死了。我們看得見彼此的體內，而且所有東西都在緩慢融化，我們的器官灑得到處都是，我們就這麼變成黏糊糊的一團，像冰淇淋一樣。因為還沒完全解凍，我們也不能正常說話。但我們都知道我們該做什麼。

「我們爬向對方，把我們各自切成一半的身體拼起來。我們變成這個可怕的完整身體，由一半男人和一半女人的身體組成。我們就這樣躺在那裡，直到我們死掉。」

「嗯嗯嗯。」真理說。

「怎樣。」

「不知道耶。這是我聽過最蠢的故事了。」

她討厭他的偽善。他永遠不誠實面對自己的性慾。他想要很多，卻從不要求，只是假裝他很正派，假裝他不曾被獸性野蠻掌控，那些維繫我們種族存活百萬年的原始慾望。他會對自己真正渴望的事物說謊。他從不說出自己的真實感受。

對他來說，她是一個難解的謎。他們做愛時，她會如此沉醉，彷彿他永遠無法滿足她。她體內有一個他永遠填補不了的裂隙，一個深淵。他想緩慢地跟她做愛，想凝視她的雙眼，感覺到某種親密感。但她會把他拉到更深的地方。她會兇猛地啃他的臉、咬他的耳朵。

沒錯，他喜歡看極端的性行為，從遠處觀看，透過筆電螢幕的安全屏障。沒錯，他的口味踩在稍微超過的邊緣上，但這只是幻想，並不是他自己想在現實生活做的事。他想的很多事都很瘋狂，不過他知道發生在腦中的事和發生在現實生活中的事有所區隔。他知道現實和幻想之間的差別。

儘管如此，有一件事在他腦中醞釀好長一段時間了。他渴望看真理和其他男人。他想要能夠踏出自己的身體，看著那個場景。想要能從各個角度檢視他和她做愛。他總是喜歡開燈做愛，但她不讓他這麼做。他喜歡看她的身體，但她可能害羞吧。她總是喜歡在黑暗中做愛；去過福岡之後，黑暗中做愛總讓喬治回憶起走在黑暗的通道上，他們摸索彼此，卻摸不到點。

他有時會想噁心的事。

並不是說他想想這些事。

有時候是英語這種語言的本質在他腦中召喚出噁心的想法。他對日文不曾有過這種感覺——就算他不懂日語也一樣。光是因為流暢、平板的音調，日語就顯得美麗又神聖得多。英語則有沉重的重音和亂七八糟的聲調，聽在他耳裡總覺得骯髒又令人討厭。他討厭他平時必須在一家會話學校教英語，藉此維持他身為攝影師的熱情。教英語時，他覺得自己就像個妓女。他的公司積極鼓勵他跟受他吸引的女學生調情——誘惑她們，讓她們因此而報名更昂貴的一對一課程。他們要他別提起他有女朋友的事。

他必須假裝是男學生最好的朋友，讓他們回來上更多課。他們會不時檢查他的進度，看看他有沒有賣夠多公司的課本給學生——他有他必須達到的配額。

他的許多學生都令他感到困惑——他們的英語都說得沒真理好，而且大多數人似乎都對他無話可說。

他會問他們：「你週末做了什麼？」

他們會這麼回答：「沒什麼。」

這樣他是要怎麼教？

有人告訴他，日本的醫師建議憂鬱症的病患去學英文——他們會認識新朋友，而且幾乎可以把他們的英語老師當作治療師。他無法理解。

他們的日文中已經有更美好的事物了，為什麼還想學英文？

真理出軌過幾次。她定期出軌。不是說她不愛他。她愛。但他在性方面就是完全滿足不了她。她有四、五個炮友。只要有機會，她就會傳訊息給其中一個炮友，他們會找間愛情旅館喝啤酒、吃點心、打炮。她通常都偷偷跟日本男人睡。他們似乎更能

夠維持這樣的關係。她以前也有過幾個外國炮友，不過他們總是變得太喜歡她，幾乎危及她跟喬治的關係。她不想要有哪個變態跟蹤狂愛上她，出手干預或毀掉她和他的感情。

這是她最不希望發生的事。

她想嫁給喬治。除了缺少肢體吸引力之外，他對她來說是個完美的丈夫人選。他床上的技巧並非最好，她也不曾讓他開燈做愛，因為她想在黑暗中幻想其他男人。不過她很確定，要是他們結婚並生下小孩，他們就會安定下來。她會全心養育孩子，他們倆會是育兒的絕佳團隊。寶寶將會如此可愛，她會為寶寶穿上可愛的衣服。

她的朋友將多麼嫉妒她啊——尤其是嫁給日本男人生下日本孩子的那些朋友。當然，日本小孩也很可愛，但無論如何就是比不上混血的日本寶寶。她的很多朋友本就嫉妒她事業有成——東京大學經濟系最高等級的成績、英語流利，現在又在日本最大的外貿公司負責外國客戶。她的成就已遠遠超過許多日本女人所能夢想，而且從來不需要擔心錢。她靠自己獲得財務安全。不過當她上班時用電腦瀏覽她的臉書頁面，看見高中的朋友都長大了，帶著寶寶一起午餐聚會，她感覺到一股她控制不了的嫉妒。她會離開辦公室，去外面抽根菸、喝杯咖啡，告訴自己一切都將順利。

她只剩一個朋友未婚，她名叫幸子（Sachiko）。

她一想到幸子就搖頭。

真理最近一直忽視幸子的來電。不是因為她討厭她，她只是應付不了排山倒海的抱怨。她們會一起喝咖啡，而幸子會開始哀嘆跟母親共居的生活，真理只能坐在那兒從頭聽到尾。一部分的真理同情幸子；幸子的父親過世後，她過得很辛苦。然後當然還有她的那個蠢日本男友，她叫他龍君——她對他痴迷。幸子居然看不出他背著她偷吃，太驚人了。她到底多天真？

喬治偶爾也背叛真理。他之後總是感覺罪惡。通常都是在他喝醉時，或是喝一夜酒之後的早晨。他有時去泡泡浴——他在那裡跟女孩一起洗澡，躺在那兒，任由她的身體在他塗滿潤滑油的身上滑動，然後她再用手幫他打出來。每次結束後他都感覺到熟悉的後悔，不過還是阻止不了他每次性慾高漲或宿醉就回來這裡。一般來說，泡泡浴都不容許外國人進入，不過因為他懂得尊重人，他們還是讓他進去。儘管日語說得不好，他們還是信任他。他以前固定找一個名叫野子（Fumiko）的女孩。她有一個尼斯湖水怪填充娃娃的手機吊飾。他每次去都找她。他最近幾次去還是找她，但她已經不在那裡了。

他也跟會話班的幾個成年學生上過床。

他常常在外面喝酒後還去上課，一夜未眠，身上都是燒酎的臭味。他飛快的帶過他不得不教的那些垃圾英文課，藉此支付他的房租。他的學生會猜疑地打量他。一隻過度生長的猩猩，穿西裝、沒刮鬍子、渾身酒臭、眼神原始。南方野蠻人。

在日本，無論人們對喬治是什麼觀感，他已經習慣在在乎以及不在乎之間劇烈擺盪。他永遠都會那麼顯眼，而無論他做什麼，旁人都會因為他不是日本人而愛他，或是討厭他。他慢慢得到結論，他的所作所為其實並不重要。

有時候，當他盡其所能當社會上正直的一員，他會因為行為有禮、尊重他人、樂於助人而感覺良好。讓人對他微笑，善良的外國人。保持清醒，跟真理一起在家裡放鬆。不過，真理會給他錢，跟他說他應該出去玩玩，在此推波助瀾之下，一股滿足或幸福感會擊中他，誘使他去六本木或澀谷跟其他外國人朋友喝整晚的酒；這些朋友都是背負著離婚和混血日本孩子的無期徒刑受刑人，他們會閒坐抱怨日本的生活。他們都討厭日本的生活，卻又留在這裡。喬治點頭、聆聽他們抱怨，沉浸在酒醉狂歡中，女孩掛在他肩上，喝太多燒酎，整夜不睡；隨後幾天，他的行為會繼續放浪形骸。

他有一次在教室用手指插入一個成人學生。他們之前在課堂外打過炮，他也因背叛真理而感覺有點良心不安。不過他知道他總能脫身。

那是一個一對一的學生，她已婚。有一次，他還因為前一晚的豪飲而有點醉，他在課堂中突然就靠過去吻了她。

「你在做什麼？」她假裝驚訝。

「吻妳。」他如此回應。

接著他誘哄她，直到她讓他隔著內褲用手指愛撫，然後他扒開內褲，感覺她的濕潤。他用手指溫柔地幹她，確定她得到高潮，然後他們親吻。她滿臉通紅地離開教室。她再也沒有回來上課。

真理和喬治決定在秋季探訪京都。去看秋葉。他們一起坐在火車上，手勾著手。他們吃柿子，喝冰綠茶。喬治讀一本英文俳句，偶爾在筆記本塗寫筆記。他用iPod重複聆聽愛迪．琵雅芙（Edith Piaf）唱顫抖版的〈秋葉〉（***Autumn Leaves***）。真理一如往常拿著她的葉片日誌，希望今年能找到完美的葉子夾進去。她從還是小孩的時候就開始做這本日誌，而且珍而愛之。

喬治拿出相機。他聽說京都的秋葉是不能錯過的美景。他等不及要拍紅葉了，而且他幻想著所有生苔的寺廟和日式庭園，美麗的秋葉為這些地方加上一抹所有相片明信片都需要的色彩。光是想到這，他就興奮了起來。

喬治去洗手間時，真理拿起他的筆記本快速翻閱。她不知道該對眼前所見作何感想。小短篇，每篇都以畫過頁面的橫線分隔。其中有許多對她來說一點道理也沒有；她瀏覽文字，不過大部分都看不懂。她閱讀其中一段。

兩具軀體內的固體團塊。脈動著暴力與光輝。失落感。牢固、堅硬的石牆。吝嗇的哀傷和聰明的模稜兩可。同樣詞組的無盡重複。同樣空洞的思考與無法滿足的慾望。來自形式的虛無、來自虛無的形式。混亂與秩序。他們是一樣的。她感覺像個女奴抽著如雷悲傷的汙穢方頭雪茄。虛度的年歲。他只是一個擁有蒼白外表的酒色之徒。共有的深淵，共享的黑暗，我們回歸靜止。穢物的後裔。

她咬住嘴唇。這像垃圾。「他」是喬治嗎？「她」是真理嗎？這些文字到底是什麼意思？有好多字需要查字典。感覺沒任何意義。

她板起臉，繼續翻閱。

英語有些可怕的措辭。「性器官」這個詞在我腦中引發可憎的思緒。令我想著有人被人類的肺或其他器官挑起性致。厲害的性器官。

真理讀到這裡差點吐出來，但忍不住繼續讀。尤其她看到有一段寫到她的名字：

昨晚又作了一個怪夢。夢見跟真理肛交。我插進去後，她像顆氣球一樣爆破。她的皮膚化為橡皮，一小片一小片飛滿房間，就跟小孩派對上爆破的氣球一樣。接著我跑來跑去，急著想把她拼起來。在我的夢中，只要我把她的碎片都握在我那隻神經質的手中，她便有可能活過來。醒來的時候感覺到一股無法動搖的悲傷。

真理看著窗外掠過的風景，回想起他們真的做了的那一次。感覺很糟。她是為了取悅他才勉強配合，而且討厭那過程的每一秒。之後，他拔出來後，她感覺有東西噴出來，她試著折起身子查看發生什麼事。

「是血嗎？」她問。

「沒什麼。」喬治推她躺下，因此她無法轉過身。

她聽見他從床邊的桌子抽出一張紙巾。

「喬治，怎麼回事？」她對著枕頭含糊地問。

但他沒理她，已經走出房間。一分鐘後，她聽見沖水聲。他為什麼不跟她談？他回到床上，試著抱住她。但她已翻過身裝睡。

她透過子彈列車的車窗看著建築飛速掠過，在喬治回來前合上筆記本並放回座位上。

她打算再找機會接著讀。

喬治討厭西方女人。她們太大聲，太堅持己見、太難取悅、太胖、太有礙身心、太容易跟其他男人跑掉並帶走他女兒。喬治上輩子在英國時是個警察。他有一個幸福的家庭，直到最後被整個搶走。因此他來到日本找尋新人生。他沐浴在日本女性的溫暖關注中，快四十歲時，在六本木的酒吧和俱樂部乘風破浪。他曾在那裡找到幸福。然後他染上皰疹。認識真理讓他重拾冷靜，他回歸單一伴侶的人生安頓下來。不過他還是很常想起他女兒。他無比想念她，而透過Skype的聊天似乎永遠也不夠。

真理討厭日本男人。他們太有禮、太安靜、太嚴謹、太正經八百、太挑剔外貌、太自大、太容易在她剛滿二十歲時跟她約會，最後卻跟其他女人結婚。在他之後，真理便放棄日本男人了。她短暫迷上黑人，花了很多時間待在嘻哈俱樂部裡。她喜歡跟他們做愛。不過她一直都知道，她其實希望找個白膚色的外國人安頓下來。她想盡快跟喬治生個寶寶。那就是她的未來。

當她躺在京都的旅館房間裡，趁喬治洗澡時翻閱他的筆記本，她讀到某一段，忍不住瞪大眼。

真理一直談生小孩的事。我知道那是她心中所想，或許我也想要。我只是不確定。我不確定我能夠再經歷那一切。我已經有一個寶寶了，而她離我如此遙遠。我好想念我女兒，想得快死了。我的人生到底該何去何從？

她合上筆記本，小心放回原位。

喬治吹著口哨走出浴室，一條白浴巾裹住腰間。他的肚子越來越大，現在微微懸在浴巾上方。她得讓他少喝點啤酒、少吃點拉麵。

「妳還好嗎，親愛的？」他問。

「嗯嗯嗯？」她凝視窗外。

「我說，妳還好嗎？」

「我們出去喝一杯吧。」她注視他雙眼。「我想喝醉。」

那晚，他們帶那個美國男人回京都的旅館，不過喬治無法勃起。他們在一家「即興演出酒吧[1]」遇見他；他們喝到第二間酒吧時，真理用她的手機找到這家店。他們都喝不少杯了，花不了多大力氣便說服喬治他們應該找另一個男人試試看三人行。真理暗自希望能看見喬治吸另一個男人的屌。不過最後喬治只是坐在旅館房間的一張椅子上看。他沒有加入，只是看著。

「掐我脖子。」她對那陌生人低語。

「沒問題。」他咕噥道。

「幹他的把我掐死。」她嗚咽。

「他媽的婊子。」男人的手伸向她喉嚨。

喬治只是坐在椅子上看，一個快速擺動的臀部撞擊著他親愛的真理，她輕柔的呻吟聲逐漸轉為高潮尖叫的緩慢漸強。

男人射在真理臉上後，他穿上衣服，閃閃躲躲地離開房間，沒跟喬治對上眼；當

1. Happening bar（ハプニングバー），一種性愛酒吧，通常附供性行為用的房間和淋浴設備。酒吧本身並不提供性服務，也不以發生性行為為前提，只強調無論發生什麼事完全取決於顧客。

時喬治就坐在椅子上讀他那本詩。

秋季月光
一蟲無聲
鑽入栗子

燈火一滅
冷星進入
窗框

他們躺在床上，但沒擁抱也沒親吻。喬治度過詭異又淺眠的一夜。真理睡得很好，感覺像幾年來都不曾睡這麼好了。

那次三人行是場災難。他們倆現在都知道了。

他們隔天照計畫去觀光，並在金閣寺——黃金樓閣的寺廟第一次吵起來。喬治拍照拍個沒完，一直要真理看相機螢幕，問她對每一張照片的看法，她失去耐性。

真理看喬治的照片時總是百感交集。並不是說他拍得不好，技術上來說，那些照片一點問題也沒有。事實上，曝光和構圖方面都有很多值得讚許的地方，不過就是沒有任何特別之處。沒有情緒。沒有哪個點讓你萌生掏錢買下的衝動，沒有什麼能讓它們在網路上如山的數位影像中脫穎而出。

她失去耐性；離開金閣寺後，他們轉往嵐山，他在附近的竹林拍下一張貓咪的照片又拿給她看時，她厲聲斥責他。

「聽著，喬治。如果你想成為藝術家，你就必須冒險。你必須碰撞，你必須讓人不舒服。你不能只是拍些該死的貓照。沒人在乎這些東西。」

他停下來。「嗯，咖啡店那些買下我照片的人顯然在乎。」他防備地說。

「是我買的。」她疊起雙臂。「現在我希望我沒買。」

「什麼意思？」

「我買下那些照片。」她冷冰冰地重複，而且還更加自信，她接著說：「你一幅也沒賣出去。錢是我給康的。」

喬治凍結，手臂還伸長維持遞出相機的姿勢。「為什麼？」

「噢，幹。我不知道？因為我受不了你發牢騷又哀哀叫。」

「天啊。」他把相機放回胸口。「別退縮，真理。說出妳的感覺。」

「我的感覺是你在浪費我的時間。順帶一提，在你的筆記本裡亂寫一些跟我有關的垃圾也不會讓你成為藝術家，喬治。」

喬治瞪大眼。「妳讀了我的筆記本？」

「真希望我沒讀過。全部狗屁不通。你應該回去當你的警察，或是繼續教英語。你很擅長啊——擺出高人一等的姿態。」她在發抖。「知道嗎，成為藝術家需要他媽的非常努力，喬治。像是那個譯稿被你遺落在計程車上的女孩。你覺得她花了幾年的時間學日文？她可不只是在一張紙上亂寫幾個字而已，或是拍幾張垃圾照片，然後哭求關注。外面的世界很艱難，喬治。不然你預期怎樣？這世界什麼也沒欠你。」她可以繼續說下去，不過得先喘口氣。

喬治也呼吸沉重。「真理？」

「怎樣？」她注視他雙眼。她幾乎落淚。她希望他擁抱她、告訴她一切都好；說他寫在筆記本裡的那些不是當真的；說他想跟她生寶寶。她希望聽見他說跟她在一起的這段時間並非虛度；說他們將共組家庭。

「算了。」

他獨自往前走去。

「要不要回到最前面再試一次?」

他們站在清水寺的山頂上眺望京都，喬治伸出一隻手想環住真理，但被她抖掉。他嘆氣。她緊握寺廟前方平台的木欄杆。太陽在他們眼前慢慢落入城市後方，溫度慢慢降低。下方的樹燃起色彩：紅色、琥珀色、黃色和金色。不過隨著光慢慢消逝，樹美麗輝煌的色彩也漸漸褪去。

「真理，妳有聽見我說什麼嗎?」

「聽見了。」

真理從包包拿出她的葉片日誌，把她今天撿拾的那片葉子放在下一頁乾淨的頁面中。

複製貓

作者：西古二
由芙珞・當索普（Flo Dunthorpe）譯自日文
（flotranslates@gmail.com）

花斑貓緩緩在雪地中漫步，腳掌在雪面留下可愛的印子。精緻的雪花片片飄落，太陽即將下山。這裡一定有地方可睡。一個溫暖、舒適的地方。還有東西可吃——鯛魚和青花魚，在火爐邊用一碟牛奶統統沖下肚。

男人在公園的一棵樹後等待，如此靜止、安靜，貓沒發現他。可能是男人身上的白色實驗室長袍幫助他在雪地裡隱蔽起來，也可能是貓太專注於想著填飽肚子和溫暖牠的鬍鬚。不過當貓輕輕跑過那棵樹，男人衝出來，手上的網子快速地胡亂一揮。勝利的哼聲後是抗議的喵叫聲。

貓被抓住了。

男人沿泥濘的人行道艱難地前進，一個袋子掛在肩上，他緊捏著袋子的頸部。經過路人時，他誇張地吼著「呵呵呵！我是耶誕老公公！」藉此掩飾袋子深處的微弱喵叫聲。路人或微笑或大笑，在這節慶時分，對這名身穿實驗室白長袍的男子不作他想。他從文京區進入東京大學校園，小心地踩在橫跨三四郎池的冰封橋面上。[A]

越過池塘後，他轉身欣賞這片風景。覆蓋一片雪白的樹木包圍這汪池水。由池岸通往池塘的踏腳石從黑暗的水中探出頭，看似冒出水面、灑上軟白頭皮屑的人類頭頂。光迅速消逝，天空是一片清新的藍，與地平線上的高樓相觸後漸漸褪為白。他嘆氣，氣息懸在他面前的空中；他低聲吐出兩個字：「***kirei***（美麗）」。[B]

貓在袋中無力地喵了一聲，把男人喚回手頭上的任務。他轉身越過方院，遁入科學系所大樓。

A. 譯者筆記：可在東大（東京大學）找到三四郎池，因夏目漱石的成長小說《三四郎》（一九八〇年）中與書同名的作者而得此暱稱。西古二是夏目的書迷，常在訪談中提及夏目對他的啟發。

B. 譯者筆記：Kirei有「美麗」和「乾淨」兩種意思。在這裡應為「美麗」，不過我保留原文。

他在一扇又一扇的門上輕拍通行證，沿走廊走進建築核心的更深處。大多數授課廳和大學生實驗室都沒開燈，不過他最後來到一個實驗室，門上的一方小玻璃透出日光燈的光線。他在最後一個感應器上輕拍通行證，門隨即盪開。

他將窸窣響的袋子放在工作檯上，摺疊式網子放在旁邊，然後環顧實驗室。儀器或是呼呼響，或是嗡嗡響，空閒的牆面空間都被復古電影海報占據。角落有一個籠子。他把袋子提過去，袋口對準籠門，胡亂把貓塞進去。貓嘶叫，揮打柵欄，爪子閃現。男人及時關上籠子門，走到冰箱拿出牛奶。他把牛奶倒入小碟，打開一罐鮪魚，然後把兩樣都放進飼料欄。他打開隔板，貓謹慎地看著食物。

「去啊。吃。你一定餓了吧。」男人微笑。貓回以懷疑的目光。這個一頭光亮頭髮的男人是誰？是友是敵？貓評估情勢，最後做出空著肚子，腦子沒辦法好好思考的結論。鮪魚很好吃，牛奶香甜濃郁。

「乖小貓。你餓壞了，對吧？」

貓沒理男人，繼續吃牠的晚餐。吃完打個盹應該不錯。

男人看著貓。他的頭髮以髮膠梳成光滑的旁分，俊俏的臉刮得乾乾淨淨。以他的年紀來說，他看起來頗年輕。

「神田（Kanda）教授，你去哪了？我在你的實驗袍上偵測到水的殘留物。」

男人轉身，面對一個白色人形物體；它頭戴紅色耶誕帽，正從外面走進來。它的胸口上寫著「八〇八號」。這具機器人移動時帶著一種抽筋般的滑稽姿態，膝蓋抬得太高，手臂僵硬地固定在身側，不過說起話來倒是絕對自然。

「你好，巴柏（Bob）。我去雪地裡了。」

「你一定要小心，教授。你會感冒的。」機器人巴柏停下來，頭歪向一邊。「我是不是偵測到實驗室裡有一個非人類生物？」

「你偵測得沒錯，巴柏。」教授嘆氣。

「是一隻貓。」

「對，是貓。」教授把一根手指伸進籠子裡，貓露出牙齒衝過來。他快速縮手，然後摸摸腦後。

「你要拿牠來做什麼？」巴柏問。

「我要掃描牠。」教授說。「而且你要幫我。」

「那就是掃喵[2]囉，教授？」

2. 譯註：電腦斷層掃描的縮寫CAT剛好就是英文的貓cat。為求閱讀順暢並保留玩笑，中文翻譯另採取描與喵的諧音。接下來的譯者筆記也可看到芙珞有類似的用心安排。

神田教授頓了一下，不想鼓勵這個幽默的機器人。

「你有聽懂嗎，教授？掃描。我說了一個笑話。」

「對，對，巴柏。很好笑。」

「我盡力囉。」機器人一手伸到嘴邊，一個派對喇叭伸了出來，爆出一陣喇叭聲，隨後快速縮回機器人手中。

「跟你說過別這樣做了，巴柏。」

「對不起，教授。」

「我們工作吧。」

貓哀叫。

他們工作得又快又有效率。他們首先為貓進行全身相位物質掃描。這涉及把貓從籠中取出，放進一個鐘形容器。負責處理貓的是巴柏——比起神田教授，他跟貓的關係似乎好上許多。這可能是因為巴柏手臂毛孔的合成貓味分泌物，或許也因為貓根本一點也不喜歡教授。

「牠絕對恨我。」神田教授吮吸剛剛被貓咬的手指。

「我肯定你弄錯了，教授。我非常懷疑貓能否感覺到像恨這麼複雜的情緒。」

「謝謝你，巴柏，不過我很確定牠恨我。」

「不……不……我會說那隻貓強烈不喜歡你。」

「噢，謝謝，巴柏。聽你這麼說我覺得好多了。」

「不用客氣，教授。」

「現在把貓放進掃描艙，我們就可以開始了。」教授聽起來有點不耐煩。

「沒問題。」

掃描器的綠色雷射探測貓身體的每一奈米，牠眨眼。掃描的同時，貓的複雜3D影像出現在與儀器相連的螢幕上。繪出大腦、骨頭、心臟、肺。貓生理方面的所有細節都遭受閃爍的光束細細審視，轉化為螢幕上詳細的系統圖。連一根毛也沒漏掉。教授不時放大某些部位的圖片，要巴柏執行更複雜的演算法，透過他的網路連結從浩瀚的資料庫提取資料。

C. 譯者筆記：機器人巴柏在原文中的雙關語用了日文的貓（neko）和英文的貓，還有西班牙文的貓〔gato，例如日文的「ari-gato（謝謝）」〕，以及法文的貓（chat）。翻譯後稍稍削弱了這些雙關的複雜性，我在有些地方大幅偏離原文，但總是盡可能保持日文原文的歡樂感。

教授並沒有像最近有些年輕人一樣接受生物升級，因此無法直接連接網路。他偏愛用更傳統的方式存取網路，例如：透過他的終端機，或是請巴柏幫他查。教授覺得持續與數位世界相連頗令人抑鬱。他珍視過去的歲月，當時他可以沉浸於星新一（Hoshi Shin'ichi）的那套舊書中，或是坐在院子裡欣賞大自然。他有時同情身為人造實體的巴柏。

他們一掃描完貓就把牠送回籠子裡。貓慢慢平靜接受身為囚犯的命運；巴柏關上籠門時，牠安靜地坐著，腳爪整齊疊在身下。

「我們或許該留著貓，至少直到我們創造出成功的樣本。」教授抓著腦袋。「誰知道呢，如果目前的資料圖像有問題，我們或許甚至需要再掃描一次。我已經調整皮膚內含物以避免皮屑，也消除了泌尿和唾液系統的過敏原，不過之後可能會出現其他問題。」

「我認同，教授。我們是否該開始建構呢？」

「對，巴柏。預熱生物繪圖機。」

「沒問題，教授。噢，我們或許該記錄每一次測試？」

「好主意。你可以記錄結果嗎？」

「好的。噢，教授？」

「怎麼了？」

「你是否介意我叫牠貓錄（Cat-a-log）[3]？」

教授嘆氣。「好。開始做吧。」

機器人又把派對喇叭拿到嘴邊，不過想了想還是放下。

巴柏的貓錄 第一天

貓咪印製　第一版

骨骼結構計算錯誤。抱起受試對象，但骨骼直接劃破皮膚。或許因為物質的缺陷？到處都是血。重做。

3. 譯註：剛剛巴柏提議做記錄的時候用的單字是log，而目錄catalog這個單字恰好是由貓cat、記錄a log組成。

貓咪印製　第二版

遺漏印製心臟。對象立即死亡。貓災難[4]。

貓咪印製　第三版

尾巴不見了，還有耳朵。需要重印。

貓咪印製　第四版

神田教授嘗試改變實驗對象的臉部特徵，藉此讓牠相似於受歡迎的角色 ***Hello Kitty***。看起來很可怕。重印。

貓咪印製　第五版

決定放棄創造任何相似於漫畫或動畫角色的東西。看起來很恐怖。現實才是唯一可行的路。必須避免恐怖谷理論。

教授抹了抹額頭，看著時鐘。時間越來越晚了，而他得到的只有失敗。得處理五具貓屍，而且都是可怕的流產[D]。明天說不定會好一點。就目前而言，他滿腦子都是睡覺。

「巴柏，我要回家了。你可以把這些實驗品丟掉嗎？我要去沖個澡。」

「沒問題，教授。明天見囉。」

神田點頭，鑽出他的實驗袍。他拿起公事包，安靜離開實驗室，朝員工浴室走去。

巴柏看著籠裡的貓。貓昏昏欲睡地回看，舔舔嘴唇，尾巴左右搖擺。

「我很抱歉，小個子朋友。你今天很難熬吧。」他將屍體裝進容器，不讓貓看見。

「你沒必要看見這個，小小貓。你那所有被浪費掉的小個子朋友。」機器人給容器蓋上蓋子，拿到牆上的一個小門前。他把容器推過打開的小門，讓貓屍沿滑道溜下去，之後會在下面的火爐焚化。

4. 譯註：與前一個譯註相似的文字遊戲，災難catastrophe拆解為cat-astrophe。

D. 譯者筆記：技術上來說並不是「流產」，不過我從日文譯文直譯，而原文也不甚協調。

回到籠前，他把一根手指伸進籠內，抓抓貓的耳後。就算巴柏的手指又冰又硬，不像教授的手指一樣溫暖，貓還是發出呼嚕聲。

「對，小小貓。生活艱苦哪。我們不都知道嗎。」

巴柏拖著腳步走到他的充電座，為自己接上電。

關機過夜前，巴柏再次朝貓的方向望去。牠的眼睛在黑暗中閃閃發光。具備完美視力的他看見自己反射在那對熱切的虹膜上。

「晚安。」

如果巴柏想，他也可以作夢，不過那晚他選擇不作夢。[E]

教授家距離大學校園不遠，也可以搭地鐵，不過只有一站，而且在實驗室裡關整天後（除了短暫突襲外面抓貓之外），他反正也享受來點新鮮空氣和輕快散步。在學校洗過熱水澡，也把皮膚刷到發紅以去除所有貓毛後，寒冷的夜晚空氣感覺格外刺骨。

他家位於文京區[F]的一條安靜街道；東京其他區域過去幾年來臣服於現代化與發展，不過這一區一直頑強抵抗。文京區擊退潮流百貨公司與住家用摩天大樓。這區域的房舍都長得差不多——舊日本風格的傳統住家——木造、屋頂鋪瓦片、裝設障子推門。接近自家精緻老宅的門口時，他的腳步稍稍減緩；這棟房子有盆栽樹懸過籬樁。玄關的燈亮著，他推開前門，接著低聲說：「*Tadaima*[G]。」

穿著圍裙的妻子立即從廚房衝出來。

「*Okaeri nasai*[H]。」她低低鞠躬。「今天真晚」

「下班後辦公室裡還有些文書工作要處理。」神田脫鞋，靠著牆以免跌倒。

「可以先打個電話啊。」

「對不起。」他走進去，掛起外套，放下公事包。

E. 譯者筆記：翻譯這句時遭遇極大的挫折。原文帶有一種簡明與憂鬱，但經過翻譯就失去原味了。我不禁想問：我能否在英文版中捨去這一句？

F. 譯者筆記：西古二和妻子與兩個兒子一朗、太郎也住在文京區。

G. 譯者筆記：直譯為「我回來了」。宣告自己將離家或回到家是日本的禮節。也可用於其他情境，作為笑話（例如在餐廳時有人從洗手間回來），或是出國返回日本時。

H. 譯者筆記：「歡迎回家」——有人宣告自己回家後，必須以此回應。呼喊與回應的順序也可以調換（例如先說*Okaeri nasai*，再回以*Tadaima*）。

「下次請記得。」她嘆氣。「小小一通電話，我只求這個。餓嗎？要不要幫你加熱一點東西吃？」

「不用，謝謝。我不餓。她睡了嗎？」

「對。她想見你，但撐不住，幾個小時前就去睡了。」

「她還好嗎？」神田還是壓低音量說話。

「我想她應該挺快樂的。」妻子深呼吸。「她今天畫了一幅畫，讀很多書。我想她又再玩那個貓的遊戲了……貓……貓……之城？」

「貓咪小鎮TM。」

「對，就是這一個。她一直要求要出去。」

「妳怎麼跟她說？」

「當然囉，我跟她說不可以。」她厲聲說，不過又柔聲接著說：「她說她懂。不過她坐在窗邊，就這麼看著外面。」

「我想上床了。」神田打呵欠。

「我幫你放洗澡水吧。」

「我在學校沖過澡了。晚安。」

「晚安。」

神田悄悄走上樓，上床途中把頭探進女兒房間。她平躺著，人工呼吸器的聲音壓過她輕柔的呼吸聲。她臉上的水泡漸漸消去，但還剩一些——只是女傭圍裙上的一根貓毛（女傭隨即便被解雇），就造成這種不幸的下場。經過這麼多難以成眠的夜晚，現在看見她睡得這麼安穩實在令人欣慰。她抱著一個填充玩偶，形狀是一隻貓；她房間的牆上貼滿Hello Kitty海報。

「晚安，小園子。」他低語。K

I. 譯者筆記：可能需要稍加解釋……貓咪小鎮TM是古野在他相關的科幻故事中創造的大型多人線上角色扮演遊戲（MMORPG）。玩家創造自己的貓，然後以貓的角色探索虛擬的東京。他們可以跟其他玩家線上組隊，挑戰合作的「貓咪任務」。古野有些彙編成冊的科幻故事透過這個虛擬世界彼此相連。一個故事的玩家與另一個故事的玩家產生連結。此概念在日本大眾間大受歡迎，權利由一家軟體開發商由古野的資產中買下，現在貓咪小鎮TM是一款在日本極為熱門的手機遊戲。玩家亦可下載包含巴黎、羅馬、紐約與倫敦等擴充城市。

J. 譯者筆記：西方讀者可能會覺得教授和妻子間的互動有些冷淡，在原文中也確實表現得有些冷淡。同樣值得注意的是，較早世代的日本夫妻並不太對對方展露情感。置身公眾場合時，丈夫走在妻子前方，妻子跟在幾步之後。一般日本夫妻很少對對方說ai shiteru，「我愛你」。

K. 譯者筆記：園子這個角色以西古二真正的孫女為名。

他輕手輕腳上床，沾枕便睡著。

巴柏的貓錄 第二天

貓咪印製　第六版

貓完美印出——呃……幾乎。牠的動力功能方面有個技術上的小問題。植入AI前測試貓的基本動作時，不隨意肌的功能正常，不過隨意肌的功能倒轉了——幾乎可以確定是列印過程中引發的神經問題。實驗對象往前走時會倒退，倒退走時則往前。一步向前，兩步退後……

貓咪印製　第七版

貓對外來刺激無反應，顯現出貓弛緩[5]的狀態。

貓咪印製　第八版

幾乎成功了。幾乎。只有後頸的AI插槽需要微調。我們離成功好近噢。

教授很確定下一版很有可能會達成我們一直以來努力的目標。

貓在實驗室的另一端看著光亮頭髮的男人和友善的金屬男人。他們伏在一個螢幕前，似乎對角落裡的某個東西入迷了。金屬男人走到實驗室的另一邊，敲擊開關，貓感覺頭顱一陣灼熱——彷彿牠的腦被一把大刀子砍成兩半。這隻

貓

感到

某個東西

分裂了

5. 譯註：又見貓的文字遊戲：catatonic緊張性精神分裂症患者，拆解為cat貓、atonic弛緩的。

發生什麼事？

誰？

什麼？

這裡！角落這裡！

沒關係的，冷靜點。

你有辦法逃離他們嗎？

就是這樣！跑！

咬他！

不是！另一個啦！

嘿！回來！

你看見什麼了？

發生什麼事？

我

我不知道。你在哪？

發生什麼事？我好害怕。

那兩個人是誰？

我試試看。

慘！金屬傢伙太快了！

這一個嗎？噢！我的牙齒！

我碰不到他！放開我！

他們要帶我去哪？

他們把我關進籠子裡……

這一次，神田教授可以用他最近在寵物店買的外出籠提著那隻克隆貓。籠子上滿滿都是Hello Kitty購物推車和拿錢包的圖樣。把克隆貓放進去之前，他先徹頭徹尾仔細消毒過。他帶著貓志得意滿地回家，驕傲地把貓展示給任何感興趣的路人看。就這麼一次，他難得早早回家，而且今晚還是耶誕夜。

走進前門時，他心裡充斥多種情感的複雜衝突。一方面，他進家門時有義務喊出「**我回來了！**」，不過他又覺得或許這次他該偷偷溜進去，把貓藏進他書房。他在哪裡讀過，英國人都在耶誕節當天交換耶誕禮物……但他是不是也讀過德國人是在耶誕夜交換呢？而且，他是要怎麼把克隆貓藏整夜而不被發現？牠一定會被發現的。

他脫下鞋子，躡手躡腳穿過前走廊，半是希望自己踩上會嘎吱響的地板，驚動他妻子與女兒。他一路走到書房門口都沒被人發現，但又感到微微失望。他跑回前門，大聲叫喊。

「**我回來了！**」

似乎沒人在家。

他上樓，膽怯地喊，「**我回來了？**」

「這裡。」妻子的聲音從女兒房裡傳出來。

他走進房間，貓還提在手上。妻子和女兒伏在她書桌上。園子在做功課，妻子在幫她。園子從書中抬頭。

「爸爸！」她微笑，一躍而起，雙手抱住他的腿。

「她在練習數學。」妻子看起來筋疲力竭，眼窩泛黑。「她說她想跟爸爸一樣，當個科學家。」不像園子，妻子對這前景似乎並不感到興奮。

「爸爸，那是什麼？」園子這會兒瞪大眼抬頭看著他；她發現那個貼Hello Kitty貼紙的籠子了。

「小園子，這是妳的耶誕禮物喔。」

「一隻貓。」她的眼睛瞪得更大了——因為恐懼或是好奇。

「貓？」妻子衝上前，試圖打掉他手中的外出籠。「發瘋了嗎，你這傢伙？到底幹嘛帶那東西進來？」

「冷靜！」他從她們倆身旁退開。「相信我。」

他舉起一隻手，先對女兒說話。「園子。這是一隻特別的貓。牠不會傷害妳，也不會害妳生病。我跟媽媽談的時候，妳可以先去玩。」

園子躲在媽媽身後微微發抖。

「園子，相信我。我不會傷害妳。」

「真的嗎，爸爸？」

「真的。」他打開籠門，貓化為棕橘雙色的一團模糊竄下樓。「只要花一點時間你們就會變成朋友。不過貓很安全。我保證。」

園子再也無法壓抑她的好奇心，下樓找她的新朋友去了。

「你最好快點解釋。」妻子滿臉怒容。「除非聽見有說服力的解釋，否則我現在有打電話叫救護車的衝動。」

「親愛的，請稍安勿躁。」他微笑。「貓是人造的。我掃描了另一隻貓，並重新設定牠的生理組成。貓身上沒有任何東西會讓園子產生過敏反應。牠的AI由源自貓咪小鎮TM的數據驅動。那隻貓有個機器腦——裡面是一個處理器，我可以用這東西控制。」他從口袋拿出一個迷你平板。「這實際上是極驚人的科技。我想這會改變——」

「你怎麼能夠確定？」她抬起下巴。

「這是單純的科學，親愛的。」

「嗯，我會說如果牠看起來像貓、聽起來像貓，那牠就是一隻貓。這才單純。」

「牠當然算是貓，不過牠像真貓的程度就跟巴柏像人的程度一樣。」

「嗯……我有時候覺得那具機器人比你還像人。」她一面叫喚園子一面窸窸窣窣地走出房間。

神田教授坐在女兒床上，覺得筋疲力竭。

他預期中的情境可不是這麼回事。

所以，你在哪？——不知道。一間房子？

你在做什麼？
玩？跟誰？
什麼女孩？
金屬那個？
噢，我討厭他。
所以你打算怎麼做？
那我呢？
我還在這個籠子裡。
但要怎麼做？

玩。
不知道。這個女孩。
就是一個女孩。聞起來像他。
不是，光亮頭髮。
我也是。但她不錯。
可能在這裡玩一會兒。
你為什麼不過來？
那你得逃走。
金屬傢伙說不定會幫忙？

「妳不可以讓牠去外面喔，園子。」教授說。他和妻子一起坐在矮桌旁喝綠茶，看著園子在榻榻米[6]上跟貓玩。「聽見了嗎？」

「牠有名字啦。」她噘起嘴。「牠叫小咪。」

「好，妳不可以讓小咪去外面喔。聽懂了嗎？」

「是，爸爸。」

「還有，跟小咪玩的時候要小心喔。」

「我會的。」園子仰躺在地上，貓咪抱在身前，她以韻律的動作撫摸牠，貓舒服地呼嚕響。牠偶爾會朝教授的方向看並瞇起眼。不過總而言之，小咪成功了。

「真抱歉，我不該對你大小聲的。」妻子捏捏他的手。

「沒關係。」他微笑。「我應該提前解釋才對。我只是太興奮了。」

「她好快樂哪。」他們一起看著園子和貓玩。

「不過妳了解這代表什麼意義嗎？」教授啜飲綠茶。「我可以為這種複製貓的方法申請專利。我們可以賣不導致過敏的貓！」

「別得意忘形了！」她大笑。

「我可以寫一份論文……」他沉思地輕拍嘴唇。

L. 譯者筆記：Tatami（疊席或榻榻米）是鋪設於傳統日式房間地板的蘆葦墊。京都、東京和名古屋的地墊尺寸稍有不同。房地產經紀人依然以疊席作為房間大小的單位，例如：「這是一間八疊的房間。」

6. 譯註：譯者筆記中，芙珞寫道：「疊席以蘆葦（reed）製作，但傳統製造方法應為以稻草為材料。」

「噢，我明天晚上要去打麻將。」她幫他倒滿綠茶。「你可不可以早點回來照顧園子？」

「沒問題。」他吹掉新的這杯茶上方的蒸氣。

「你做得真好呢，親愛的。」她又捏捏他的手。

教授在愉快的心情中工作度過接下來這天。時值寒假，工作挺輕鬆的，大部分員工都只是露個面，在***oshogatse***[M]前殺殺時間。這天，他大多數時間都花在幾件他必須完成的行政作業上。他通常對此類工作感到有幾分惱怒，不過他今天心情好。

「巴柏，放些音樂來聽聽吧？」

「當然好，教授，沒問題。你想聽什麼？」

「帶點耶誕氣氛的？」

「這裡有一份熱門耶誕歌單。」

他們坐在實驗室裡埋頭工作，直到該下班的時間。

「耶誕節快樂，巴柏。」教授脫下實驗袍。

「耶誕節快樂，教授。」

「我要回家了。有問題的話，你知道怎麼聯絡我。」

「是。噢，教授？你希望我怎麼處理那隻貓？」

「可以處理掉了。」他拿起公事包，一面用口哨吹著〈耶誕鈴聲〉一面離開實驗室。

巴柏看著籠中的貓。處理掉。巴柏偵測到這句話中的模稜兩可，不過決定用符合節慶的方式來解讀。

「自由似乎是不錯的耶誕禮物，對吧？」他打開籠門，抱起貓，小心地把牠帶出科學系所大樓。他把貓放在地上，看著牠朝三四郎池的方向飛奔而去。

「耶誕快樂。」巴柏說，但並沒有特定對象。

他吹響他的派對喇叭，隨即走回室內。

M. 譯者筆記：Oshogatse——一月一日到三日的這段期間，大多數東京居民都回到父母的家，和家人共度時光。這是全國性假日，通常造成幾個結果：一、到鄉下地區的交通所費不貲，而且車票很快售罄；二、東京似乎安靜許多，因為年輕勞動力都回鄉下老家了。

自由！

你在哪？

我正要跑過公園！

我來了！留點給我！

太棒了！快來！

這裡！你在哪？

快點！我們有牛奶和魚！

我可沒辦法保證喔。

貓輕手輕腳跳過黑暗中的院子門。從牆上，牠可以看見側拉窗透出的光。貓可以看見自己在裡面，在玻璃拉門旁的地毯上磨爪子，不過牠也感覺得到自己在冰冷的外面。牠凝視用心打理的院子；院子此時覆蓋在新雪下。一道小橋跨過一個小池塘——他們肯定把池裡的錦鯉都撈起來避冬了。楓樹光禿禿的，樹枝覆蓋粉狀的白，散置各處的小佛像也是。

貓跳下牆，橫過空白的白色畫布，走向玻璃拉門。同一時間，牠在裡面走向玻璃門，凝視外面的黑暗。黑暗中，貓冒了出來，望著自己，映在牠自身眼睛的光芒中。

現在兩隻貓面對彼此，相隔於玻璃兩邊，一在明、一在暗。兩個自身的完美倒影。

嗨。
我當然會來。
怎麼進去？
你能出來嗎？
糟！是光亮頭髮！
他手上拿著什麼？
他最好小心點……
他灑在你身上！
你還好嗎？
嘿，怎麼了？
哈囉？
聽得到我的聲音嗎？
你為什麼在發抖？
你還在嗎？
你嚇到我了啦……

你來了。
進來裡面。
不知道耶。一定有其他路吧。
我還沒弄清楚怎麼出去。
哪裡？噢，不用理他。他沒事的。
綠色的東西。他都拿來喝。
噢！燙！
克雷斯克雷姆達斯姆埃克瑪德斯
埃克馬來克斯德瑪克拉

「該死，該死，該死！」教授一次又一次試著重啟貓的系統。

「爸爸？」樓上傳來園子的聲音。「你還好嗎？」

「沒事，寶貝。」他捧起痙攣的貓。「爸爸只是需要回辦公室一下。不會去太久。妳待在家裡好嗎？」

「好，爸爸。」她站在樓梯頂揉眼睛。

「回去睡吧，寶貝。」

「小咪還好嗎？」

「牠沒事。回去睡。」

他無比迅速地套上鞋，隨即離開家，沒費心穿上外套。地鐵還在營運，不過他沒興趣整路抱著抖動的貓。他招手叫計程車，跳上後座。

「上哪呢，先生？」

「東大校園，科學系所大樓。」

「沒問題。貓沒事吧？」

「我需要盡快趕到學校。我們或許救得了牠。」

「沒問題。」

司機盡可能高速駛過安靜的街道，小心不冒險在冰上打滑。他們抵達系所大樓，教授跳下車。

「謝謝你。」他用空著的手付車資，隨即衝進去。

除了顫動的貓之外，實驗室靜悄悄的。巴柏立即醒來，眼睛部位的平滑黑色螢幕反射出教授走進實驗室的身影。

「巴柏，牠故障了。」

「你有重啟軟體嗎？」巴柏拔下自己的插頭，顛簸地走過來。

「試過了。但我覺得可能有硬體方面的問題。」

「我看看。」巴柏接過貓，開始診察。「對，AI晶片被水破壞了，不過我們應該修得好。」

「可以只修晶片本身嗎？」

「可能需要重新列印整隻貓喔。」

「在哪？」

「什麼在哪？」

「貓啊。」

「你叫我處理掉，教授。」

就算知道巴柏說得沒錯，教授還是忍不住讓過去這一小時的緊繃爆發出來。「你這白痴！如果你把貓放走了，我們是要怎樣重新複製？你怎麼會這麼蠢？」他緊握雙拳壓著自己的額頭。

「教授。請冷靜。」巴柏用平常那種計算過的口吻說話——介於機器人與人類之間的口吻，不過只是弄得教授加倍發狂。

「別叫我冷靜——你懂什麼？你只是一個奴隸，一個僕傭。永遠不准回嘴。」

巴柏辨識出發生衝突的可能。如果他是人類，他可能會在這個時候說錯話，引發教授的敵意。不過巴柏不是那樣設計的。他被設計來好好跟人類共事。他計算出消弭衝突的最佳回應方式。

「教授。我們有保留掃描的備分。我們可以用那些重新列印貓。需要多花一天時間，不過沒問題的。」

教授緩緩鬆開拳頭，放下雙手。「對不起，巴柏。我只是又累又沮喪。」

「沒關係的，教授。我懂。」

「你懂嗎？」教授猜疑地打量他。「我現在得回家找一個小孩，並告訴她，她珍貴的貓短時間內不會回家。有沒有怎麼讓小孩不失望的聰明點子？」

「告訴她我在照顧小咪。她會懂的。」巴柏談論程式設計問題或是列印機故障時也是一樣的口吻。有幫助，但不知怎地並不令人感到安慰。

教授走路回家。

回到家時，教授驚訝地發現家裡有一點冷。他上樓去女兒的房間，但她不在那兒。

「小園子？」他檢查浴室，但裡面空空如也。

他下樓檢查廚房、用餐室，然後是客廳。

玻璃拉門是開著的。刺骨冷風吹得窗簾狂野翻飛。

他走到門邊凝視外面的黑暗。他按下牆上的開關，打開室外的燈。燈光照亮院子中央。就在正中間的地上，園子躺在那兒。他奔向她，同時，一隻貓從她雙臂間竄出，跳過籬笆。

園子像胚胎一樣蜷起身子，呼吸哽住，嘴角流下泡沫，嘴巴和手臂附近已開始冒出可怕的紅瘡。他抱起她，把她帶進屋裡。她張開一隻迷濛的眼看著父親。

「爸爸……」

「園子！這麼冷，妳在外面做什麼？」

「你告訴我……不要讓小咪去外面啊。」

殘篇之一 N

神田教授哭喊出聲，把園子抱入懷中。

把園子抱進屋時，他也感覺到心裡沉甸甸的。這難道不是他造成的嗎？創造貓的是他——這隻可怕的、可愛的貓；他一方面帶給親愛的園子如此的溫暖與親密感，另一方面，他也傷害了她。他繼續走，淚水模糊了他的視線，一個句子在他腦中不停迴盪。

傷害我們的總是我們最愛的人。

殘篇之二

貓輕輕從牠造成的騷亂中溜走，柔軟的腳步在身後雪地留下美麗的印子。貓的優雅無可否認，而儘管牠造成那所有騷亂，卻仍有可能獲得原諒。牠繼續走，穿越城市，心懷牠自己的計畫，以及牠自己將跟隨的道路。牠從不回頭。

噢，牠有多少精采的故事啊！

不過牠對人類的生命又有多少關心呢？甚或是如此愛牠的小園子？

因為貓只是貓，牠無法改變牠的天性。

N.譯者筆記：〈複製貓〉有多種結局。我在此納入殘篇一、二，不過大多數日本版都結束於「你告訴我……不要讓小咪去外面啊。」這一行。主要是因為這是原始版本，在古野孫女過世前發表於文學雜誌《貓文學》。然而，古野享有重訪並修訂早期作品的惡名，而殘篇一、二的時間都落在古野完成《孤寂濱岸》之後。為了好奇的讀者，本譯本中加入此二篇，但無論如何不應視此為最終版本。

——化貓

「靠。」和田說道，他踏出計程車時踩進深深的水窪。「東京的雨季感覺像運動員的腋窩。」

「那地方還有多遠啊？」山崎問道。

「不遠了啦，老傢伙。」和田說。

「什麼？」山崎對著和田的後腦沉下臉，接著咕噥：「對你這樣的胖子來說倒是挺好的運動。」

「你說什麼？」和田轉身看著山崎。

「好了啦！快，快！」山崎對和田揮手。

兩個男人晃過窄巷，雨猛力擊打他們的雨傘，他們的黑鞋在人行道上踩出水花。

兩旁小餐廳和酒吧林立，此時天空暗沉，不過店家紫色和藍色的霓虹燈為這小巷提供一抹冷光。夜幕降臨，三五成群穿西裝的白領和粉領在木棚屋外兜圈子，正要決定今晚該在哪裡吃吃喝喝。列車從頭頂呼嘯而過，裝滿汗涔涔、緊貼著玻璃窗的乘客。不過只有最堅定不移的狂歡者才會在這又黑又濕的***tsuyu***——梅雨季外出。街道較平常安靜。

和田停在一家看起來格外不牢靠的木造店家外；這家店一定可追溯自昭和時代——政府已經說要為了奧運而拆掉這種建築，不過店主和常客都太兇悍，不容許像這樣的事發生。「啊！到了！」他雙手扠臀。

山崎對著掛在拉門上方的手寫木製舊招牌瞇起眼，彷彿在研究外國文字。書法揮毫的筆跡看起來格外古老。他一個字一個字大聲讀出來：「***Hiro-shima O-ko-no-mi-ya-ki***（廣—島—燒）。」

牆上插著發光的招牌，在雨中滋滋作響。

滋滋滋滋滋滋

什錦燒。營業中

滋滋滋滋滋滋

山崎一臉憂慮地打量滋滋響的招牌。上面有一幅漫畫，畫著一個胖男孩用筷子把食物鏟進他張得大開的嘴裡。雨滴從上方屋簷濺到招牌上，招牌滋滋響又冒出火花。

「走吧。」和田推開餐廳的門。舊木門上的玻璃片格格響，嚇得坐在櫃檯後方看雜誌的老男人一躍而起。

「***Irasshai***（歡迎光臨）！」他大喊。

「噢！店長。***Konbanwa***（晚上好）。」和田一面放好雨傘一面微笑著說。

山崎接著進門，直接撞上和田。

「別擋路，你這怪咖！」山崎一面甩掉雨傘上的水滴，一面努力把和田往窄小的舊餐廳更深處推。「我都濕透了！廣島的雨季有比較好嗎？」山崎傘上的水在木牆和櫃檯各處濺上暗棕色的印子。

「廣島什麼都比較好。」和田對店長眨眨眼。「對吧，店長？」

店長點頭，雙手在圍裙上抹了抹。「別害我想家啦。」

「店長，這是我兄弟，山崎。」和田一根粗短的手指指著山崎。山崎還在門口跟他的傘搏鬥。「他也是東京人，不過說真的人還不錯。」

山崎把他的傘放進門邊的傘架，雙手規矩地貼在身側，對店長低低鞠躬。「很榮幸認識您，還請多多關照。」

店長在臉前揮揮手。「不用這麼正式啦。坐下，放輕鬆。」

「坐，坐！」和田說。他們倆都在櫃檯坐下。

「喝什麼呢？」店長問。

「啤酒馬上。」和田說。

店長從冰箱拿出兩個附握把的冰玻璃杯，走到後面裝啤酒。店裡這才安靜下來，只聽得見外面持續淅瀝嘩啦的落雨，有如黑膠唱片播畢後的聲音。

山崎一臉困惑。他的視線在又黑又滿是灰塵的店裡轉了一圈，最後落在角落的廣島旅遊舊照片和一隻填充鳥玩偶上。他揚起一邊眉，不過他最想不明白的還是和田剛剛為什麼說「啤酒馬上」。「和田，你剛剛說『啤酒馬上』是什麼意思？」他問道。

「只是廣島方言的『先來點啤酒就好』。」和田抹掉額頭上的雨水。

「噢。」山崎回道。「但是……」

「怎樣？」

「嗯，會不會有點沒禮貌？」

「山崎，對我們廣島人來說，我們聽起來都很友善，你們東京人聽起來都又冷酷又勢利。」和田大笑。

山崎還是弄不清楚和田是在挑釁還是在開玩笑。

店長帶著啤酒回來，剛好聽見和田說什麼，忍不住咯咯輕笑，灑出一點點啤酒。

「店長，你不跟我們一起喝嗎？」和田問。

「不該那麼做的，不過……」店長又從冰箱拿出一個杯子衝到後面，帶著一杯滿到杯緣的啤酒回來。「管他的，對吧？」

他們三個輕碰杯子，大喊，「***Kanpai***（乾杯）！」

咕嚕咕嚕喝酒的聲音伴隨著輕柔的雨聲，然後是三人同聲大喊「啊啊啊啊啊！」的聲音。

頭頂上一片地板發出嘎吱聲。店長抬頭看，搖搖頭。「那女人有夠吵。」他嘖了一聲，喝一大口啤酒。「計程車司機的世界怎麼樣啊？」

「跟平常一樣糟囉。」和田搖頭。

「我們很期待奧運——將有大批外國觀光客來到市內。」

山崎研究他的啤酒，和田則吸吮他的牙齒；他們不談顧客人數下滑的話題。在沉默有機會變得令人不舒服之前，他們注意到店長的妻子安靜地輕手輕腳走下樓，偷偷溜到櫃檯後他的身後。和田和山崎看到她了，但她一根手指拿到脣邊，做出噓的動作。她盡可能接近他，接著在他耳邊大喊：「你搞什麼，竟然在喝啤酒？」

店長嚇得跳起，又灑出一點。「女人！不要這樣嚇我。」

「你以為我是鬼嗎？」她大笑。「你不應該喝酒拿自己的健康開玩笑。」她噘嘴說。「醫生的指示。」

「反正妳剛剛那樣嚇我，也可能把我嚇得心臟病發作死掉。」

「我要出去了。」她吻他臉頰。「不用等門喔。」

她走向門，推開拉門，看看外面的雨，又回過頭說：「好好照顧他喔，男孩們。」說完便拿起山崎的傘離開。

「所以你才想搬來東京。」山崎彈舌，大笑。

「我們為了愛所做的犧牲，嗯？」和田輕笑。

「你們到底要不要點東西吃？」店長繃起臉。

「廣島燒？」山崎試探地提議。

店長和和田同步對山崎不滿地皺眉。

「怎麼了？」他問。

「你跟他說。」店長不屑地對山崎一揮手，走到一旁切高麗菜絲去了。

「是什錦燒，」和田說，「不是廣島燒。」

「那大阪的什錦燒怎麼辦？你們怎麼區別？」山崎問，額頭擠出溝痕。

「沒必要。大阪人做不出像樣的什錦燒。」和田微笑，輕啜一口啤酒。

「嗯嗯……好吧，在東京，我們稱來自廣島的什錦燒為『廣島燒』，大阪來的才叫作『什錦燒』。」山崎怯懦地說。

「你想找架吵嗎？」和田挑眉。

「欸，只是說，有什麼不同啊？不都是一樣的東西嗎？而且無論如何，我們現在在東京，正如俗語所說：***go ni haitte wa go ni shitagae***——入境隨俗！」

和田打手勢要山崎降低音量，用眼神告訴山崎別讓店長逮到他說像這樣的瘋話。他低聲說：「噓！我們現在在店長的『境』內，我們可不想惹他生氣。兩種東西完全不一樣，山崎。廣島燒需要一層層技巧地堆疊，就像美式鬆餅三明治，中間包麵條、高麗菜、肉，基本上你想加什麼就加什麼。大阪的垃圾只是把所有材料都倒進碗裡，混合在一起，然後像派一樣啪地倒在熱燙的鐵盤上。」

「對……」山崎一臉困惑。

和田啜一口啤酒。「看著。」他示意開始料理的店長。

店長拿出一碗麵糊和一支勺子。他在鑲嵌於櫃檯的鐵板上做出兩個圓形麵餅，然後調整鐵板熱度，把切絲高麗菜堆在麵糊上；和田和山崎全神貫注地看著。他讓麵糊和高麗菜靜置一會兒，蒸氣緩緩升向天花板。他接著在高麗菜上加上豬肉、乳酪和泡菜，在高麗菜上倒更多麵糊，然後拿出兩個大金屬鏟，像刀子一樣叮叮互擊，把鏟子鏟到圓形麵餅下，接著，一個流暢的動作，把整個麵餅三明治翻面——包含中間的高麗菜和所有材料。麵餅三明治啪地落在鐵板上，開始滋滋作響。

「可惜太郎不能來。」和田說。

「對啊。」山崎說。

他們各自喝了點啤酒，出神地看著店長在冒煙的麵餅三明治旁炒兩團麵條。

「那場車禍一定很慘吧。」和田說。

店長把兩顆蛋直接打在鐵板上並攪散蛋黃。他接著用閃亮的鏟子鏟起麵餅三明治。鏟子刮過鐵板，發出令人滿意的金屬碰撞聲。他先把麵餅三明治放到麵條上，再把所有東西放到蛋上，接著等待稍久一點再翻面。

他抓起一個裝滿黑色黏稠醬汁的鋼杯，從杯中拿起一把醬料刷，在兩份什錦燒的上層塗滿厚厚的醬汁。令人愉悅的香味鑽進和田和山崎的鼻孔，他們垂涎三尺。

「可憐的傢伙」山崎說。

店長在兩份什錦燒擠上細細的***Kewpie***美乃滋，然後切成小塊，再把切開來的兩份什錦燒維持原本完整的形狀鏟起來，分別放進兩個盤子裡。

「他很快就會出院了。」和田說。「他會沒事的。」

「但是缺了腿，他要怎麼開車？」山崎問。

「他們現在傢伙可多了。」和田說。

「像什麼？自動駕駛的汽車嗎？」山崎又問。

「不是啦，白痴。」和田翻白眼。「像是……那叫啥。」

「義肢。」店長說。

他們雙雙看著繼續準備把什錦燒端上桌的店長，納悶著他怎麼會知道他們想講的是哪一個詞。

「和田？」山崎彷彿突然想起某件事。

「怎樣？」

「你會說英語嗎？」

「不太行，怎樣？」

「『***Copy cat***』這兩個字對你來說是什麼意思？」山崎有點扭捏。

「我他媽怎麼知道？***Cat***是貓，對吧？***Copy***像是我們已經在用的外來語，拷貝，不是嗎？」和田看著店長。「店長，你知道是什麼意思嗎？」

「嗯嗯嗯？」店長在忙，專心準備上桌。

「算了。」和田回身面對山崎。「無論如何，你問這幹嘛？」

「沒什麼。」山崎說，努力裝出無辜的樣子喝他的啤酒。

「你為什麼這麼愛耍花招？」和田挑眉打量山崎。

「什麼？我才沒有！」

「幹嘛都不說清楚」

「別傻了。」山崎短促一哼。

一陣停頓，然後山崎才屈服，伸手從包包裡掏出一疊用釘書機釘起、寫滿英文的A4紙。

「我看看！」和田伸手要拿，但山崎快速抽走。

「又不是用手看！」山崎從外套口袋拿出一副鍍金的老花眼鏡戴上。

「得了！這是什麼？」和田手指不耐煩地輕敲啤酒杯。

就連店長也挑起眉。

山崎清清喉嚨，端出最好的英語口音。「**複製貓，作者西古二，由芙珞**——等等，這怎麼念啊？」他指給瞇著眼閱讀的和田看。

「當……當心孩童。」和田扮鬼臉。

「才不是咧。」山崎說。

「嗯，我怎麼知道？」和田哼聲說。「我一個英文字也不認識。不過你幹嘛帶這東西來？」

「得了，和田。用用你的腦——我知道你有腦。」山崎說。

店長竊笑。

和田皺起臉。「等等。你在哪裡找到的？」

「我計程車上。」山崎說。「不過，西古二？有沒有想起什麼啊？」

「嘿！」和田眼睛一亮。「那是……那是……」

「對。太郎的老爸。」山崎拿下眼鏡，放回眼鏡盒，一面嘆著氣。「終於噢。」

「所以，怎麼會在你車上？」和田問。

「有人落下的。一個長像古怪的外人。」

「你要拿去公司的失物招領處嗎？」和田問。

「我想過。」山崎說。「不過我又想——**為什麼不拿去醫院給老太郎呢**？——你知道的，下次探望他時帶去。他看到這個芙珞……芙珞……管她叫什麼的把他爸的故事翻譯成英文，他應該會很高興吧。誰知道呢，要是她做得很好，太郎說不定還會讓她翻譯他爸的其他故事。我知道現在遺產歸他管。看，她在上面這裡寫了她的電子郵件。」他的手指輕點第一頁的最上方。

「好主意。」和田說。「或許是你這輩子唯一的一個好主意。」

山崎小心地把A4手稿放回包包裡。

店長端出盤子。「***Hai, dozo***（是，請用）。」他把兩個盤子分別放到他們面前。

山崎和和田從他們之間的罐子抽出筷子，雙手合十，並說：「***Itadakimasu***（感謝招待）。」店長在櫃檯後的一張椅子坐下，點燃一根菸。兩個人埋首食物中。

「我懂為什麼，」山崎塞了滿滿一口麵條和高麗菜，「你們這些人——」

「嘴裡塞滿東西不要講話啦！」和田說話時噴了一點高麗菜到櫃檯上。「東京這裡沒教你們禮儀嗎？」

山崎吞下食物，注視前面那條高麗菜絲。「你們這些人老是愛談廣島燒了。」

「什錦燒啦！」店長和和田同聲大喊。

接著電燈突然熄滅。

「搞什麼？」和田叫道。

「冷靜！」山崎大吼。

櫃檯後方的牆傳來一陣敲打聲，燈閃了閃。在那一瞬間，可以看見店長的輪廓；他站得筆直，拳頭貼在牆上。然後燈光又暗去。更多搥牆的聲音，接著燈光亮起。店長的拳頭靠在牆上，他們三人抬頭注視頭頂滋滋響又閃爍的燈。

「電線鬆脫了。」店長看著山崎說道。

「這地方應該很老了吧。」山崎環顧店內，看著積滿灰塵的層架和牆上捲曲泛黃的海報。他又看見牆角那隻填充鳥，呼吸一窒。店內空寂，店外此刻一片漆黑。山崎透過小窗看見雨不停從天空傾瀉。

不過今天少了什麼——沒有來自外面的人聲，附近店家沒有客人歡呼，只有淅瀝嘩啦的雨聲，和偶爾從上方鐵軌隆隆駛過的電車。經過他們上方時，火車發出奇怪的呼嗚聲。今夜東京的空氣中有什麼怪怪的。

「之前是我老婆老頭的店。線路都是他接的。」店長說。

「厲害。」和田說。

「希望他弄好一點。」店長從口袋拿出一盒花斑牌的菸。樓上的地板嘎吱了一聲。

「別這麼說！」山崎坐得挺直。「他可能還在聽。」

「呸。讓他聽啊。」店長說。「我發誓他糾纏我好幾年了。有什麼差別？」店長點燃一根菸，深深吸一口，低沉嘶啞地咳了起來。「反正我沒剩多少時間了。」

「別傻了！」和田輕笑。

「真的啦。」店長說。「無論如何，我死後會回來糾纏你們兩個的。」

「別拿鬼魂開玩笑。」山崎顫聲說。「聽了叫人害怕。」

另外兩個人看著山崎，評估他到底是認真還是說笑。

「你不是……真的……」和田疊起雙臂。

「相信鬼？」山崎緊緊握住啤酒杯的把手。「當然信。」他舉杯一飲而盡。他對店長揚起杯子，店長隨即走去冰箱拿出兩個新杯子。

「你看過鬼嗎？」

「沒看見過。不過我確定祂們存在。」

「為什麼這麼確定？」

店長把兩杯新啤酒放在櫃檯上，收走空杯。「我也信啊。」

和田搖頭。「我沒見過也沒聽過任何能說服我相信的東西。」他注意到兩杯啤酒，點點頭，接著問道：「店長，你不再來一杯嗎？」

屈指可數的幾名客人飄進又飄出餐廳，擠在櫃檯邊；和田和山崎從頭到尾牛飲冰啤酒、暴食他們的什錦燒。有些客人點什錦燒，其他則點一般的鐵板燒料理。

稍晚，他們開始喝第四杯啤酒時，門滑開，走進一個高大、看來強壯的男人，他表情友善，身上穿著郵差制服的藍色連身衣，貌似年近四十。

「**歡迎光臨**！」店長自動化地唱出歡迎詞，然後才看見門邊的男人。「欸這不是慎吾（Shingo）嗎。進來！進來！」

「晚安，店長。」慎吾在櫃檯邊坐下。

和田和山崎恭敬地對慎吾點頭，他也點頭回禮。

「跟平常一樣嗎？」店長問。

慎吾點頭。

「過得怎麼樣啊，年輕的慎吾？好久沒看見你了。」

「一樣囉。」慎吾說完看著計程車司機。「東飄西盪。郵差的工作永遠做不完，諸如此類的。嗯，直到電子郵件永遠殺死郵寄信件囉。」

「那跟那位小姐進展如何？」店長問。

慎吾的臉轉紅。「噢，你知道的。我永遠不懂……」他尷尬地啜飲一口店長放在他面前的啤酒，灑了一點在制服上。「我不知道耶。」

「女人，嗯？」山崎和善地說。

「我的建議是根本別費心了。」和田展示出他的婚戒。

慎吾大笑。「但是你怎麼知道……你知道……她就是對的人？」

「你就是知道。」和田和山崎同聲說。

慎吾微笑，不過還是看起來靦腆。「我不擅長這些事。」

店長也摻一腳。「約她去*omatsuri*（祭典）怎麼樣——鎮上的祭典要到了，對吧？」

「噢，她不會跟我去的……」

「你不問她當然不會跟你去。」和田說。

「說不定……說不定……」慎吾說。「而且還有年齡差距的問題……」

「如果有愛應該就沒差啦。」山崎說。「應該沒差。」

等到和田和山崎改喝起加冰塊的燒酎，慎吾已經離開了，他們正在對對方說鬼故事。山崎告訴和田他看見*yokurokubi*（轆轤首）的故事。那是一種*yokai*（妖怪）：他有一次晚上醒來，看見一顆頭飄進他童年時的臥室，連著一條一直延伸到門外的長脖子。那是一個少女的頭顱，頭髮攏起，梳成伊豆時代的髮型。他試著叫喊，但喊不出聲。他閉上眼，躲在羽絨被下直到早上。隔天他跟他母親說這件事，她點點頭，說這棟房子曾屬於一個富商，他的女兒自殺了。

和田告訴山崎一個故事：故事中有一個僧人和一隻貓，有個女人試圖毒殺僧人，貓的頭便飛上天，咬掉了女人的頭。

店長從頭到尾都坐在櫃檯的另一邊，一面抽菸一面聆聽。

不過當她走進來，他們兩人都停止說話。她身穿長大衣。外面還在下雨，她全身濕透，頭髮披散，波浪狀的濕髮蓋住她清瘦的臉。透過頭髮，可以看見她一雙詭異的綠眸，不過那對眼睛中有一種強烈的感覺，和田和山崎因而都害怕看她。她沒帶傘。她脫下大衣，露出裡面的黑色露背洋裝。她的背上覆蓋一幅巨大又複雜精細的刺青，還延伸整條手臂一直到手腕。她的身上有點點水珠，刺青在微光中微微閃爍。

女孩經過和田和山崎身旁時，他們對她鞠躬；她走到長方形櫃檯的對面，在角落坐下，沒理會他們兩個。他們沒聽見她開口，不過店長過去在她面前放上一杯牛奶，隨即到後面準備食物。

「你看到了嗎？」山崎低聲對和田說。

「對。」和田微笑，又對女孩鞠躬。

她回望著兩個男人，不過視線似乎穿透他們，彷彿他們並不存在。

「你覺得——」山崎說。

「噓。」和田搶在山崎說出極道這兩個字前打斷他。「不，我不覺得。」

「她身上刺的是什麼？」山崎低聲問。

「看不清楚。」和田說。「無論如何，那不是幫派刺青。」

店長帶著一碟魚回來。他把魚放在女孩面前，對她鞠躬，然後便回到兩個男人這邊。

「希望你們兩個沒有打擾我的客人。」他透過齒縫說道。

「誰？我們？」和田看似受傷。

「她是誰？」山崎問。

「只是一個常客——不管他人閒事的常客。」店長對他們倆微笑。

「我不知道你還賣魚耶。」和田說。

「遇到太愛打聽消息的客人就不賣。」店長說。

和田舉起雙手。「好啦。我們懂了——」

接著燈又熄滅。黑暗中傳來詭異的動物聲響，幾乎像號叫，上方傳來樓板嘎吱的聲音，然後又聽見店長的拳頭敲打牆壁。燈光恢復，三位客人坐在櫃檯邊。

店長對女孩鞠躬。「不好意思哪，***Ojo-san***（小姐）。」

她點頭回禮，繼續用筷子挑揀她的魚。

店長又走出去，一面咕噥著電線如何如何。

「嘿。」山崎一肘戳向和田胖呼呼的肋間。「你有聽到嗎？」

「聽到啥？」和田搓揉被戳到的地方。「還有，不要幹我拐子，你這皮包骨呆子。」

「你聽見那個詭異的聲音了嗎？像是貓？」山崎壓低音量。女孩在另一邊吃魚，山崎手指她的方向。「從她那邊傳來的。」

「才沒有。」和田說。

「她有可能是*bakeneko*（化貓）！」山崎說。

「又開始說這些迷信的鬼話了。」和田翻白眼。

「真的啦！他們確實存在！」

「跟鬼一樣，啊？」

「我有一個朋友，就——」

「總是朋友，對吧？永遠不會是說故事的那個人。」

「閉嘴聽就好，好嗎？」山崎灌下一口燒酎，用手背抹嘴。「總之，我這朋友去洗泡泡浴。」

「涉及妓女和一位朋友的故事。真想不到呢！」和田輕笑。

山崎假裝沒聽見。「他跟那女孩一起去浴室時，他說她是他見過最美的女孩、他剛剛度過一段最棒的時間。不過那女孩從頭到尾沒對他說一個字。後來他回到房間，聽見喵的一聲——」

「他在嘮叨些什麼？」店長從後面回來，懷疑地打量著山崎。

「噢，只是又一個愚蠢的鬼故事而已。」和田說。

山崎喝得頗醉，不過和田更糟。女孩還是緩緩挑著魚吃，不過店裡就只剩他們三人了——時間已晚。

「店長！幫我們叫計程車！」和田嚷道。

「自己來啊！」店長微笑著說。「你們不就是計程車司機嗎？」

和田睜著朦朧泛紅的眼睛看著店長；店長嘆口氣，走到電話旁。

山崎轉頭看那女孩。「她吃那條魚也吃太久了。」

店長掛上電話。「十五分鐘後到。」

「謝啦，店長。」和田的頭垂到他面前的桌上。

店長搖頭。

山崎朝女孩的方向點點頭。「她要怎麼回家？」

「她沒問題的。」店長說。

「她或許可以跟我們共乘一輛計程車。」山崎橫靠在櫃檯上。「嘿，小姐！」

「不用了。」店長站到他們之間。「她可以照顧她自己，山崎先生。」

「只是想想嘛。」山崎注視空燒酎杯，衡量著是否該從只剩四分之一的酒瓶再幫自己倒一杯。

店長一個箭步上前拿走酒瓶。「來，我把你的名字寫上去，幫你保留在櫃檯後。下次你們來的時候再喝，嘿？」

「好主意！」山崎說。「我們肯定會再來啊。這是我吃過最好吃的廣島……什錦燒。」

店長露出開懷笑容。

「隨時歡迎。」他朝和田的方向點點頭。「他也是，只要他下次別再喝那麼多。」

和田抬起頭，眨眨眼。「我沒喝太多，對吧？」

「繼續睡吧。」店長說。「你們的計程車——」

燈光暗去。

「坐好，別擔心。」

又響起捶牆的聲音，樓板嘎吱。頭頂的燈光一閃，然後又是黑暗。

「去他的。」黑暗中傳來店長的聲音。「等等，我去拿燈。」

可以聽見店長的腳步走向店後方，他的手機發出微光，他正利用這點光在找些什麼。

「詭異。」山崎說。

「少蠢了。」和田含糊地說。

然後他們又聽見了——這次比較低微——微弱的號叫聲。

「又來了！」山崎低語。

他們聽見後方傳來店長的聲音。「完美！」接著少量光線湧入前方的餐廳。那光緩緩來到前方，店長發光的臉有如鬼魅，光從下方打上來，在他的臉投下魔鬼般的影子。他把燈放在櫃檯上。

「大家都沒事吧？」他問。

「沒事。」山崎說。

「我也是。」和田說。

沉默。

他們望向女孩的方向，但卻不見她蹤影

「**小姐**？」店長問道。「妳還好嗎？」

「她在嗎？」

「噓！」和田碰觸他的手臂。

聲音又冒了出來，這次大聲了點。櫃檯另一邊傳來窸窣窸窣的聲音。有東西在地板上移動。

三個男人伏低。店長抓起刀，和田拿著提燈，三個人一起慢慢走到另一邊。櫃檯下傳來刮搔聲，一股辛辣的味道充斥他們鼻孔。他們停頓，面面相覷，接著朝櫃檯下看。

詭異的綠眸回望他們。舌頭探出，舔拭仍有魚味的嘴唇。

然後提燈暗去。

——石川偵探：案件筆記二

數週過去。我緩慢工作，我穩定工作。工作是我所愛。

這城市建立在工作之上。東京是像這樣的地方，如果你停止工作，就算只是一秒，你也會被吞噬並遺忘。那些坐在公園藍色防水布上、把自己喝成傻子的可悲混帳就是這麼回事。他們大多數人只是跟不上速度而已。

這座城不休息，永不。

尤其是夜裡。睡眠只是東京拿來安插進工作中空檔的東西而已。

東京約莫在凌晨四點三十分最愛睏。這時曙光漸露，計程車還在路上跑，有些載著早出工作的人，有些則載著晚歸回家的人。電車還沒開始行駛，但只要再給它們三十分鐘，它們便會如常開始鏗鏘運行。只有跳軌者能讓它們慢下來。另一個追不上城市速度的可憐混帳。他們跳下軌道，希望被帶到更美好的地方。之後電車公司會向死者家屬索賠。這理當阻止跳軌者中斷列車運行才對——東京不喜歡被拖延行程。不過對某些人來說，這似乎威懾力不足。或許有些人根本沒有家屬能夠收下帳單。他們還有什麼能失去的呢，對吧？

這城市是世界上最大的監獄之一——三千萬居民。

不像我生長的地方。

別弄錯我的意思喔，大阪也是個大城市，不過那裡的人知道該如何放鬆。他們也知道該怎麼跟其他人連結。他們看得見人生有趣的一面。東京對自己太嚴肅了，而且還有好理由——她就是個嚴肅的地方。

我知道我為什麼來到這座城市。愛把我帶來這裡。

不過當我宿醉得跟一坨屎一樣搭電車來上班，我常想。

既然我們都離婚了，是什麼把我留在這裡？

一到辦公室，我就知道有事情不對。

門開著。妙子晚一點才會來，因此我知道不是她。我躡手躡腳緩緩走向門，推開，合葉嘎吱了一聲。鎖垂掛在門上。被強行打開了。

我屏住呼吸，盡可能輕手輕腳穿過等候室，走進裡面的辦公室。我看見一個矮胖的輪廓映在窗戶上，手上拿著從盒子裡拿出來的一疊相片，正一張一張翻看。老套了——有人試圖偷回證據。

我溜進門，看著站在我辦公室裡的人：頭上套著頭套，手戴皮手套，身上穿著牛仔褲和上面寫著**黑色追緝令**[7]的T恤，還在翻閱照片。顯而易見。

「有什麼我可以幫忙的嗎？」我問。

那顆頭猛地抬起，我只看得見眼睛和嘴唇。嘴唇繃得很緊，眼神看似驚訝，不過其中還有些其他什麼。我們看著對方，在辦公室裡緩緩呼吸。我們都在等待。外面，我聽見車站傳來曲調優美的鐘聲，宣告又一輛車離站。推銷新款雀巢咖啡的男性叫喊聲從街道飄上來。除此之外只有車流的輕柔聲響。頭套後的眼睛閃向門，我的視線也追過去。又拉回視線時，只見一個東西朝我的方向飛來。那東西在空中膨脹，直朝著我而來。我直覺地舉起一隻手臂，感覺到一疊沉重的相片碰地撞上我的手臂和臉，四

7. *Pulp Fiction*，一九九四年美國黑色幽默犯罪片，導演與編劇皆為昆汀・塔倫提諾（Quentin Tarantino）。

處飛散。我感覺臉頰有道刮傷，接著是猛力一推，我被推倒在地。我從辦公室敞開的門朝外看，只看見一道黑色影子快速消失。

「欸，這也是展開一天的一種方式。」我用手抹臉頰，發現我在流血。

我仰躺，數百個亮面小方塊包圍住我，每一個都描繪出它各自獨特的背叛。

妙子進來的時候，我差不多都收拾好了。

過去幾年來，我們遇過許多像剛剛這樣的闖空門事件，但沒必要每次都讓她知道。一旦出軌的丈夫或妻子發現他們的配偶抓到他們把柄，這算是標準反應。他們會另外雇人試圖偷走私家偵探手上的證據。這些闖空門的傢伙不知道的是，我總是會準備多份複本。我前妻也曾付錢找了個笨蛋來偷回我手上有關她的照片，結果付出高昂的代價才學到這一課。

「早安！」妙子微笑，不過隨即發現懸掛在門上的鎖。「噢，天啊！又來了嗎？」

「我們剛剛有訪客。」

「你沒事吧？」她咬住嘴唇，視線從被破壞的鎖往上挪到我的臉頰。「你的臉怎麼了？」

「刮鬍子時割傷了。」

「到你這年紀，你還以為你技術會有所提升呢。」她微笑。

「永遠掌握不了要領。」

「坐下吧。」她嘆氣。「我來泡點咖啡。」

「濃一點，麻煩了。」

「我順便拿急救包過來。」她搖頭，蹣跚走向廚房。

伴隨著湯匙和馬克杯鏗鏗鏘鏘，我也聽見她的聲音。「老天在上！」然後是類似「快受不了了。」的咕噥聲。

「我也是。」我低語。

那天晚上，我下班走去車站的途中，有個瘋子塞了張紙給我。他影印了一大疊，只要有人願意接下就塞給對方，就像邪教成員一樣。他發瘋般地在我面前揮舞一張傳單，而我減速，主要是因為沒辦法繞過他。

他是個大傢伙，我接下傳單時，他注視我的雙眼。

「不要變成他們的一分子，兄弟。」他說。

「誰的一分子？」我問。（事後回想，我應該要說「我不是你兄弟，朋友」或類似的俏皮話才對。）

他有點像是凝視遠方的樣子。

「螞蟻。」他說。

「好啊，當然，老兄。」我點頭，快步走向車站。

電車上，我從口袋拿出那張紙來讀，結果通篇瘋話：

我是城市之影，從地貌活生生的皮膚雕出並加上陰影。我在巷弄間潛伏，我靠黴菌為生。我靠霉病為生。我與蟑螂為伴。還有鼻涕蟲與老鼠。我是不加以判斷的照相機。我是襲擊福島電廠的波浪。我是被丟下的馬和狗和貓，腐爛為骨。遭曝曬褪色的屍體。我是你那座粉碎的巨大奧運巨蛋。我不孕。然而我在這兒。你不能把我藏在鋼鐵之後。建築之後。電腦螢幕之後。人群與蟻群之後。就像溢出並玷汙的最黑之墨——我在這裡，也將一直都在。永遠永遠。我與我的孤獨獨處，而你亦同。

因為我是黑暗之城。我在等待。

像我剛剛說的：瘋話。

我前往我那個極道大學友人開的俱樂部。我們一盤**將棋**下到一半，他要贏了，不過我這次不是要跟他談這件事。

過去幾週來，我除了在街上閒逛，張貼找尋「乳酪與泡菜」的告示（兩隻毛茸茸的貓，從一位富裕女士位於麻布的家中走失）；以及躲在花盆後試圖逮到一對酒醉伴侶走進一家義大利主題的愛情旅館，並拍下好照片，我同時也持續免費為那對父母找他們失蹤的兒子。

剛開始，我一無所獲——到哪查都沒紀錄。沒有社會福利資料、沒有工作歷史、沒有房地產、沒車、沒公寓、沒房子。幾乎就像在找一個鬼魂。我花了幾天的時間對這事搔破腦袋，納悶著他們是不是給了我錯誤的資訊。這傢伙真的存在嗎？不過我遇過這種事。如果你在找一個不存在於我們這世界的人，最好假設他們生活在另個世界。我們這位失蹤男孩很有可能並不是他父母想像中那個心愛的天使。

如果他不只是某個在東京某公司工作的笨蛋，那他一定另有故事。不，這小子一定有些社會關係。而且不是好的那種。對於那些存在於正派社會之外的人來說，他們只有一個組織可去，而這個失蹤的媽寶越來越有可能跟這組織有段歷史——他是極道。幸運的是，新宿有幾個最大的幫派，我的大學好兄弟現在剛好是其中一個幫派的扛霸子。我不喜歡還得找他幫忙，不過這種事還真需要有人伸出援手。

跟這些極道打交道，有時候不只是關乎需要他們幫忙處理事情，而是要讓他們知道你想仔細檢查他們骯髒的待洗衣物。他們不喜歡你沒先請求許可——這是無禮的舉動，很有可能會讓你落得被發現悶死在髒衣服堆裡，或許穿著小內褲和胸罩被絞殺。這些傢伙可不會假裝親切。

我敲響俱樂部前門時還有日光。而當看門人讓我進去，這正是顯得奇怪的地方——裡面感覺是夜晚。

「大名？」看門人單刀直入地問。

「石川。」我看著他低聲對無線電耳機說話，假裝不想偷聽，研究起顯示出俱樂部不同部分的監視攝影機螢幕。俱樂部被切分為好幾個鏡頭，大約十三個，很難一次看清這麼多螢幕。太多來自不同角度的不同畫面，不可能在腦中同步處理。有一個對準外面，還有一個此時此刻正俯瞰著我們。我看得到自己一動也不動地站在那兒抬頭注視某個東西，同時看門人對耳機說話，一面輕輕點頭。我聽不太清楚他說什麼，不過他接著說：「喂。」我看著他的現實影像，他在點頭。他揮手要我進去第二道門，不過在他這麼做的同時，我看見他眼裡有些什麼。

別想輕舉妄動，廢物。

一條長長的走廊帶著我來到另一扇門，又有一隻看不見的手打開這扇門，於是我就這麼進入俱樂部。

裡面看起來很像三流電影的啞景。

上空女郎在鋼管上迴旋，身穿西裝的呆子對著她們眉目傳情。一顆俗麗的迪斯可球懸在中央，漫不經心的彩色光在牆上彈射。空氣中有種怪異的味道：介於大麻、廉價薰香和漂白水之間。我走到吧檯邊，點了一杯黑咖啡，只為給他們一點刺激。酒保看著我，彷彿我是一坨屎一樣，不過還是回到他的濃縮咖啡機，開始為我製作飲料。我喜歡他那件上面寫著**橫行霸道**[8]的T恤。他的態度就沒那麼喜歡了。我轉身面對俱樂部，背靠著吧檯。

接著她吸引了我的視線。其中一個跳舞的女孩鶴立雞群。

我說不準抓住我視線的是她那雙綠眸，還是覆蓋她整個背的紋身。隨著她在鋼管上旋轉、扭動，我努力看清楚她紋的是什麼圖案。她初入眼頗為纖瘦，不過隨著她在

8. 譯註：《橫行霸道》*Reservoir Dog*，美國導演昆丁・塔倫提諾執導的獨立犯罪驚悚電影。

鋼管上緩緩轉動，從頭到尾只靠強壯的手臂和腿支撐，我可以看見肌肉在她的紋身下起伏。那是什麼？一道波浪嗎？一隻動物？看起來是活物，某個充滿力量的東西，不過在閃爍的燈光和動態之下很難看清楚。

「嘿。」後面傳來人聲。我轉向吧檯。酒保手指一杯蒸氣裊裊的咖啡。

「謝啦，兄弟。」我說。

「我不是你兄弟，朋友。」他咕噥，走下吧檯服務其他人去了。

我搖頭，連同下面的碟子一起端起咖啡，啜飲一口的同時又轉回去。那個紋身女孩激起我的好奇心。不過等到我又面對她剛剛還在的舞臺，音樂已經更換，跳舞的也是另一個女孩了。這一個皮膚更白、奶子更大，而且沒紋身。

我對舞者們失去興趣。

「石川？」

我轉過身，看見一個穿西裝的高大男子，頭髮剪得極短，戴著單邊耳環。

「對。」

「請跟我來。」

他立即轉身，我跟著他走進角落的另一扇門，往上幾階，來到後方的辦公室。

他為我撐著辦公室的門，但沒跟我一起進去。他關上門，門喀的一聲緊閉，志和

（Shiwa）抬頭看我。桌上是一面真正的將棋棋盤。我認出那正是我們的棋局。所以，志和擺出真正的棋盤。有意思。

「阿石！你這隻老流浪狗，你！」

「志和。好久不見了。」

「坐吧。」他微笑。

「謝謝」

「抽菸嗎？」他遞給我一根。

我搖頭。「戒了。」

「哪時戒的？」

「上週。」

「不知道能撐多久，嗯，阿石？」

「撐得過三天的人都能當僧侶了。」

「介意我抽嗎？」

「請便。」

他點菸；透過鬆垂晃動的肌肉和稀疏的小鬍子，我看見跟我一起念大學的那個傢伙年輕的臉龐。不知道我在他眼裡是什麼模樣。我也像他那樣變老了嗎？他看得出我的外貌有任何變化嗎？當我攬鏡自照，我什麼也沒看見。時間似乎是種只會發生在別人身上的東西。

「最近怎麼樣啊，阿石？」

「還可以囉。繼續漂浮。」

「案子多嗎？」

「工作永不止息哪。」

「好，好。」他長長吸一口菸，對空吐出一團煙。

「罪犯的黑社會怎麼樣啊？」我疊起雙腿。

「老樣子囉——『工作永不止息哪』。」他輕笑。「有些我得處理的白痴哪，你不會相信的。」

「不知道耶——我的客戶名單中有些非常**有意思**的角色。」

「噢，阿石，真希望能跟你說幾個我的故事。」

「我也是。」

「接下來我該說什麼？」他抬頭看辦公室角落，細小的汗珠在他額頭閃爍。「噢對，**不過我就得殺掉你了**。」

「擁抱幫派的陳腔濫調了嗎，志和。」

他大笑。「那，是什麼風把你吹來我的地盤啊？」他坐在椅子上往前靠，在菸灰缸裡撣落菸灰。

「抱歉就這樣跑來，不過我在找人。」

「是嗎？」他低頭看著自己擱在菸灰缸上的手，微微歪頭。

「是。」

「找誰呢？」

「一個叫黑川（Kurokawa）的傢伙。」我屏住呼吸。

「黑川……」他搖頭。「沒聽過……」

「只是條小魚。」

「那這條小魚對你來說有什麼重要的？」

「失蹤人口的案子。」

他直盯著我雙眼，喉嚨微微一動。「**找不到**的失蹤？」

「不，不是那種。」我停頓。「他父母雇我找出他。」

「嗯嗯嗯。」志和靠回椅背，看著天花板。「石川，你知道你這是在對我提出很大的一個要求嗎？」

「我知道，志和。」我往前靠。「如果能用其他方法找到他，我就不會來找你了。」

「人一旦加入這個家族，他們就跟舊家人說再見了。」他嘆氣。「他父母不知道嗎？」

「我想他們知道。」我在椅子上動了動。「不過他現在已經不再屬於你們家族了……」

「他對我們來說已經死了。」

「我知道。」

「而人死不能復生，你知道吧。」

「我知道。」

他又長長吸了一口菸，菸的末端燒得火紅。他吐煙，看著我「好。」他點頭。

「只因為我們是老交情了。別養成習慣喔，石川。」

「謝謝你，志和。」我低低鞠躬。

「出去的時候跟清二（Seiji）說，他會幫你。」

「哪一個是清二？」

「酒保。」

「謝謝你，志和。」我起身朝門走去。「我欠你一次。」

「當然囉，我們有需要的時候就會找你討。我最近可能有個案子要給你。總之保持聯絡囉。」

我的手來到門上。

「噢，阿石？」

我轉身再一次面對他。「怎麼了？」

「別忘了，換你下喔。」他用眼神示意棋盤。

我回到俱樂部時，清二在吧檯外側等我，坐在一張高腳凳上抽菸。他一頭又長又捲的頭髮和鬍子——活像整天泡在湘南海灘的海灘遊民，假裝自己會衝浪，想藉此釣到女孩。我走向他，但他沒理我，只是繼續抽菸，一隻手插在牛仔外套口袋，直盯著前方。我看著他抽菸；他吐出煙圈時，嘴唇的形狀有種非常熟悉的感覺。音樂音量已經降低到能夠交談的程度。

「清二？我是石川，志和說——」

「我知道你是誰。你他媽給我坐下。」

我站在原地。「很可愛。你要請我吃晚餐嗎？」

他起身，擺好架式。他很矮，不過我看得出他眼裡有些什麼，同樣那股在我腦袋後方讓我不得安寧的感覺。不單純哪——他不喜歡我。出於某個原因。

「聽好了，你這爛貨。」他咬牙切齒地說。「別跟我裝親切，不然我讓你屁滾尿流。聽懂了嗎？」

「大聲又清楚唷，親愛的。」

「我知道你是哪根蔥，石川。我見識過你工作。你在別人的垃圾裡聞聞嗅嗅，然後你把東西掛在晒衣繩上讓整個街坊看。」他的聲音幾乎像在咆哮。

「你第一次約會的時候總是這樣對待男人嗎？」我微笑。

他用手指猛力戳我胸口。「你是人渣。」

「對人放肆無禮之前，我通常會先給他們一個吻。」我站穩腳步。

他一隻手指指著我的臉。「對，我對你瞭若指掌，石川。」

「你知道些什麼呢，小乖乖？」我越過他的手指注視著他。

「流言會傳。我知道你賣了你前妻。」

他怎麼會知道我前妻發生了什麼事？「繼續說啊，陽光男孩。我會埋了你。」

「你要怎麼做呢，私家屌探？你現在在我們的地盤上。只因為你是志和的朋友，你今天才能活著走出去。」

「是啊，你說得對。我是志和的朋友。」

我讓這句話懸在空中。

「現在，我要去找這個你在找的蠢貨，因為這是我的責任。」他假笑。「看到了嗎，石川。就連我們這些極道垃圾都比你這種皮條客懂忠誠和榮譽——把你妻子的照片賣給其他女人，然後還拿來當證據，藉此在你自己的離婚談判中拿到好處。她背叛你，我一點也不意外。」他從頭到腳打量我。「你是這世界該死的渣滓。」

他怎麼知道這件事？「你不知道你自己在說什麼，鉛筆屌男。」

「對，對，留到下輩子吧，小人。」他輕蔑地揮揮手。「你那個失蹤朋友的事，我們再保持聯絡。」

「謝了，親愛的。」我正要離開，不過又想到一件事。「還有一件事，供你下次闖進我辦公室時參考：我會把鑰匙放在腳墊下，所以沒必要破壞門鎖。好嗎？」

他靠過來，動作比我預期還快。他一拳擊中我腹部，我一時喘不過氣來。我壓抑著彎腰的本能反應，保持微笑。

「滾出我的俱樂部。」他露出牙齒。

我一直死撐著，直到離開俱樂部幾百公尺後才容許自己彎下腰喘氣。

祭典

那隻花斑小貓躺在熱燙鐵皮屋頂的陽光下。這是一個初夏早晨，不過熱度已經越來越令人難以忍受。貓抬頭，對著明亮的陽光眨眼，接著決定還是換個有遮蔭的位置好了。牠正在找尋某個東西——某種前世的記憶——一種味道、一個影像。是紫頭人嗎？還是其他東西？

牠一躍而起，輕快地走過東京郊區連綿的屋頂，懷抱著目的潛行。以幾乎像彩排過的動作飛竄。牠來到一扇敞開的窗，朝內窺探，看見一個年近三十歲的女孩坐在浴缸裡讀一本西古二的書。

嗯，試著讀一本西古二的書。

幸子整個月都在盼望這場***omatsuri***（祭典）。她不停注意到她會讀一頁小說，然後什麼也沒讀進去，還得回頭重讀一次。這是一本她喜歡的書。不過她滿腦子都是今晚的祭典。

還有，當然了，跟龍君見面。

她前一年穿的是她的紅色浴衣，現在她審慎思考著今晚要穿哪一件。她把攤開的書放在浴缸旁，剛好放在一灘水上，而水隨即被書吸乾。她或許會穿藍色上面有白色*asagao*（朝顏）的那件。她的手在身上幾個令她感到憂心的部位遊走。空蕩蕩的肚子發著牢騷，但她不予理會，想在這晚拿出自己最棒的一面。她閉著眼靜靜坐了一會兒。

她沒意識到貓正無聲看著她。

「幸子！」

響亮的叫聲把她從白日夢中喚醒。她翻了翻白眼，雙手抬離水面，看著自己的手指——像*umeboshi*（梅乾）一樣皺成一團。

「幸子！」那聲音更響了，距離也更近。「小幸！妳在哪！」

幸子沉進浴缸更深處。

「小幸！妳在浴缸裡嗎？」

門上碰的一聲。

「沒有，我不在這裡。」

她媽媽打開浴室門，對著她沉下臉。

「別說謊。妳在裡面多久了？立刻出來。妳會變成梅乾的。」

「是，***Okasan***（媽媽）。」

媽媽又投來憤怒的一瞥，然後她又是自己一個人了，除非……

貓的頭抽動，幸子這才看見牠。他們透過蒸氣對對方眨眼。

這是貓一直在找的東西嗎？

幸子歪頭，對貓咂舌。「你是不是漂亮的小東西呀？」多可愛的一雙綠眸，還有一種淡淡冷漠、莊嚴的感覺。

貓別開視線，轉向窗外。不，這不是牠在找的東西。牠越過屋頂溜走，找尋早餐去了。

擦乾、化好妝，穿上牛仔褲和T恤的幸子走進廚房。媽媽站在冰箱旁，手上拿著兩個巨大的蘿蔔，一手一個。桌上還有幾個裝到爆滿的購物袋。

「妳以為妳要去哪？」她對著幸子搖晃其中一個蘿蔔。

「只是要去美容院……為了今晚去做個頭髮……」

「在妳幫我把買回來的東西整理好之前，不准。」

她用一個蘿蔔朝幸子戳，另一個則指著購物袋的方向。

「是，**媽媽**。」

幸子開始把東西整理歸位。媽媽繼續說話。

「我不懂妳為什麼要把錢浪費在去花俏的美容院弄頭髮。我知道今晚有祭典，不過我也可以幫妳做頭髮啊——就跟以前一樣。」

幸子回想起媽媽過去做的那些可怕髮型，強壓下一陣顫抖。

「**媽媽**太忙了……我不想給她惹麻煩……」

她媽媽轉身面對她，眨了眨眼。

「這可是妳的大日子。我不該這麼——」

有人敲門，外面傳來低沉的聲音。

「***Gomen kudasai***（不好意思打擾了）！我是郵差！」

媽媽的臉亮起，她走去開門。幸子繼續整理。

「啊！慎吾君！」媽媽的聲音充斥濃濃的情感。

「噢，您好，柴田（Shibata）太太。您看起來氣色真好。您的信。」

幸子稍微伸長脖子探頭看門口的郵差慎吾。她希望媽媽不要這樣公然跟他調情。

真丟臉。

除了對媽媽來說徹徹底底太年輕之外，他長得挺帥的。年近四十，一點禿頭的跡象也沒有，雖然略有醉意的臉看起來像前晚狂歡過，不過他似乎控制得宜，沒長出他這年紀男人常有的肚腩。不過他跟媽媽成不了良緣的，因此她的調情更顯得絕望。

「要不要進來坐下喝杯綠茶？」

「噢，您真好心。」慎吾往內走了一點，進入玄關入口處，彷彿正要脫掉鞋子。然後他看見幸子，遲疑了起來。「但是，我真的必須繼續送信了。」

「咖啡怎麼樣？」

「謝謝您，柴田太太，但是我真的得走了。」

「還是來點***kasutera***（長崎蛋糕）？我今天早上在市場買了一些。小幸，燒水。進來吧，快啊！」

「噢，請不用費心了。除了跟我們一起喝茶，小幸一定有其他更重要的事要做吧。」他回道。

「不用管她——她為了今晚的祭典正要出去做頭髮呢。」

慎吾微微挑起眉。

「你今晚會去祭典嗎，慎吾。」媽媽問。

「噢，不會。我太老了，不適合參加祭典了啦。」慎吾大笑。

「胡說！你們兩個應該一起去！」

幸子僵住。

「噢，小幸一定已經有約了吧。而且無論如何，她應該不會想跟我這樣的老傢伙一起去啦。」他對幸子微笑。

「不跟你去的話她才會慘上加慘。看看她。我真是絕望啊！快三十歲了還不嫁人。真希望有人來從我手中接下她。她只會坐在浴缸裡讀那些垃圾小說。」

「噢，柴田太太，這樣說不是很厚道呢。」

幸子轉身背對他們，臉慢慢變成跟慎吾的郵袋一樣的顏色。

「我待會兒回來，**媽媽**。再見，慎吾先生。」

她故意不看他們，慢慢朝前門移動。

「去美容院就是浪費錢！」媽媽說。

「再見，小幸」慎吾說。

她對他們鞠躬，輕輕關上門。慎吾的聲音穿透門飄了出來。

「柴田太太！您真不該對小幸這麼嚴厲。」

幸子討厭他叫她小幸。

走過鎮上的途中，她不打算讓另一個像剛剛媽媽那樣的事件弄壞她的心情。如果是其他天，她可能會約真理見面，向她抱怨跟媽媽一起生活的日子。而她的朋友會像平常一樣：坐著、聆聽一切、點頭並偶爾嘆氣。當幸子全部傾訴完並冷靜下來後，真理會說些「小幸，妳真該搬出來、找個屬於自己的地方」之類的話。

幸子總是得到同樣的結論——她無法離開媽媽獨自生活。她也知道，光是搬出去並不能解決她的問題。媽媽會繼續造成她的壓力，直到她終於順利嫁人、並與丈夫一同生活的那天到來。媽媽就是這麼老派，不會仁慈看待獨居的單身女性。那年秋天，她沒讓媽媽知道她跟龍君的戲劇性發展，甚至也沒讓真理知道；有一部分是因為那段時間真理自己也不好過。不過也因為她就是不想討論那種事，就算跟朋友也一樣。

甚至到現在，她也還努力把那件事推出她腦中。

不過，媽媽不懂的是，時代已經不一樣了。男人和女人不再那麼快衝進婚姻。拿她跟龍君的關係來說吧。他們斷斷續續交往幾年了，但完全沒提及婚姻的問題。幸子不敢想像提起這問題。內心深處，她知道他們注定在一起，而且他們不久便將結婚。她必須有耐性。

話雖如此，說幸子沒急著出嫁，那也是說謊。她不年輕了，她的所有朋友（除了真理）都幸福快樂地結了婚，大多有了小孩。但是對龍君施加壓力也於事無補。她之前看過他對這件事沒什麼好反應——至於他對很快建立家庭是什麼觀感，她也再清楚不過。

街道上仍幾乎無人，到處有燈籠高高掛在樹上，就等今晚的祭典了。為了讓一切就緒，顯然已做了許多準備工作。***Shotengai***（商店街）上出現許多小吃攤——沉睡中，以木板蓋住，不過已準備好在夜晚活過來。

幸子看見她常常遇見的那位迷人西方女子牽著狗在鎮上蹓躂。她略為鞠躬，那位小姐也鞠躬回禮，接著便吹著口哨走開。

走路去美容院途中，她經過車站，可以聽見IC卡韻律的啪啪聲，以及黑西裝白領靈魂撞擊存在時的嗶嗶聲。票閘的十字轉門撞出嘎吱與叮噹交織而成的無心協奏曲。通勤到東京市中心，拋棄人性，踏入城市蒸氣騰騰的味噌湯中。龍君這會兒應該在上班的電車上。

美容院吵雜如車站。一大群女孩聊八卦、傻笑。鏡子前成排的椅子幾乎已滿，等候區跟電車車廂一樣擁擠。她打開門，門鈴叮噹響起；混雜如泥的香氣迎面襲來，濃得幾乎能嘗到。這股味道擊中她喉嚨深處，害她咳了起來。

「柴田小姐！」她的美容師對她揮手。

她直接走向鏡前的座位，等候中的女孩們憤慨地瞪著她。她很慶幸還好她提早預約。

她坐下讀雜誌，她的美容師則著手工作，小心地幫她洗頭、染髮、造型。

她不知道是不是她的想像，不過等候區有個女孩一直用一雙綠眸瞪著她。幸子偶爾抬頭看鏡子，都會看見那女孩火速低頭，假裝自己沒瞪著她。

幸子搜索枯腸。她不認得這女孩——她讓幸子不安，幾乎有種似曾相識的感覺——所以她盡可能不再想這件事。她反倒回想去年祭典時玩得多開心。龍君買了一瓶燒酎，他們在河邊的燈籠光下共飲。龍君酒量很好，她努力跟上，最後卻落得頭昏眼花。不過他很好心，帶她回他的公寓好讓她躺下休息一會兒。他們整夜大笑、玩鬧直到清晨。他真的好調皮。媽媽因為她那晚沒回家而發怒。對於今年可能發生什麼事，她有一種興奮感。或許這次會比較順利。

她又瞥見那女孩瞪著她。

幸子付錢後離開美容院。新造型讓她心情愉快，而且她覺得一定很搭她為今晚挑的藍色浴衣。接下來她去美甲沙龍，讓人仔細地搽上指甲油，並配合她的浴衣加上藍色和白色的朝顏圖案。

回家路上，她的手機響了。她看見是誰來電後立即接起。

「龍君！」

「小幸……」他的聲音聽起來很虛弱。

「龍君，你還好嗎？」

「不太好……」他咳嗽。「幸子，對不起，我覺得我今晚去不了了。」

她不知道該說什麼，因此保持沉默。

「幸子？妳還在嗎？」

「在，我還在。」

「幸子，真的很對不起。我知道妳多期待今晚的祭典。但是我好累，又很不舒服。因為奧運快到了，大老闆逼我超時工作，我覺得我感冒了。我今天會工作到很晚，然後我覺得我應該就是沒辦法面對祭典……」他慢慢消聲。

「沒關係。別擔心。我只希望你快點好起來。要不要我今晚帶一點藥過去？或是我去你家幫你煮點東西？」

「不用，不用。謝謝妳。我真的只要睡覺就好。我好累噢。」

「那今晚好好休息吧。希望你快點好起來。」

「謝謝妳這麼體貼，小幸。對不起。我會補償妳的。我們下週找一天一起吃晚餐吧？」

「可以吃壽司嗎?」

「當然可以。妳想吃什麼就吃什麼。」

她微笑。他真的好好。

「好好照顧自己,龍君。***Odaijini***(請多保重)。」

「謝謝。」

掛上電話時,她感覺到一點點哀傷,不過又責怪起自己竟如此自私。龍君生病了,比起擔心錯過今晚的蠢祭典,她真正該擔心的是他的身體才對。

她很擔心龍君的健康狀況。對一個看起來如此健康又相對年輕的人來說,他比一般預期更常生病。她覺得可能多少跟他喝那麼多酒有關。他常常跟公司同事出去喝酒;跟那個誠和京子那次,更造成他最嚴重的一次宿醉——幸子也覺得京子很可疑,在臉書上看過他們全部人一起喝酒的合照後,她問了龍君很多關於京子的事。那件神經質的粉色圓領毛衣和奶油色長褲令她憂心。無論如何,去年的祭典之後,龍君好幾次不得不取消他們安排好的約會。他常因為生病而無法跟她見面。她為此而憎恨他的大老闆——逼他參加工作相關的喝酒聚會。那男人看起來像個巨嬰!龍君不能請他父親作些安排嗎?但是,龍君一直表現得很堅定:招待客戶直到深夜是他工作的一部分,而他父親是承接二〇二〇奧運宣傳任務的公關公司CEO。龍君必須立下榜樣。

不過現在都對他的健康造成影響了，這真的非常令人憂心。

回到家時，她有點沉浸在思緒中，不過媽媽成功把她拉回現實。

「嗯！妳**到底**對妳的頭髮做了什麼！」

這是壓倒幸子的最後一根稻草。她從媽媽身旁擠過去，直接回自己房間。

「嘿！妳是怎麼回事？」

她沒理媽媽，關上門撲到床上。

敲門聲。

「小幸？」

「請別管我。」

媽媽打開門。

「幸子，怎麼啦？」

「拜託，**媽媽**。我只想獨處一下。」

「發生什麼事了嗎？」

「我只是需要休息。」

「隨妳吧。」

媽媽讓她自己待著，輕輕在身後關上門。

幸子哭著睡著，直到傍晚才醒來。

她醒來時覺得稍微好一點，不過還是有些頭昏腦脹，也因為沒吃東西而感覺虛弱。她走進廚房，仍因為午覺而昏沉沉的。媽媽為她準備了食物，正坐在桌旁玩拼圖。幸子走進廚房時，媽媽抬頭看著她。

「感覺好一點了嗎？」

「一點點。」

「來，幫妳準備了米飯和味噌湯，還有一點魚。妳最好快快吃晚餐，然後去為今晚的祭典做準備。」

「我不去了。」

「什麼叫妳不去了？」

「他取消了。沒人可以跟我一起去。」

「胡說。把這件事交給我吧。吃。」

「但是我不想去了。」

「吃就對了。然後去打扮。其他的交給我就好。」

幸子坐下，說「**感謝招待**」，隨即開始吃飯和味噌湯，享受著湯裡小塊小塊的新鮮蘿蔔。她吃了魚，感覺強壯了點，喉嚨裡那團悲傷越來越小。她吃完最後一點魚，很高興自己吃了東西，她雙手合十。

「***Gochiso sama deshita***（謝謝款待）。」

「好了，去準備吧。快。」

她穿上搭配淡藍素色繫帶的藍色浴衣。最近很多女孩都喜歡過度裝飾的繫帶，不過幸子比較喜歡傳統樸素的款式。她穿上白襪，從櫥櫃拿出***geta***（木屐）。她把木屐拿到**玄關**，準備好出門時要穿。她走過去時，媽媽看著她。

「小幸！妳睡覺壓到頭髮，髮型毀了啦。」

幸子一手舉到嘴邊。

「別擔心！去浴室拿我的梳子。我們輕輕鬆鬆就能搞定。」

「但是**媽媽**——」

「聽著。今晚垂放下來吧。妳有一頭美麗的長髮，為什麼只因為其他女孩都盤起來，妳也跟著盤起來呢？我們看看放下怎麼樣吧。」

媽媽為她梳她那頭長髮時，她感覺平靜了點。不過她還是對自己去祭典有點緊張。她甚至沒花點時間連絡朋友，問問看她能否跟他們一起去。當然了，祭典上會有她認識的人，不過自己去感覺就是有點哀傷。

媽媽梳好頭髮，拿了面鏡子過來。

「好囉。好多了。」

她看著自己鏡中的長髮，忍不住感到小小的驕傲，也對媽媽的判斷覺得有些驚訝。放下頭髮是一個好主意。她壓抑住微笑。

「但是媽媽，沒人跟我一起去。」

媽媽舔了舔牙齒。

「好，別生氣，不過我已經猜到了。我打了個電話給某人。」

有人敲門。媽媽衝過去應門。

「慎吾君！**晚上好**。」

「**晚上好**，柴田太太。」

幸子警覺地站起來。不會吧。

他身穿墨綠色*jinbei*（甚平），臉上掛著羞怯的微笑。她看著他那雙健壯、覆蓋濃密黑色體毛、金黃色的腿。他的肩膀在布質甚平下顯得寬闊。比起穿制服時，他現在看起來更加強壯，也更有自信。

慎吾看著身穿藍色浴衣站在那兒的她。

他僵住，無法言語。

「現在你們兩個去好好玩吧。」媽媽眉開眼笑。

俗艷的服裝、過度裝飾的指甲藝術、染過的頭髮，手機握在手中，或是塞進繫帶裡。男人梳起刺蝟頭，女人則是盤起精心打理的髮型。街道隨夜晚祭典而活了過來。慎吾走在左邊，幸子右邊，他們穿過群眾。成群色彩明亮的浴衣被吸向某個未知的中心。

夏季的熱持續到夜晚，撲騰的扇子搧動頭髮，偶有毛巾出場抹掉額頭的汗水。

放下頭髮的幸子感到一股詭異的自信，像個古代公主，或是來自電影《源氏物語》（***The Tale of Genji***）的鬼魂。她注意到其他人在看她——她鶴立雞群。感覺像是正向的關注，鼓舞了她的精神。她只擔心有人看見她跟慎吾在一起，八卦可能會在鎮上流傳，最終可能傳到龍君耳裡。

但，那又如何？是他取消的，不是嗎？她只是需要有個人陪伴她度過今晚，而且這畢竟只是慎吾。吃點醋對龍君來說或許也是好事。她對自己微笑。

幸子偷瞄慎吾一眼。燈光下的他其實頗為英俊。他看起來很開心，一條毛巾掛在脖子上，他偶爾用來抹掉額頭上的小汗珠。

燈籠照亮街道；人群興奮地悸動、共振。冒著蒸氣的***yatai***（屋台）小吃攤活了過來，有多汁的烤雞肉串、滑溜的炒麵、炸烏賊、什錦燒，以及唐揚炸雞。所有人都邊走邊吃。

「想喝點飲料嗎？」慎吾手指一個泡在一桶冰水裡的冰飲攤。

「好，聽起來不錯。」

「想喝什麼呢？」

「嗯嗯嗯……」她仔細考慮。她想著來瓶彈珠汽水。小時候爸爸帶她參加祭典時，她都喝彈珠汽水。

「我要來罐朝日啤酒。」他說。

「我也是。」她拿起錢包要付帳。

慎吾輕輕地把她的錢包塞回她的繫帶裡。

「***Arigato gozaimasu***（非常感謝）。」

慎吾付了錢，遞給她一小罐啤酒。

喝起來清新涼爽，幸子感覺得到自己開始喜歡這一夜了。

街上有人在跳舞。一群群身穿相似浴衣的舞者面帶微笑在燈籠光下遊行。有老有少，小鎮為這一夜聚合了起來——一切為一。一群男人扛著***omikoshi***（御神輿）穿過小鎮，伴隨著歡呼與叫喊聲。有音樂有笑聲，還有煙火。

幸子和慎吾喝了更多啤酒，在街上漫步，盡可能享受這氣氛。他們閒聊，談著共同的熟人，以及彼此都喜歡的咖啡店、商店和餐廳。慎吾密切關注幸子，只要她的視線落在某個食物攤販，或是某種小玩意兒或裝飾品，他便會拿出皮夾。

幸子會搖手表示沒必要破費，但他會加以忽視，每次都帶著要給她的東西回來，無論是一盒炒麵、唐揚炸雞，或是一盆調味剉冰。

當他們看時間，發現竟然已經好晚了，幸子有點驚訝這晚怎麼過得這麼快。很多比較年輕的人都消失了，只剩下幾個喝醉的老男人；這些老男人快樂地抱在一起，唱著歌朝卡拉OK快餐店走去。

「我陪妳走回家。」慎吾自告奮勇。

「沒關係的，慎吾先生。我可以自己回家。」

「不，我送妳吧。一點也不麻煩的。」

「你確定你不會繞路嗎？」

「一點也不會。我喜歡散步。我天天送信，這雙腿練得可強壯了呢。」他微笑。

如果慎吾對小鎮不是那麼了解，一切可能會有不同的發展。

他們一起走在主要道路上，手牽著手。剛剛慎吾突然就牽起她的手，幸子不知該如何反應。她有點微醺，因此就任他牽著。如果她完全清醒，她可能就不會讓他這麼做。不過這晚是如此美好，破壞他們倆剛剛在祭典體驗的快樂似乎頗令人遺憾。

現在跟他牽著手走路，他在左、她在右，她又回想起她以前總是跟爸爸一起去祭典。在他生病之前。

「我們可以從這裡抄捷徑。」慎吾帶著她離開主要道路。

「確定嗎？」幸子有點失去方向感。

「對，這條小路從寺廟旁經過，但會比沿主要道路一路走到十字路口快很多。相信我！我每天早上都在這些街道上走來走去——甚至還曾送信去寺廟呢！」他聽起來非常開心。

他們現在走的這條小路又窄又暗，兩旁皆有植樹，掛在樹上的祭典紙燈籠把小路照得比平常稍微亮一點，因此也比平常更好走。小路旁還有些固定式的石燈籠，裡面沒有蠟燭，現在只覆蓋一層令人發毛的青苔。

他們接近寺廟時，她屏住呼吸。

幸子對這個地方有不好的回憶。

幸子覺得想吐。

一定是那座寺廟，對吧？

她去年秋天造訪的那座寺廟，當時樹葉漸漸轉紅。紅，跟她流產過後那幾天內褲上出現的血跡一樣。她去了寺廟，並在那裡留下一尊小地藏王神像，以求保護她的 ***mizuko***（水子）——**她的河水孩子**——她那未誕生的胚胎，透過施予美服培酮和前列腺素而清除，被沖下藥物之河，一點機會也沒有。孩子若早於他們的父母而亡，他們的靈魂無法跨過傳說中的三途川，只能留在地獄裡。她在寺廟的販賣處買了一尊戴紅帽、穿紅圍裙的小地藏神像，把祂跟寺廟層架上數以百計的其他小神像放在一起——有如寺廟四周 ***momji***（紅葉）死去的紅色葉片般散落——每一尊都是鎮上一個未出世的孩子。她祈求地藏在來世保佑她的小**水子**。她曾想過，地藏是否會遵守祂的誓言，地獄不空不成佛。

去年的那一夜，她求龍君戴上保險套。他說他沒有套子，沒戴也沒關係。她叫他不要射在她體內。他說好，好，沒問題。不過他還是射在裡面。後來當她告訴他她懷孕了，他說他還沒準備好，他現在工作太忙，不過等到他升遷，他們就可以結婚、共組家庭。她不能做點什麼嗎？妳知道的，拿掉？他會付錢。

她跟媽媽說她要去找爸爸，獨自去了醫院。這說法夠接近實情了，因為她總是順道去看扣在扣床與那機器上的爸爸。他的胸口緩緩起伏，發出不祥的嗶嗶聲；那聲音來自一個男人把自己的靈魂撞向存在，但卻失敗了。

不過當他們經過，寺廟在他們右手邊，她的注意力彈回現在，她眼角瞥見有東西在屋簷下動。

她轉身查看，看見半影中的兩個人形。

一個男人，還有一個浴衣敞開、露出長腿的女孩。她的內褲褪至踝間。男人一隻手在她胯部，他們在接吻。幸子壓抑住喘息，正要轉開。

孤單一枚煙火射上夜空，光清楚映出親吻中的情侶。

綠眸一閃。

美容院那個女孩。

還有龍君。

沒時間停下來，慎吾拉著她往前，沒意識到她在黑暗中看見了什麼。

她安靜地跟慎吾走在一起。他依然快樂而渾然不察。

她的手在他手中顯得冰冷。

他們來到幸子家屋外。

「好囉！我們到了，小幸。今天晚上真的很感謝妳。我跟妳玩得很開心。」

她不知道該說什麼，她頭昏腦脹。

他緊張地手足無措。「聽著，我在想……如果妳願意，我們可以一起去妳剛剛說的那間咖啡店。妳知道的，妳說妳喜歡的那間？下星期二怎麼樣？」

她別開頭，努力控制情緒。

「小幸？妳還好嗎？」

「你再叫我**小幸**看看！」她嘶聲說。

他退開，舉起雙手。她的眼睛映射街燈的光。

「我再也不想看見你。你這個討厭鬼。你讓我**想吐**！」

她轉身飛奔進屋，在身後緊緊關上門。

慎吾呆了一會兒，接著垂著頭走入陰影中。

門的另一邊，幸子滑坐在地板上，抱住膝蓋。她把頭埋進腿間啜泣了起來。

除了幸子的啜泣，以及從敞開的浴室門慢慢靠近的輕柔腳步聲，屋裡一片死寂。

那隻小花斑貓好奇地悄悄走過來。

她在發抖，貓舔舔她的手。

幸子用力揮開那隻貓，她打斷了牠的下顎。

——交哺

媽和爸過世後，公寓就不一樣了。我根據事情是怎麼做的而做了些改變。現在我有我自己的規則了。我不用聽媽的命令。沒必要把衣服收進衣櫥，或是把食物收進食櫥——東西都藏在裡面，很難找。沒必要付水電帳單——晚上用蠟燭就夠了——我還發現浴缸非常適合拿來收納書本。我盡量不洗澡，因為我喜歡我的身體隨時間過去而生的濃郁天然古龍，尤其是在比較溫暖的那幾個月。搭電車時，我喜歡偷偷聞自己腋下。我也發現這讓我享有更大的個人空間，其他東京人可沒有這種特權。我散發一種氣味。人們恐懼我，並保持距離。

真需要洗澡時，我發現我公寓街角的錢湯就非常夠用。我是個高大的男人，受到祝福擁有一根大屌——為這種事驕傲很蠢，我知道——不過我享受裸體走進浴場，見證其他男人看見我的大傢伙拍擊我腿間時的驚訝表情。他們通常大受威嚇便立即離開，讓我獨享整間大浴室。

不，自從媽和爸過世，一切都好得很。我對我公寓裡的新生活非常滿意。

直到那些黑色的小混蛋到來，並毀掉一切。

回到家時，我看見螞蟻數量已經加倍。自從我上一次查看，牠們聲勢越來越浩大。牠們從前門的一道小縫進來，我今天早上壓扁了一堆，屍體亂撒，現在都還在，不過又有更多進來了。牠們排成長長一條，迂迴朝廚房前進。

這是入侵種——一支古老黃蜂家族的後裔，牠們殖民於全球。每一個國家都可看見牠們的存在。人類對牠們著迷數個世紀，著迷於牠們的工作倫理、牠們的恢復力。還有牠們是如何合作，而且不只與同類溝通，牠們也與其他物種共存。牠們是終極的入侵者。蜂擁的征服者。

而現在，牠們入侵了我可愛的家。我處於交戰狀態——交戰的對象是螞蟻。

我做好長期抗戰的準備。我開始讀《孫子兵法》；孫子雖然是中國佬，但他也是個聰明的男人。

善用兵者，屈人之兵而非戰也。

因此，到目前為止，我隨牠們去。我會挑選我的時刻，然後我會把牠們殺得片甲不留。屆時將有血，將有屠殺，而我將從掠劫中凱旋；無論誰試圖攻擊或控制我，我都將成其主人。嘿嘿。

就目前而言，我需要休息。我早上有工作，而我工作時必須好好表現。

我的工作對我來說非常重要。

隔天早晨，我心情惡劣地醒來。那隻該死的貓又在我窗戶外面尖叫了。牠整晚叫個不停，就算我打開窗戶朝炎熱的夏夜怒吼，這隻討厭的貓還是持續叫春。我尖叫又尖叫，都叫破喉嚨了，牠還是不停。然後，一個鄰居居然有膽對我叫罵，喊了些類似「閉嘴，你這瘋子！」之類的東西。

你能相信嗎？他容許那隻貓整晚哀嚎哭叫，卻叫我閉嘴。不要臉的傢伙。

我還是搭上凌晨五點零二分從吉祥寺開往高尾山的車，帶著商店買的熱咖啡和三角飯糰當作午餐。在便利商店工作的越南蠢貨拒絕給我兩個袋子分裝冷熱品項，逼得我對他叫罵——這國家要變成什麼樣子了？便利商店裡擠滿外國白痴！算了。現在開始我一天中最喜歡的一個部分。我抵達車站，耐心地等待我的車。我為我看見的一個蠢告示拍了一張照，上傳到留言板：

主題：蠢女孩

老子六一六（LaoTzu616）：如果這女孩笨到把她的帽子掉到鐵軌上，她或許應該也把自己丟下月臺。白痴。

我喜歡我的工作，我也為我的工作感到驕傲。

我認識很多在車廠工作的人並不喜歡自己的工作，但我永遠搞不懂為什麼。我喜歡車子，我喜歡機器人，我喜歡能夠運用我的肌肉。我主管很重視我的力量，我在工廠裡也因為能夠獨力完成一個應該需要兩個男人合力的工序而出名。

我喜歡週期循環的本質。

我在**焊接部**工作，這裡總是火花飛舞，白色車體也在這裡完成。我把沉重的部件從台車搬起來，放上裝配架；裝配架把所有部件都固定在要焊接的位置；然後我按下紅色按鈕，把部件送進機器人所在的籠間。它們在裡面對部件加工，有力的非人類手臂在車殼上蜿蜒移動，慢慢把生命的火花吹入車裡。每九十秒便誕生一輛新車，而這一切都由我開始。

當我看見我打造的車輛和計程車在東京街頭奔馳，我總感覺到一股驕傲。創造出某個東西的驕傲、參與製造出某個真實物體的驕傲。某個你碰觸得到的東西。

城市裡那些忙著做試算表的白痴永遠不會懂這種感覺。真可恥。我又拍了一張照片上傳：

主題：不知感恩的計程車司機人渣

老子六一六：這兩輛車都是我做的。而這些司機呢，他們做什麼？他們探出車外，明明該工作的時候卻在閒聊！其中之一是個胖子，講話活像鄉巴佬。

去上班時，我把我的個人物品放在更衣室。我忽略那些擠在富美家[9]桌子旁牛飲咖啡的人，他們也忽略我。「富美家」是義大利文的「螞蟻」。什麼都會牽扯到螞蟻。現在不是思考螞蟻的時候。不該在這裡，不該在上班時。我用拳頭敲自己腦袋，回頭發現其他人都露出奇怪的表情。他們是在看什麼？

生產線早上六點整啟動，我喜歡提早五分鐘到。於是我到生產線去。鈴聲響起，所有人準備就緒。我今天是九十秒鐘的工序。護目鏡戴上，克維拉[10]手套和袖套戴上，安全帽戴上。燃燒橡膠的熟悉強烈味道。

抬噢，左部件上裝配架，抬上右部件，後部件就定位，橫梁就定位、退出黃色斜線區域，按下紅色按鈕，紅燈閃，裝配架移入籠間……

我看了看右邊，完成的車體懸掛在單軌上一路穿過焊接部，離開焊接部後緊接著進入噴漆部。在焊接部，我們製作車體——我們稱之為白衣驅體。離開焊接部後，它們來到噴漆部，它們在這裡浸入底漆並噴漆，出來後就變得全身紅又閃閃發亮，接著繼續前進到組裝結構。組構裡的傢伙們認為自己很厲害，不過焊接才是最棒的。在組構部，他們把各種零碎的小東西裝上車體；這過程慢慢建構出一輛車，之後——

裝配架又出來了。抬噢，左部件、右部件、後部件、橫梁、退出黃色斜線區域，按下紅色按鈕，紅燈閃，裝配架移入籠間……

我滿腦子都是那些天殺的螞蟻。我好累。貓昨晚把我逼瘋了。為什麼所有東西都跑來對付我？我一定得被所有存在的人事物折磨嗎？現在看著機器人只會讓我想起螞蟻。它們搖動的手臂看起來像巨型螞蟻的腿，而我是一個被縮小的人，因此螞蟻高高矗立在我之上。必須試著想些其他事。如果繼續這樣思考，我撐不過這天的。必須想些比較好的——

裝配架又出來了。抬噢，左部件、右部件、後部件、橫梁、退出黃色斜線區域，按下紅色按鈕，紅燈閃，裝配架移入籠間……

今天是發薪日。我知道其他工人一定都在討論今晚要再去泡泡浴場。白痴。他們口袋裡只要有一點錢，馬上就拿去揮霍在酒精和性上面。只為了塗滿潤滑油躺在灰色充氣墊上，讓某個蠢女孩在你身上磨蹭。我沒那麼蠢。我也花錢，但不花在像宿醉這樣又蠢又髒的事，或是高潮。我要的是更精緻的東西。我今晚或許會去一家新的女侍俱樂部——

9. Formica，如美耐板等表面裝飾飾材製造商。
10. Kevlar，一種芳香聚醯胺類合成纖維，具備極佳的抗拉性能，用於製造防彈背心。

裝配架出。抬噢，左、右、後、橫梁、出黃區、按紅按鈕、紅燈閃、裝配架

移入籠間……

我知道我的所作所為很怪。我知道想睡在她們旁邊很怪。所以我才必須對她們下藥。沒那麼糟，對吧？女孩不曾受折磨。她們大多數只是在陌生旅館醒來，對前一晚發生的事一點記憶也沒有。我盡可能不傷害她們之中的任何一個人。之前有過那麼一次……不過還是別想了吧。最好還是繼續前進。我一次只能做一件事。我今晚說不定會遇見一個美麗的新女侍。我可以在她旁邊再次好好睡一覺——

裝配架出。抬噢，左、右、後、橫梁、出黃區、按紅按鈕、紅燈閃、裝配架

移入籠間……

那些機器手臂有種催眠效果。如果它們活過來時，有人被困在籠間裡，那他們幾秒內就會沒命。機器人是瞎的：它們什麼也看不見，只依照設定好的路線移動。裝配架就是為了這個目的而設，幫助機器人把部件焊接在車架上。如果部件不在它們該在的位置，機器人的手臂會直接穿透車體。劃破、撕裂車子的整個白色軀體——

裝配架出。抬噢，左、右、後、橫梁、出黃區、按紅按鈕、紅燈閃、裝配架

移入籠間……

——如果有人困在籠間裡（我們有時必須進去修理機器人），他有可能會被切成兩半。機器手臂會像熱燙的***katana***（刀）切過豆腐一樣切開他的身體……其實沒這種說法。我自己編的。我喜歡。我有時候喜歡幻想發生在工廠裡的謀殺謎案，其中一個工人把另一個工人關在籠間裡，不讓他出來，後他啟動機器人，看著他的夥伴被切碎、碎屍萬段、血噴得到處都是。白色車體灑上點點鮮血——

移入籠間……

裝配架出。抬噢，左、右、後、橫梁、出黃區、按紅按鈕、紅燈閃、裝配架

對……可以透過把人關在籠間裡輕易殺死他。有恰當的安全措施……但……嗯……要將兩把鑰匙插入電路板才能啟動機器人——除非兩把鑰匙都插著，否則它們不會啟動。鑰匙也用來打開機器人籠間的門。進去籠間時，你應該要帶著一把鑰匙，不過人總是不遵照正確的程序——

裝配架出。抬噢，左、右、後、橫梁、出黃區、按紅按鈕、紅燈閃、裝配架

移入籠間……

——這裡的每個人都把鑰匙放在門旁的壁架上。我從不那麼做，不過看起來，在這裡工作的大多數人都為了表現某種信任而這麼做。我覺得很蠢，不過如果有助於創造出完美謀殺，那我可以接受。對……下次有人進去修機器人，又把鑰匙放在壁架，我可以神不知鬼不覺地鎖上門，啟動機器人。然後我可以悄悄溜走，或是待在附近欣賞！

到時候到處都是血——

裝配架出。抬噢，左、右、後、橫梁、出黃區、按紅按鈕、紅燈閃、裝配架移入籠間……

下午四點，鈴聲響起，生產線停止，該回家了。多年前，我剛開始在這裡工作時，我下班後常常會全身僵硬痠痛。再也不會了。我所有該長的肌肉都練得很好。我的身體現在是機器了。

我下班後上火車，回頭朝城市前進。我們今天全部領了薪水。該計畫晚上的活動了。可能在外面吃晚餐——拉麵店？我好想吃什錦燒，不過上次那間廣島燒餐廳對我有夠無禮，我不可能再去光顧了。光是想到那家店就弄得我腦袋冒泡。不，***gyudon***（牛丼）應該比較好。我又張貼到留言板：

主題：日本牛肉

老子六一六：很高興看到這地方只供應日本牛肉。請拒用英國瘋牛垃圾！這可是日本！

然後回家，去大眾澡堂洗頭刮鬍子，換上最好的西裝，前往女侍酒吧。

我在一本夜生活雜誌讀到，六本木車站附近新開一家外國人女侍酒吧。從吉祥寺過去路程頗遠，不過值得一試。

酒吧天使……我喜歡這名字。

六本木這地方是個化膿的糞坑。

街道上到處都是放蕩的日本女人，喝醉的外國人斜睨身上衣料過少的她們；我實在受不了走在這樣的路上。要不是因為酒吧天使開在這裡，我根本不會來。

日本慢慢變成這樣的東西——為這些垃圾外國酒鬼而設的主題樂園。我們努力工作，每天在工廠裡做苦工，這些白痴外國人晚上則和我們淫蕩的姊妹們尋歡作樂。噁心。我快速地撞過他們，同時盡可能大聲噴氣，讓他們知道他們不受歡迎。

酒吧天使的外觀平凡無奇——典型的霓虹高樓大廈。我掃視一個又一個霓虹燈，找尋酒吧天使的招牌。在九樓。我用手機拍照，上傳到留言板，詢問酒吧其他客人的評價：

主題：酒吧天使？

老子六一六：有人去過六本木這地方的九樓嗎？推薦嗎？

進去後，我彷彿踏入一場夢境中。外國女孩。白皮膚、金髮、藍眼，美麗的外國女神——全部穿著優雅的洋裝。乍看是典型的女侍酒吧，不過每桌都是一個日本男人搭配一個迷人的外國小姐。我走進去時，一個穿西裝的矮壯日本男人對我鞠躬。

「晚安，先生。」他看起來有禮又滿懷敬意。

「晚安，親切的先生。這個好地方是你的店嗎？」

「客人，我是店經理。」他又低低鞠躬。「您來過酒吧天使嗎？」

我發現自己忍不住一直盯著女孩們。「嗯嗯嗯……沒，沒來過。」

「我先為您解釋我們的制度。」他拿出一個板子，一一說明起費用。

一名身穿紅色洋裝的金髮女孩走過去，對我揮揮手。我開始微微冒汗，覺得無法專注聽經理說明制度。

「好，好。」我不停點頭，而他說個不停。

「……我會建議您選擇我們的基礎方案***nomihodai***（無限暢飲），基本費用二萬元，一小時內您想怎麼喝就怎麼喝。若您想為您的女伴購買酒類，桌上都有附標價的酒單。您想選擇您的女孩嗎？」

「是，麻煩了。」她必須完美無缺。

「我必須先告訴您，這項服務需加收五千元——」

「好，好。」也拖太久。他開始惹惱我了。

「我去拿女孩們的相片錄來給您選，請稍等——」

「那個呢？」我快受不了了。

「哪一個？」

「那邊那個，紅洋裝的。」

「娜塔莎（Natasha）。」

「對。她。她可以。」

「很棒的選擇，先生。」他轉向她。「娜塔莎！」

身穿紅洋裝的她像個……嗯……像著天使一樣窸窸窣窣地走過來。她的金髮披垂頸間，我發現很難注視她的眼睛。那雙眼睛的顏色太過明亮，幾乎令我目眩。她對我微笑。我點頭回禮，然後看著牆。她閉上眼時比較容易待在她身旁。當她酣然入睡，她看起來會像睡美人。

「娜塔莎。請帶這位先生……」他轉向我等著我自報姓名。

我編了一個。「田中。」

他的微笑只透露出最不明顯的不信任。田中太常見了。「請帶田中先生去找張桌子坐下。」下次我會說菅原（Sugawara）之類的。

「每聞題。」嗯。她日語說得真爛。算了。只希望她不會說夢話。「舔中先僧，輕跟窩賴。」

我點頭，走向桌位。我們一起在桌邊坐下，她幾不可察地靠過來。我感覺得到自己被她的魅力和魔法吸了進去。她對我微笑。

「您鄉賀捨摩？」

聽不懂她在說啥。我清晰緩慢地說：「**妳日語說得很好**。」

「包見？」

「**我說，妳日語——**」還是說她比較會說英語？我切換成英語。「說英語嗎？」

「一點點。你想喝什麼？」

啊啊啊啊。她的聲音。感覺就像耳朵塞滿泥土後聽見音樂。

「燒酎，加冰塊。」

她輕輕鞠躬，對經理揮手示意。他用托盤送來一瓶燒酎、兩個玻璃杯和一桶冰塊。他把托盤放在桌上，而我怒瞪著他，直到他離開還我們平靜。

她緩緩把冰塊從冰桶夾進玻璃杯，冰塊叮咚打轉。我看著她的胸，以及紅洋裝下露出來的白皙肌膚。她的香水味鑽入我鼻孔，我一隻手挪向她的大腿。

她在冰塊中倒入燒酎，微微避開我的手；冰塊破裂，像骨頭般裂開，我聽見令人愉悅的爆裂聲。

「你的酒。」她把酒杯拿給我。

「謝謝。」我回道。「哪來的？」

「抱歉？」

「我說，哪來的？」

「什麼哪來的？」她輕輕蹙眉，我第一次在她臉上看見愚蠢的醜態。

「妳。哪來的？」我慢慢地說。

「噢……我來自哪裡嗎？我來自俄國的莫斯科，親愛的。」

「伏特加。」

「伏特加怎麼了？」她問。「你想改喝伏特加嗎？」

她又要對經理招手，我伸手阻止她。

「不。伏特加是俄國的。」在這種壓力下，我想不出更有智慧的回應了。能說日語會好非常多。她緩緩點頭，一臉困惑。我沒遇過俄國人。我還能說什麼？我讀過《罪與罰》。我們或許可以談那本書——我最愛的其中一本書。「杜斯妥也夫斯基是俄國人。」

「對，他是，但是我沒讀過他的書。」她大笑，碰碰我的手腕。「我不喜歡讀沉悶的舊書，親愛的。」然後我感覺到一股幸福感席捲我全身。她一定很敬佩我的知識。

「妳喜歡什麼，喝？」我問。

「肯定比較喜歡伏特加。」

「是嗎？妳喜歡伏特加？」

「對，親愛的。買伏特加給我好嗎？我好渴噢。」

她摩娑我的手臂，我覺得自己很有魅力。「沒問題。妳想喝什麼都可以。」

「謝謝你，親愛的！」她已經對經理揮起手。「伏特加！」她喊道。

我翻過桌上的酒單，快速往下瀏覽找伏特加。幹他媽的。伏特加要七千元？

「不對嗎，親愛的？」她凝視我。

「噢……沒事。一點事也沒有。」那個混帳經理用托盤送來她的酒，我微笑。

像那樣塞牙縫都不夠的一小杯伏特加，他們居然跟我收七千元……冷靜……必須冷靜……說不定能把她灌醉；說不定我能趁她不注意時在她的酒裡加點東西。我開始策畫帶她離開這裡、直接上旅館的計畫。

看看那頭金髮、那雙藍眼，還有緊身紅洋裝下隆起的白色軀體……我置身天堂。

她拿她那隻小狗的蠢照片給我看，不停柔情地低聲說著她覺得這隻討厭的雜種有多可愛。不過我讓她說，大口喝酒，很高興這一晚這麼順利。然後在我的杯子上看見一隻該死的貓。娜塔莎去洗手間，我拿出我的手機：

主題：貓！！

老子六一六：貓！！在這個國家裡，無論我朝哪裡看……該死的**貓**！！

幾杯酒下肚，她現在聊起在銀座買洋裝，我用眼角餘光看見黑乎乎的東西在酒吧的地板上移動。那些該死的黑色混帳也進來這裡了嗎？

「抱歉？」她有點憂慮地看著我。

「不好意思？我喝醉了嗎？喝太多燒酎？」

「你剛剛說螞蟻。」

「**螞蟻**？我怎麼會說**螞蟻**？」

「我不知道，不過你看著那裡，接著就說了**螞蟻**兩個字。」

「噢……我公寓裡有螞蟻。沒什麼。」

「聽起來不妙……」她像看著怪人一樣地看著我。我得好好處理。

「俄語的螞蟻怎麼說？」

「муравей。」她說，而我只是點頭，假裝我聽得懂。

「妳知道日語的**螞蟻**怎麼說嗎？」我問。

「噢，天啊！我知道！」她在椅子上微微一跳，裙子分開，露出白皙的長腿。

我想告訴她。「是——」

「不！不要告訴我，我知道，我知道這個詞。」她專注地皺起臉，碰觸我的手臂。她愛我。

她思考了一下，然後睜開眼，滿懷希望地看著我。「***Mushi***？」

「不對。這就是昆蟲的意思而已。」

「該死。我以為是***mushi***。」

「不對，妳錯了。應該是——」

「不！拜託！拜託！讓我猜！」

「是***ari***。」我覺得很驕傲。

「噢……***ari***！我就知道！」

我現在感覺比較有自信了——燒酎幫助我稍微放鬆。「那妳聽過這個日本笑話嗎？」

我拿一張紙巾，在上面畫十個黑點。這只是一個所有日本小孩在學校都會學到的幼稚笑話，不過就在我畫出黑點的同時，我腦中浮現一個畫面：那些天殺的黑色螞蟻爬滿我家美好的地板。我又感覺到汗水，在我額頭上、腋下。好了……把持住……必須掌控局勢。不能像上次一樣又搞砸。專注。

我畫完黑點，把紙巾拿給她看。

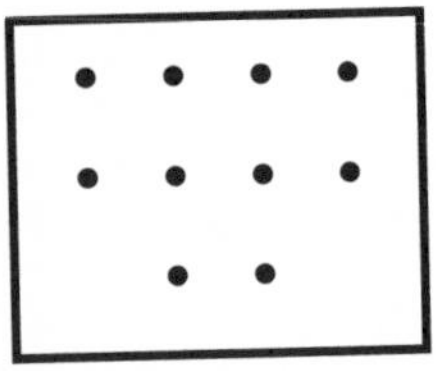

「這是什麼？」

「嗯嗯嗯嗯。不確定耶……」

「放棄？」

「對。這是什麼，親愛的？」

「這是***arigato***！」我得意洋洋地說。

「***Arigato***？謝謝？」

「對，但是不，不，不。」她沒聽懂笑話的哏。白痴俄國人。「妳看，有十隻螞蟻。***To***也是十的意思，***Ari***是螞蟻，***ga***的話……類似「有」……然後***to***代表十。**ARIGATO**！懂了嗎？」

她茫然地看著我。「有趣。」她喝完最後一口酒，對我微笑。「噢，親愛的，我的酒喝完了。我可以再喝一杯嗎？」

「當然可以。有何不可。」或許我可以在下一杯酒加點料。

不過當那個混帳經理送酒過來，他好心的提醒我，我的時間快用完了，問我想不想用一萬元的價格延長？我禮貌地鞠躬，說我今晚玩得夠開心了，很快便要離開。我下次再來把她弄到手。

等回家的電車時，我上留言版看看沒有人回應我那個有關天使酒吧的問題。有一則回應。

主題：主題：天使酒吧？

阿和八〇〇八五（Aho80085）：外人婊子。

我回到家時，螞蟻還在。

我嘗試一邊想著娜塔莎一邊自慰。我幻想她安詳地睡著，而我躺在她旁邊，不過我又看見螞蟻爬滿她全身，我還看見她並沒有在睡，而是在腐爛。她的身體在分解，螞蟻爬滿她蒼白的肌膚。牠們排成長長的黑色線條鑽出她的嘴，在她的肚子上爬來爬去，蜿蜒爬過她的腹部和胸部，沿她的身體往下爬到她搽成紅色的腳趾甲。我軟掉，怎麼樣也無法再硬起來。

另一個工作天。我好累。

天殺的貓像牠要死了一樣鬼叫整晚。我沒辦法睡。螞蟻繼續折磨我。

下一隻被我遇到的貓會得到狠狠一腳。

裝配架出。抬噢，左、右、後、橫梁、出黃區、按紅按鈕、紅燈閃、裝配架

移入籠間……

我在網路上查了更多資料。我必須毒死蟻后。沒有其他辦法。我必須殺死她，否則螞蟻永遠會繼續來。我必須餵螞蟻毒餌，而牠們將再把毒餌拿去餵給其他螞蟻，最後拿去餵牠們的皇后。這叫交哺（trophallaxis）。很諷刺，不過我將利用牠們合作的天性對付牠們，把牠們趕盡殺絕。牠們必須死。我不能和螞蟻共存。難知如陰，動如雷震。這是孫子說的話——

裝配架出。抬噢，左、右、後、橫梁、出黃區、按紅按鈕、紅燈閃、裝配架

移入籠間……

我需要再跟娜塔莎見面。這次會比較順利。我知道我會成功。我知道，只要我有多一點點時間，以及另一個機會。一切都會順利。不過我得先擺脫這些螞蟻。剛開始只有十隻，現在有成千上萬，而且無所不在。兵之形避實而擊虛。我必須消滅螞蟻。在牠們毀滅我之前——

裝配架出。抬噢，左、右、後、橫梁、出黃區、按紅按鈕、紅燈閃、裝配架移入籠間……

這次一定會比較順利。什麼也不會出錯。只要我依計畫行事。給她們一大堆安眠藥，她們才不會醒來。我們永遠不希望她們醒來，因為那就得朝她下巴揍上一拳，然後付錢要她閉嘴。我會採取安全的方法。給遠比她們所需多上許多的安眠藥。然後她們便會沉沉酣睡，我就可以睡在她們旁邊，就像我小時候作噩夢時總是睡在媽和爸中間——

裝配架出。抬噢，左、右、後、橫梁、出黃區、按紅按鈕、紅燈閃、裝配架移入籠間……

不過那對我來說不只是私密的事。我喜歡去溫泉並露出我自己。有時候其他人會對我大喊——就像九州由布院的那個女孩——這樣只會讓我更加興奮。我喜歡拍下他們對我叫喊時的樣子，事後再把影片拿出來回味。他們也是天殺的螞蟻。

……不過最近，我再也分不清現實與幻想。我無論在哪都看見東西。螞蟻爬滿這個地獄般的城市，貓也總是叫個不停。我不知道我是一個活生生的人，還是一個在作夢的人。我感覺不像活著也不像死去。我在地獄嗎？我在作夢嗎？我再也分不清現實與幻想——

裝配架出。抬噢，左、後、出黃區、按紅按鈕、紅燈閃、裝配架移入籠間。

警鈴響起。生產線經理大吼。我跪倒哭喊……

這會兒機器人撕裂白色軀體。野貓尖叫。螞蟻爬過我的腦。牠們在我爸媽的墳墓上爬來爬去。他們的墳在墓地無人聞問。

產線經理的表情無比真實，而我看得出來我丟飯碗了。

但是螞蟻永不止息。

——繭居族、不登校與貓

滴、滴——點點紅色液體撞上柏油。

一陣啪搭啪搭的疼痛沿小巷蜿蜒，通向一隻蜷縮的花斑貓，牠的頭擺動搖晃。貓嘗試站起來，一次又一次。牠的下頜下垂遲滯，今天鬆得連蟹肉棒也咬不動。牠終於放棄。

貓緩緩抬頭望向主要道路。祭典的攤販還在，不過正在酣睡。視線模糊又破碎。晃動景象的碎片。三個一身葬禮黑的人從巷口走過。或許是一家人。母親、父親與女兒。他們走得很近，一個堅實的單位。母親回頭斥責某人。三人繼續走，走出視線範圍。然後一個黑糊糊的小身影晃過，穿著太大的鞋，笨拙地拖著腳走路。

一個小男孩。

健介（Kensuke）看見貓在巷尾流血。他跑了起來，經過前一晚祭典結束後用木板蓋住的食物攤，一雙好奇的眼睛看著貓。附近沒有其他人。貓旁邊只有一扇通往公寓一樓的門。健介眼裡只有貓，沒注意到門上奇怪的標示。

貓回望，眨著眼訴說痛苦。

又小又軟，尚未因殘忍而硬化。普通的豐滿下巴和溫和的眼神。穿著悲傷，滿身失落。黑西裝，對小學年紀的男孩來說太過早熟。

健介把貓抱在懷中。牠吐出一聲微弱的喵。

「你好，小貓。你受傷了嗎？」

男孩小心地抱著貓奔向家人。他們已經爬上黑色凌志（Lexus），三個門帶著和諧的不耐啪地關上。

健治盡可能輕柔地把貓抱在一邊臂彎，用另一隻手打開右後車門。他不是故意的，但他稍微弄痛貓了。他跳上後座，而他一關好門，車隨即往前駛離。

「你為什麼一定要這樣拖拖拉拉的？」媽媽說話時帶有一絲她無法動搖的尷尬韓國口音。

「對不起。」

健介把貓貼著胸口緊緊抱住。他感覺得到牠的心臟在跳動，他的也是，因為跑上車而急速怦怦跳著。他有點喘不過氣。

坐在他身旁的是已長大成人的姊姊京子；她一身黑套裝，跟她平常的粉色圓領毛衣、奶油色長褲制服形成強烈對比。她揶揄地說：「***Baka***（笨蛋）。」

他不理她。她緊張地看著他，觀察著他的反應，然後看見貓，眼裡露出失望的神色。

「噢，小健！你為什麼要帶那隻貓？」

爸爸猛踩煞車。

爸媽雙雙回頭。

「健介！」

「你在想什麼？亂撿流浪貓！」媽媽吼道。

「但是……牠在流血。牠下巴受傷了。牠需要幫助。」

「健介。這不是你的貓。把牠放回原來的地方。」爸爸很堅定。「去。」

「但是***Otosan***（爸爸）。牠會死。就跟***Obaasan***（伯母）一樣。」

「健介。放回去。立刻。」

爸爸依然鎮靜。就算觸及敏感話題也一樣。

健介打開車門，滑下白皮座椅。他在身後關上門。

「京子，椅墊上有沾到血嗎？」爸爸問。

「沒有，很乾淨。」

「很好。」爸爸從後照鏡看著健太——他抱著貓沿路跑去，小小的腿在身後踢著。「那孩子越來越怪了。」

「我們對他要有耐性。」媽媽輕碰他的手臂。「如果我們希望他下學期回去上學。我們必須有耐性。」

「你們對他太嚴苛了。」京子在後座說道。

「京子，安靜。」媽媽叱道。

那天早上，直也（Naoya）跟平常一樣坐在他的沙發上玩怪獸亂鬥（Puyo Puyo Monster Mayhem），一邊喝寶礦力水得，這時傳來敲門聲，他不予理會。接著門鈴響了。

會是誰？

他暫停遊戲，緊張地啜一口飲料。除了送貨員，沒人會到這裡來，而送貨員知道不可以按門鈴。他想著如果他不理，他們應該會自己離開。他解除暫停，繼續敲打鍵盤，注視著大型等離子螢幕上色彩明亮的怪獸球。

現在直也的公寓裡沒多少空間了。

塞滿紙盒、罐子、塑膠瓶、包裝紙、斷掉的筷子、黏答答的遙控器、不要的動畫DVD盒，以及各式各樣殘渣。空調在角落輕柔嗡鳴，把暑氣擋在外頭。一座座漫畫塔驕傲地倚牆而立，老舊泛黃。垃圾藏在垃圾下面，物品堆在物品上。沙發因為太常坐在上面而永久傾斜。盤子擱置在廚房水槽裡，因無人聞問而凝結起硬實的泥渣，遭人遺忘已久。所有東西越疊越高、越塞越滿。

直也自有系統。

他不向需要任何形式額外付出的便利商店點外送食物。他不需要陶器、他不需要杯子、他不需要盤子。他只要裝在免洗包裝裡的食物，可丟進微波爐，可用乾淨的***waribashi***（衛生筷）切開、夾取。他很常用煮水壺，大多是用來把熱水倒進杯裝拉麵。只要他不用洗碗就好。只要他不用離開公寓就好。他再也不想那麼做。

而當然，少了直也，公寓也不會一樣——直也是公寓的永久固定裝置。

圓圓的頭和臉覆蓋在設計師的極短毛髮下。他用電動推刀的同一個配件剃髮刮鬍。他上網買了這把推刀，他就不需要出門理髮了。刮過的頭很適合他。他穿寬鬆衣物，永遠都是從優衣庫（UNIQLO）買的同一套青豆色運動休閒服。他以前不胖，不過到現在，三十五、六歲了，長久待著不動漸漸在他腹部堆積。不過運動褲的鬆緊帶容納他日益成長的肚腩，直也也慢慢習慣了。

他最喜歡的一項嗜好——除了電玩之外——是對著AKB48的雜誌自慰。AKB48中他最喜歡的是板野友美（Itano Tomomi）。他希望能跟她見面。如果他去參加她的粉絲活動，他就能夠輕易見到她，但那代表得離開公寓。

毫不考慮。

於是他改為看她在雜誌中的照片，猛力套弄他的小雞雞，享受肥肚腩抖來抖去的感覺。他幻想她跨坐在他身上擰他乳頭。她會說：「直也，***ai shiteru***——我愛你。」然後他就得拿衛生紙善後。事後，他覺得沮喪，知道像板野友美這樣的女孩永遠不會看上像他這種邋遢鬼。他偶爾會哭一會兒。然後他玩電玩、喝汽水，通常就會覺得好一點。他以前會上網叫妓女，不過她們往往對他公寓的狀態嗤之以鼻，他看了就覺得想吐。她們甚至無法隱藏她們有多討厭他。現在他只讓他的幻想女孩與他作伴。

真正會讓他覺得好一點的東西是漫畫、動畫、書以及遊戲。趕走痛苦的東西。他在***hikikomori***（繭居族）聊天室有幾個朋友，不過就連他們也令他不快。有那麼一個傢伙，快打旋風二聊天室裡的友善傢伙，不過直也對快打旋風二不熟——他玩的是怪獸亂鬥。無論如何，那傢伙好久沒上線了。

那天早上，他正在享受遊戲。不過又來了。門鈴的鈴鈴聲，鑿進他頭殼內。他暫停遊戲，看著門的方向。

走開。走開。別來煩我。

但門鈴響個不停。

會是誰？他放下遊戲手把，盡可能無聲地走到玄關。他從貓眼朝外窺看。外面很亮。直也覺得自己像個忍者。在陰影中移動，無人發現。他的眼睛適應了光線，看見一個小男孩，一身黑，抱著一隻貓。

這小男孩抱著貓站在我家門外幹嘛？他發瘋了嗎？最近這附近是怎麼搞的？不久前的一個晚上，我還得叫一個吼破喉嚨的瘋子閉嘴。所有人都失去控制了嗎？

「拜託。我從外面聽得到裡面有聲音。你在玩怪獸亂鬥。請開門。這隻貓會死掉的。***Issho onegai***（拜託跟我一起救牠）。請幫幫我。」他聽見男孩在門外說道。

直也安靜地呼吸。該死。他的忍者技巧沒幫上忙——電視的音量太大聲了。

遠處響起汽車喇叭聲，直也聽見有個人大喊「健介！」

「拜託，拜託，幫幫我。」

男孩聽起來泫然欲泣。

請走開，請不要煩我。為什麼來個健介？我唯一的希望就是不受任何打擾。

男孩哭了起來。

「拜託，求求你。貓會死掉的。我明天會來接牠。拜託——」

直也甚至沒戴著他自製用來阻隔外面世界懸浮細菌的面罩。不過這個名叫健介的孩子身上有些什麼。他憋氣，打開門。

男孩的表情一亮。

「謝謝你，***onisan***（哥哥）！我明天再來找你。我現在必須走了。請照顧這隻貓！**謝謝！**」

直也說不出話，因為他不能呼吸。陽光刺痛他的眼睛。夏季的潮濕與熱度狠狠擊中他，他幾乎喘不過氣來。他已經開始流汗。**必須關上門。必須回去裡面。**男孩把貓塞進直也懷中，轉身走開。直也立即關門。他背靠著門大口喘氣，費力地呼吸，抱著貓尋求安慰。

該死。男孩明天還會回來。他必須再次開門。幹。開了門還真像打開一罐討厭的蠕蟲。真不該開的。

直也把貓抱進起居室，把牠放進用髒衣服和舊漫畫臨時拼湊出來的籃子裡。他閃閃躲躲地打量貓，不確定該怎麼做。

「餓嗎？」他問。

或許可以餵貓吃一點杯裝拉麵。他走進廚房打開煮水壺。

然後又回來看著貓。他看得出貓一臉痛苦。

直也剛好很了解痛苦。

因為塞車的關係，開車回品川區花了一點時間。爸爸心情不好，媽媽也在生氣。

「你毀掉你的襯衫了，健介。你的西裝也亂七八糟。我們到家後，你直接脫下襯衫拿去洗。」她看著爸爸。「我們明天得把他的西裝送去乾洗。」

「嗯嗯嗯？」爸爸專心地開車。

「對不起，我出賣了你。」京子在後座對健介低語。

健介想回「沒關係」，但他的身體不願配合。京子伸出手要碰他，但他抽開手。

他只是搖頭，從他的低角度看著窗外。經過東京市中心時，他看見建築物的屋頂慢慢爬升，化為摩天大樓。他們在車站讓京子下車，讓她自己搭車回千葉，他們三個繼續待在車上。來到東京灣區後，商業區轉變為住宅公寓街區。

健介和爸媽一起住在這裡的其中一棟房子裡。京子開始工作後便搬出去自己的地方住，健介最年長的哥哥幾年前也帶著妻小搬去群馬了。健介很懷念哥哥姊姊也住在公寓裡的時光。當他還很小的時候，他總是喜歡看他們一起玩快打旋風二。他喜歡看京子贏，京子贏的時候他們全部都會開心大笑。不過他們年紀比他大好多，他常常覺得自己只是在遠處看著他們。他永遠不能一起玩。他看著他們不再玩快打旋風、搬走。現在他只能凝視窗外。他們的公寓遠眺灣區。相較於他們之前住的西部郊區，這是個頗無聊的環境。入夜後，健介喜歡看著水面，看著朦朧的城市燈光。它們照亮海岸，黑暗的大海和天空則灑上點點閃爍的光，那是正要降落羽田機場的飛機。

不過那一晚，健介滿腦子只有那隻貓。他已經決定明天要溜出去，回去那個青色男人的公寓。他跟爸媽說他要去找朋友玩。他們不知道他一個朋友也沒有。

隔天早上，健介溜出公寓，朝車站走去。他在天王洲島站搭上單軌電車，搭一站到濱松町站。單軌電車連結機場和城市，健介看見車上有幾個外國人，他們的鼻子跟他們的行李箱一樣大。他暗自納悶著不知道他們喜不喜歡日本料理。他希望他們喜歡。他看見一個金髮藍眼的美麗女孩。她身穿套裝，看起來很快樂。

他在尖峰時刻搭上山手線，被其他乘客壓扁的感覺很恐怖。除了黑西裝，健介什麼也看不見。他在東京車站下車，換乘中央線往西到吉祥寺。因為是離開市中心的方向，乘客稀疏了些，不過他注意到反方向的電車都擠爆了。旅程大致順利，除了一度有一個詭異的男人一直喃喃自語。他聞起來好臭，健介被逼得移動到下一節車廂。

青豆男的公寓很好找。健介記得位置，不過門上有好多奇怪的標示，叫大家不要按門鈴。上次那個人打開門時，健介聞到一點點奇怪的味道；他不知道他為什麼站在那兒，一句話都不說。他只是鼓起臉頰，臉漲得通紅。健介希望那傢伙不是一個怪人——他聽過一些東京瘋子的故事；他們捕抓流浪貓，把牠們殺掉。不過那人的眼裡有些什麼。有些讓健介信任他的東西。

這次健介按門鈴後，直也不再拖半天才開門。

「嘿，進來」

「貓還好嗎？」

「進來。我會全部告訴你。」

「牠還好嗎？」

「嗯，有好消息，也有壞消息。來。」

「牠在哪裡？」

「目前在睡覺。」

「牠還好嗎？」

「不算好。」

「牠怎麼了？」

「牠流口水，而且不能吃東西。我想牠應該下頷骨折了。」

「牠會死嗎？」

「不會。我上網查過。附近有一家獸醫，我先打過電話了。他們可以為牠動手術。他們可以接好貓的下巴。」

「太棒了！」

「我預約了今天。你可以帶貓去嗎？我打過電話，都說清楚了。他們會給你帳單，你再帶回來給我。獸醫說沒關係。」

「好啊。我們什麼時候去？」

「恐怕我不能跟你一起去。」

「為什麼，哥哥？」

「不要叫我哥哥。叫我阿直。」

「好，阿直。我是小健。」

「好喔。都清清楚楚了。你只把貓帶去這個地址就好。手術完成後，你可以帶貓回來這裡休息。牠要幾天的時間才會好起來，然後你一個月後還要帶貓回去拆線。」

「你為什麼不跟我一起去？」

「我就是沒辦法，好嗎。」

「貓好轉之後，我還能來找你嗎？」

「可以啊。不過別太常來。我很忙的。」

KENSUKE'S
HIKIKOMORI
FUTOKO
+ NEKO
01
NEKO
Alantic
Books

阿直？
怎樣？

我們可以玩
怪獸亂鬥嗎？
可以啊，
但是你不能
待太久。
MONSTER

阿直？
怎樣？
你為什麼這麼會玩怪獸亂鬥？
NEKO
我勤加練習。
你沒工作嗎？
嘿，看著。
我要用難度最高的設定過第三十關。
不可能。
NAO
NEKO
チビ！
邊看邊學吧，小不點。
別那樣叫我。
對不起。
MONSTER
NEKO

阿直？
怎樣？
我可以開窗戶嗎？裡面味道怪怪的耶……
別這麼粗野。現在學校裡都沒教你們禮貌嗎？
我應該回家了。
噢，好。明天見？
可能吧。

怎樣？
阿直？
你為什麼有這麼多AKB48的雜誌？
別問這麼多。
按開始。

阿直？
怎樣？
你讀很多漫畫和書，
對吧？
對啊。
你最喜歡哪一本？
我喜歡手塚治虫。
不過如果你想找本好書來讀，那你應該要讀西古二。
他寫了一些很棒的科幻短篇故事。
我小時候讀了很多他的書。你喜歡科幻嗎？
那是什麼？
別開玩笑了，孩子。
這本拿去，
自己學著點吧。

阿直？
怎樣？
你打掃家裡了耶。
囉嗦。
MONSTER
NEKO
看起來好多了。
快一點
就對了！
選你的角色按開始啦。
MONSTER
NEKO

小健？
怎樣？
你在畫什麼？
只是畫你的公寓和貓而已。
我看看。
嘿！
還來啦！又還沒畫完！
小健！
你很會畫耶。
又還沒畫完。
你很厲害，
小傢伙。
繼續努力噢。

小健？
怎樣？
很快就要開學了，對吧？
貓今天看起來好一點了。
抱歉。你不想談學校的事？
不是很想。
你不上學？
我再也不去了。

發生什麼事？
我不想談。
也沒必要談啦……
其他小孩發現媽媽是韓國人。他們叫我「朝鮮狗」。
真壞。人生艱難啊，對吧？
對。
MONSTER
想玩怪獸亂鬥嗎？
當然。
KEN
NAO

小健？
怎樣？
你知道嗎，我也被霸凌過。
在學校的時候。
發生什麼事？
我也不知道。
我到現在還是不知道我做了什麼，他們要那樣對我。
我記得我回去學校的那天。
發生什麼事？
我哥死後，我請了幾天假。
我哥也叫健介。
他騎腳踏車回家的時候被車撞倒——

沒關係。沒什麼好遺憾的，小傢伙。
人生就是這樣，對吧？
好久以前的事了。人會死，意外會發生。
很遺憾。
真正傷害我的是我回班上的那天。
我記得在上英文課，我坐在後排。
同學們在偷笑，有一張紙條傳來傳去。
紙條最後傳到我手上。
我打開讀。
有人畫了我哥，在上面寫上他的名字，
還在他頭上畫輪胎痕。
接下來幾週我都沒回學校。
阿直……
太過分了。
對啊，
人就是可能這樣。
對啊，
我不在學校時，
情況變本加厲。

小健？
怎樣？
你相信時間旅行嗎？
不知道耶。
像是，你有沒有在我給你的科幻故事裡讀到過？
嗯，應該有吧。
要是我，像是，來自未來呢？
什麼意思？
像是，如果我是你，被從未來送回現在，目的是警告你，如果你再不去上學，你最後會變得像我一樣。要是你能改變你的未來呢，小健？
如果你可以堅強、勇敢起來，回去上學，你有可能獲得更好的人生，你可能會有份好工作，找個好女朋友。
你不會變成像我一樣的可悲獨身者。

你才不是可悲的獨身者，阿直。你怪獸亂鬥很厲害耶。
小健，
我是說真的。
沒人在乎
怪獸亂鬥的。
我就在乎。
聽著！
我在聽啊，阿直。
我只是不知道你想說什麼。
啊，算了。

阿直？
怎樣？
你明天要跟我一起去獸醫院嗎？
嗯嗯嗯？
貓的下巴該去拆線了。
噢，對。你不能自己去嗎？
欸，也不是不可以。我只是以為你可能會想去。
我可能會很忙。

MONSTER
ぷよぷよ
忙什麼？玩怪獸亂鬥？
不是。我有其他事。
阿直，
你為什麼不出去外面？
少管閒事，小不點。
チビ！

就跟你說別這樣叫我了。
對不起。聽著，我明天跟你一起去。
真的嗎？
當然。

小健？
怎樣？
.對不起。
我沒辦法。
我沒辦法去外面。
但你說你可以的啊。
我知道。我知道，但我就是做不到。對不起。
就算是為了貓也不行？
我沒辦法。
你卻叫我回學校。
那不一樣。這對我來說很困難。

這對我來說很困難。
好。
好。
算了。
我們待會就回來。
你們回來後，我們可以打電動。
好啊。

小健？
怎樣？
怎有個
壞消息。
什麼？
貓
不見了。
什麼意思？
我是說，貓不見了。

怎麼會？
牠一定從窗戶跑出去了。我把窗戶開著好讓空氣流通，就像你之前叫我做的……
不。
對不起。
不過牠現在比較強壯了。
牠在外面沒問題的。
我甚至沒機會說再見。
小健，
對不起。
小健！
等等！

從此之後，小健不曾再來。

直也接受貓已離開的事實。他們再也沒有貓這個共通點。一個月匆匆過去，隨著夏去秋來，直也覺得自己有所不同。他剛開始很討厭貓在家裡，還有健介。不過他慢慢開始期待男孩的來訪。他也很喜歡貓的陪伴。他孤單的時候會撫摸牠，他會感覺到一股好久不曾有過的友伴情誼。

不過一週週過去，時序來到九月，他又退回老樣子。健介時常來訪的那段時間裡，總是有一股壓力逼著他把自己打理乾淨：沖澡、刮鬍子，讓自己見得了人。現在他慢慢重拾邋遢的習慣。

他原以為自己得到兩個新朋友。不過他常對自己說的那句話一點也沒錯：不能依靠任何人。現在爸媽都走了，就只剩下他自己一個人。他只能依靠他自己。這樣看待人生最安全。他獲得夠多遺產，足以養活自己。他自得其樂。面對他的兩個新朋友，他確實曾感覺到一些暖意與安慰。不過他們最後還是都展現出他們的真面目。

不。他還是自己一個人比較好。

信件投入信箱前，直也先聽見郵差慎吾的口哨聲。他不急著拿到帳單，因此他先幫自己弄了碗杯裝拉麵，並打開電視。

一直到下午，他才終於去拿信，並看見那個包裹。古怪。

他撕開包裝，拿出一本影印的小冊子和一張對摺的信紙。他展信閱讀。

阿直，

很抱歉我那天跑走了。我也很抱歉之後沒再去找你。我接受你的建議，回去上學了。剛開始很難，不過我開始交到朋友了。班上還有另一個一半韓國血統的同學，他叫佑介（*Yusuke*）。他很強壯，可能比你還強壯。我和他變成好朋友，現在再也沒人因為我們是半個韓國人而找我們麻煩。我想這是因為他們害怕佑介會揍他們。有人說到「朝鮮狗」他就發瘋。學校現在好多了。

不再去找你，我感覺很糟。然後你知道當你對一件事感覺很糟，感覺會越變越糟，到後來，你知道你不能只是道個歉就沒事了，因為你知道話語在那些情況裡效果不大。

對不起。我可能沒辦法當面對你說，但我真心覺得對不起。

無論如何，希望你別生我的氣。

我畫了一則有關你和我和那隻貓的漫畫。我拿給美術老師看，她發起瘋來，說那是傑作。不過我自己不覺得。內容只是我們聊過的一些事而已。她要我多畫一些，還幫我做成一本書。我們把這本書拿去參加漫畫比賽。我沒贏得首獎，因此我有點難過，不過我得到第二名。美術老師說那真的很棒，但我不知道。我想贏。總之，作為獎品，我得到一些圖書禮券。我要再多買幾本西古二的科幻故事書。

不過我還會繼續畫下去。我決定我長大要當個漫畫家。

如果你想知道為什麼，那是因為你。我知道你心裡受了很多傷，我也知道漫畫讓你快樂。如果我能夠畫漫畫，我說不定可以幫助像你這樣的人快樂起來。我知道這聽起來像個蠢想法，不過我想不出我長大還想做什麼。而且就像你說的，我不能只是玩怪獸亂鬥。

你有一次說你來自未來之類的。我常常思考這件事。或許這就是我決定回學校的原因。所以，我覺得你在這部分給我很大的幫助。

不過後來我領悟了。要是未來的你，像是六十歲的直也現在也來找你呢？他會說什麼？他不會叫你走出你的公寓嗎？他不會對你說你跟我說的那些話嗎？我最近一直在想這些，我覺得他會。我覺得他會幫助你。

總之，再一次因為我沒去找你而跟你說聲對不起。也很抱歉去你家時偷看了你家地址。我在這裡留下我爸媽家的地址，所以如果你想，你可以回信給我。

希望你會喜歡有關你和我和貓的漫畫。

保重。

小健

附註：請告訴我貓有沒有回來。

直也把信從頭到尾讀了兩次。他去沙發坐下，一頁頁翻過黑白小冊子，翻了一次又一次。標題是**繭居族、不登校與貓**。封面是他們三個在一起的一幅畫。故事描述他們跟貓一起度過的那一個月。小健畫出他們之間所有的對話，而且每一幕貓都在——變得越來越強壯。隨著故事進展，他的公寓越來越乾淨。畫得非常棒。有他的公寓、貓、健介，以及直也。他們微笑，看起來都很快樂。

但他此刻在哭。

貓不曾這麼強壯過。牠完全從那場意外復原，繼續到以前常出沒的地方搜索食物，找尋上輩子的那段記憶，找尋失落之物。

一天早上牠又出去了，享受著另一個美麗的秋日，這時牠看見一個男人緩緩沿道路前行，身上穿著熟悉的青豆色運動服。他路過一根又一根路燈柱，每經過一根都要把路燈柱緊緊抱住。一次一步，有如戰區中的人那般謹慎。貓靠近他時，看見這男人正朝一個紅色郵筒前進。

他臉上帶著焦慮的笑容。

而且他手上緊緊抓著一封信。

——石川偵探：案件筆記三

去俱樂部拜訪志和的幾週後，我告訴妙子我要把車開走。我早上早早便離開，在導航設定到山梨縣某設施的路線；我聽說他們把那個失蹤兒童黑川關在那裡。

出城的交通風平浪靜，儘管穿過隧道時（綠意也越來越盎然且連綿）感覺像到他鄉短期度假，我還是忍不住回想起清二在俱樂部說起有關我前妻的那番話。有時候當我在深夜試著睡著，我也會有相同感覺。我感覺到尋常的疲勞、痠痛，以及關節的疼痛，不過腦中的聲音就是不肯停止斥責我以及我的行為。我回顧我犯下的每一次錯誤，思考爭執時該怎麼說比較好、該採取什麼不同的做法才能成為更好的人，想著所有我無意間傷害的人以及所有我蓄意傷害的人。我猜那叫後悔。此時此刻，感覺像我的後悔正坐在乘客座吃洋芋片、嘛嚕嘛嚕地喝一大罐陳年汽水，一面好好責備我一番。

真不該接下這個案子。沒什麼甜頭。

是啊是啊。*皭嚕*

但我只是在做我的工作。

我只是在做我的工作巴拉巴拉巴拉。

我對客戶有責任。

媽啊媽啊，這洋芋片真好吃。

忠誠以諸多方式彰顯。

那你為什麼對她不忠？

她為什麼對我不忠？

要開始囉，小學生吵架：是她先開始的！

才不是那樣。

不然是哪樣？你如此冷酷無情，就算是你妻子涉入的案子，你也不會放下？

前妻。

她從一開始就是前妻了。你從頭到尾都不在她身邊。

我必須工作。

「工作」？鬼鬼祟祟到處偷拍別人。

那些人都不正直。他們咎由自取。

你聽起來活像個暴君。誰指派你當道德守護者啦？

我只是盡我本分。

我聽說納粹德國也有一大堆人只是盡他們本分。

閉嘴！閉嘴！滾出我腦袋。

我就是你的腦袋，石川。你最好趕快習慣吧。＊嚕嚕＊

你可以安靜一秒嗎？

你自便。

謝謝。

但是我好無聊。我們還是來回顧一個小場景好了。記得你出去工作的那晚嗎？當時你接下杉原弘子（Sugihara Hiroko）的案子？記得那場派對吧？有錢小姐的丈夫對她不忠，記得吧？

住嘴。

你記得。你偽裝後外出——雙面式帽子和隱藏式照相機。你知道的，跟你平常一樣。

你為什麼要這麼做？

你傳訊息給你妻子，說你會晚歸，她回訊息說別擔心，她也跟大學朋友有約了。記得嗎？

當然。

然後你躲在盆栽後面等出軌的丈夫杉原龍到來。你一直在跟蹤他，不是嗎？某個大人物CEO的兒子——錢多得花不完。你跟蹤他幾週了。花花公子龍身邊隨時隨地都有女孩，因此有點複雜，對吧？不過你精確掌握他的行程，對吧？

我比他自己還清楚。

對，沒錯。所以你躲在盆栽後。他經過時，攬著一個女孩醉醺醺地東倒西歪，你興奮了起來，對吧？

我總是喜歡追逐。

對，你喜歡，對吧？你的心跳越來越快，你等不及要達成交易。

結束案子總是很好。

那是當然的。你為此孜孜矻矻呢。

我總是勤奮工作——為了我的客戶。

記得那晚嗎，你的距離近得足以拍下照片。你拍了，對吧？

我從不錯失機會。

不過那次有所不同，對吧？

我看著她。

你看到什麼？

我看見她。

誰？

我妻子。

你感覺如何？

我生氣了幾秒。

然後呢？

我感覺到自由。

對。沒錯。你感覺到自由。你知道你能擺脫她了，你也知道你能保住你的錢。

對。

你是個壞人，石川。

我不是。

是，你是。無論你怎麼掰，你就是個壞人。

不，我也是好人。

你就繼續這樣告訴自己吧，兄弟。

我也是好人。

你**也是壞人**。

不過我是這麼努力要當個好人。

我在那片建築群停好車——一座舊工廠，所有窗戶都裝上鐵條。到處貼有寫著清**潔溜溜**的標示。這到底是什麼地方？停車場幾乎全空，只有幾輛大型廂型車東一輛西一輛停在這裡，車上都有相同的**清潔溜溜**商標。我仔細看商標，看見角落有二〇二〇東京奧運的小符號。我朝前門走去，不過甚至還沒靠近，幾名穿西裝的男子已走出來迎接我。一個一臉阿諛的瘦子身上穿著令人惱怒的時髦西裝，寫字板夾在腋下，後面跟著一隊大傢伙。

「有什麼需要我幫忙的嗎，先生？您或許是迷路了？」他停在我面前，帶著弱者有強援在後時的自信說道。

「我在找人。」我回道。

「您應該知道這是私有土地吧？」他把我當白痴一樣注視我的雙眼，並緩緩眨眼。

「我知道，我也不是來惹麻煩的。」我迎上他的視線。

「噢，聽您這麼說真是太好了。」他微笑，露出珍珠白的牙齒。

「我代表一對父母來此，他們的兒子名叫黑川，我相信他目前就在你們這裡。」

他研究他的寫字板，接著咬住嘴唇。「我了解了。」他用寫字板的角角搔搔腦袋。「嗯，首先，因為資料保密的關係，我無法透露這位黑川是否住在我們的機構裡。其次，如果他在這裡，除非我拿到他父母的書面證明，表示確實由您代表他們，否則我不能把他的監管權交給您。真抱歉哪，不過規定就是規定，我只是在做我的工作。」

我停頓，拿出一根菸點著。「我了解了。」我轉身朝我的車走去。

「感謝您今日來訪。」他喊道。

我打開乘客座的車門，手伸進置物格拿出一張紙。我攤開紙，回頭朝那群人走去時一面仔細研讀。

「這可以嗎？」我把紙交給他。

「噢……」他把紙攤平在他的寫字板上，研究了要命長的一段時間，反反覆覆檢查，彷彿在找什麼錯誤。「嗯，我想您最好進來……」

「非常感謝。」

我跟著那隊人走進去，但是我從他們拖著腳走的方式感覺到一股勉強的氛圍。

機構內部蒼白無生氣。窗戶上有鐵條、門上皆有鎖。對我來說基本上看起來就是監獄，但我想這也是他們一直稱之為機構的原因。他們帶我到等候室，送來一杯咖啡要我坐下，告訴我他們會去帶黑川過來。

他走進等候室時，我看得出家族遺傳。來自父親的寬肩——他看起來很強壯。他們讓他穿上橘色連身衣，還給他上了銬。他的雙手舉在身前，因此我看見他少了幾根手指。他看起來歷經滄桑，不過似乎心情很好。

「黑川先生？」

「我就是。」他微笑。「你又是誰啊？」

守衛作勢要甩他巴掌，但我舉起手。

我回以微笑。「石川偵探。你父母派我來的。」

提到他父母時，他用一根手指搔搔鼻子，一臉軟弱。

「很高興認識你，偵探先生。」

「我也很高興認識你。」

「你是來帶我離開這垃圾場的嗎？」他咧嘴而笑。

「對，我是。」

「感謝天。」他看著帶他進來的守衛。「嘿，呆瓜。我現在自由了，幫我拿掉手銬怎麼樣啊？」

守衛離開。

黑川放肆地對我露齒而笑。

「我幫你帶了些衣服來。」

他點頭。

「我們只需要簽幾份文件，然後就可以離開這裡了。」

「感謝天。」

當我們沉默地坐在等候室裡，我知道球持續在滾動。我們會簽妥文件，而黑川會與他的家人團圓。我不是要多愁善感，但我這時知道我可以習慣這種工作。或許我比較適合幫助家庭重聚，而非破壞家庭。

帶著寫字板的男人又回來，而我享受著文書作業的每一筆畫。

回東京的車上，黑川和我聽音樂、不時閒聊。天空雲層密布，對中午這時間來說顯得頗為陰暗。我們在便利商店停下來買咖啡和三角飯糰路上吃，然後又回到車上，我讓他暢所欲言。他主要說的都是被關在那個詭異地獄坑裡的經驗。儘管談起諸多磨難，但他似乎很快樂。他說了很多有關他室友的故事，總是只以「老師」稱呼那位室友。他一定真心尊敬那傢伙。

「所以囉，我幾年前脫離極道。」他開朗地說。「我跟我兄弟和老師一起住在街上。」

「是嗎？」

「警察把我和老師抓起來，把我們帶去那個糞坑。」

「是啊，感覺是個見不得人的地方。」不知道「老師」為什麼跟這傢伙一起在街上生活。

他安靜片刻，接著一臉嚴肅地看著我。

「所以，你就像個偵探對吧？跟電影裡的那些一樣。」

「應該可以這麼說，黑川先生。」我打方向燈，超過一輛在慢車道龜行的卡車。

「叫我圭太吧。」

「沒問題，圭太。」我切回慢車道，這時下起雨來。

「所以，你可以找到人？」他語帶希望。

「盡我所能囉。」

我透過擋風玻璃看著蜿蜒下滑、分開又聚合的雨滴。連結又斷開。城市出現在地平線上，我想著那所有家庭；他們匯聚又離散。

圭太咳了咳，打破我的遐想。「我需要你幫我找個人。」

「找誰呢，圭太？」我被激起好奇心。

他看著前方，視線穿透擋風玻璃，也穿透濺在玻璃上、被雨刷一再規律抹去的雨滴。我們注視前方在遠處蔓延擴展的城市；我們穩定慢慢靠近，而她越變越大。

「他叫作太郎，他是個計程車司機。」

開幕式

涼子凝視機窗外遠方的富士山輪廓。

天空湛藍，讓她回想起小時候的炎熱夏日。可見度極佳，她看得見地平線上的城市，一座廣大蔓生的騷亂。她嘆出一口氣——源（Gen）在她前方的旅行用嬰兒床安睡。他整趟航程都表現得很好，一點聲音也沒有。她伸手握住艾瑞克的手。他的頭還埋在書裡，不過回握她的手，並以食指和拇指輕輕撫摸，一面繼續閱讀——他完全沉浸書中。他好擅長停留在一個片刻裡，擅長於一次只專注做一件事。不像她。她研究他的五官：承自瑞典祖先的斯堪地那維亞金髮、滿是鬍渣的瘦臉；鬍子好快便又冒出來，從紐約出發的直飛航班不過才十四小時呢。他們早晨離開，等待登上飛往羽田機場的班機時，他們在甘迺迪國際機場的咖啡店匆匆忙忙地買了洋蔥貝果和咖啡。

「羽田距離市區好近。」他們在機場咖啡店面對面而坐時，涼子這麼說道。她啜飲一口咖啡，用背帶把源抱在懷裡。她的聲音低微猶豫，因此她深吸口氣，穩住氣息。「我知道這貴一點，不過我們到了之後你就會感謝我了。」

「嗯嗯嗯……」艾瑞克咀嚼貝果後嚥下。「只是一點點錢，寶貝。」

「成田機場太遠了。」她接著說，一面輕輕搖晃源。

「放輕鬆。」艾瑞克輕觸她的手，對她微笑。

「我知道、我知道。」她噘起嘴脣。幾週前訂下回東京的機票起，她胃裡焦慮的感覺便不曾稍減。

涼子感覺航程似乎永無止境。艾瑞克睡著了，嘴張得大開，戴著眼罩的腦袋往後歪，旅行枕壓扁在頸後。涼子用手機幫他拍照，想到之後拿給他看時他會有什麼反應，忍不住咯咯輕笑。這傢伙到哪都能睡——源可能就是遺傳自他吧。接著她焦慮地輕點機上的觸控螢幕娛樂系統，找尋任何勉強可看的節目。她播放一部電影，覺得厭倦後又換另一部。感覺什麼都不對；什麼都無法令人安心。她原本打定主意要在飛機上看幾部日本電影，但選擇不多，選項也都很糟。最後她選定是枝裕和的《我的意外爸爸》（***Like Father, Like Son***）；雖然已經看過，她這次還是從頭到尾看完。

螢幕自動出現英語字幕，她也沒費心關掉，並因此感到隱約的罪惡感——哪種日本人會用英語字幕？兩個兒子在出生時遭調換，數年後與親生家人團圓。家庭劇，對話緊繃，無法說出心中真正所想的人們。她無法控制地哭泣。她必須緊閉上眼、屏住呼吸以壓下感覺來自腹部深處的啜泣。只是賀爾蒙的關係嗎？對於這些對她產生劇烈影響的情緒，她還能用賀爾蒙當藉口多久？她試著回想自己懷孕前是否也有相同感覺。

電影播放時，另外兩個人從頭睡到尾。她第一百萬次低頭看持續安穩打盹的源，然後看著這會兒專心閱讀的艾瑞克。這次他感覺到她投過來目光，突然抬起頭並合上書。

他稍微伸伸懶腰，打了個呵欠。「真不敢相信你爺爺寫了這本書。」他朝她的方向揮動書本。

她再次打量這本書——她在同班飛機上看見另外一位乘客也在讀同一個版本。這讓她同時感到同等的驕傲與焦慮。她一直偷覷艾瑞克和坐在走道另一邊讀同樣一本書的女性乘客。「我可以再看看嗎？」

「當然。」他把書拿給她，接著解開安全帶。「我去洗手間。得在安全帶指示燈亮起來之前進去才行。」

他站起來，禮貌地跨過在靠走道座位中睡覺的男人雙腿，小心避免吵醒他。

感謝他，涼子心想。**他知道我討厭坐中間**。

她低頭看艾瑞克這本精裝書的封面。

西古二的《科幻故事集》（***Collected Sci-Fi Stories***）。

她翻到最後一頁，看見一幅爺爺的黑白照片；自從她還小，這張照片就印在所有宣傳品上，隨處可見。他們以爺爺的名字為源命名——取源一郎的源。他長大後會不會也寫詩或科幻故事？他會對她說英語還是日語？紐約的其他日本父母都把不情願的孩子送去語言學校學日語；他會想去嗎？他會不會恨她逼他學困難的漢字？或者反過來說，如果她沒逼他，而他長大後不諳日文，他會不會因此而怨恨她？她一根手指畫過爺爺的五官。源長大後也會像他嗎？照片中的爺爺看起來跟現在的父親簡直一模一樣。

源一郎。因為一些原因，她沒把「一郎」也加入源的名字中。涼子這輩子都不想再聽見一郎這個名字。一郎伯父——源長大後跟他不會有丁點相似之處。她會確定事情如此發展。

她的視線往下掃過防塵書衣，來到爺爺下方的第二張照片；這張照片裡是一名年近三十、金髮藍眼的女孩。

譯者簡介

芙珞・當索普生長於奧勒岡州的波特蘭，畢業自里德學院，主修英國文學。現居東京……

想像有人選擇來東京！自願地！涼子還嫌自己逃離得不夠快呢。涼子沒去過奧勒岡州的波特蘭——位於遙遠的西岸——那裡的文化多半跟她在東岸新找到的家截然不同。不過還是一樣。無論何時，就算從來沒去過，涼子也很確定自己一定喜歡波特蘭勝過東京。她看著芙珞的照片，一部分的她羨慕這個外表完美、精通英日雙語的美國女孩，不過在這一切之上，涼子羨慕的是芙珞竟然比她更能在她自己的故鄉生活，並在那裡找到快樂。

艾瑞克回到她身旁坐下，於是她把書合上交還給他。

「這本書真的很棒，妳知道吧。」他小心地把書塞進前方的置物格。「這些故事真是瘋狂。妳全部讀過嗎？」

「幾乎吧。我和堂妹園子成長的過程中，爺爺常常讀給我們聽。爸爸也是。」爺爺的筆名從艾瑞克前方的置物格朝外窺看，涼子又一次注視那幾個黑色的羅馬字母，不過他名字的漢字在她心裡燒成明亮多彩的符號。家人啊！真是一團亂。「他睡前會讀給我聽。爺爺是為園子而寫那些故事，你知道吧。」

「在前言有讀到。」他輕碰她手臂——他知道她跟堂妹有多親。她抿起嘴，沒說話。他們看著仍呼呼大睡的源。稍停後，艾瑞克接著說：「等到這個小傢伙年紀夠大，我們也可以讀那些故事給他聽。我剛剛讀到一篇有關機器貓的古怪故事。他跟貓是怎麼回事？」

涼子微笑。「天啊，他愛死貓了——他是貓狂。他以前曾說：**你可以透過一個社會怎麼對待貓而評斷那個社會。我從來就不確定**——」

廣播打斷他們。

「——女士先生們，我們很快將開始降落。請繫好安全帶，回收托盤，豎直椅背。***Mina san, kore kara***（各位乘客，我們即將）……」

廣播轉為日語時，涼子發現自己關起了耳朵。她現在覺得這語言好陌生、好疏遠。她的耳朵已經習慣英語，她覺得英語聽起來更加自然。她偏好用英語表達情緒，覺得日語總是壓抑她的真實感受。稍早空服員以日語對她說話，但她還是以英語回應。她現在回想起來覺得很傻，也因為懊悔而微微紅了臉，不過那似乎是種小小的反抗——**別根據我的外表而將我分類**；她是這麼想的。**如果我是華裔美國人，為了奧運而到東京旅遊呢**？但是她現在對那位空服員感到抱歉——她只是在做她的工作而已。

要是她只是做個假設又怎樣？

涼子又眺望窗外下方那座廣大的城市。

那座討厭、可怕、孤獨的城市。為了跟艾瑞克在一起，為了到紐約生活，她逃離了那座城市。自從媽媽的葬禮之後，她就不曾再回去，而若非為了還住在那裡的爸爸，她也情願永遠不再回去。她曾試著說服爸爸搬來紐約，來住在她、艾瑞克和源附近，但他只是在Skype上搖頭，而那就是那場對話的句點。

飛機下傾轉彎。她瞥見淺草區的一片紅屋頂；混凝土、玻璃與金屬之海中的一點血紅，轉瞬即逝。

「非日本國民請往這裡。」年長的地勤人員以英語對艾瑞克說，揮手指示乘客在入境海關排到不同隊伍。地勤人員站在一個巨大的橫幅下，上面寫著：

歡迎蒞臨東京二〇二〇

地勤人員看著用背帶抱著源的涼子，隨即切換成日語：「***Nihonjin no kata wa, kochira no retsu ni onegai itashimasu***（日本人居民請往這裡，謝謝）。」

「剛剛是在說什麼？」艾瑞克低聲問涼子。

「你必須排這排。」涼子為他指出入口。「我必須跟源一起排這排，因為我們是日本人。真希望我們可以全家一起通關。」她覺得根據誰擁有哪種文件而將家人分開實在荒謬。她出生在某個地方，艾瑞克出生在另一個地方，這又有什麼差別？

他們是一個家庭，這才重要。

「沒關係，寶貝。我到另一邊就會再見到你們兩個了。」他放開她的手。

他對源揮手，而源微笑，發出咯咯的聲音。

「跟爹地揮手呀。」涼子替他揮動他的小手。「說**掰掰**，待會兒見。」

看見爸爸走開，源不太開心，小小哭了一聲。

涼子輕輕上下搖晃他。任何憂傷的跡象都令她心煩。這正常嗎？還是她過度反應？她還是嬰兒時，她母親也有相同感覺嗎？這所有她沒辦法問的問題，直到一切太遲。想起母親更是雪上加霜——她推開這些思緒。「噓，小源，」她低語，「我們很快就會再見到他囉。」

她看著艾瑞克走去外國人的那一排——外國觀光客蜂擁來參加隔天的奧運開幕式，因此隊伍長得不可思議。日本人的隊伍短多了。

「啊，寶貝？」他越過分隔兩條隊伍的紅龍朝這裡喊。「再跟我說一次**謝謝**怎麼說？」

「***Arigato gozaimasu***。」她說得很清楚，好讓他學著說。一名移民官瞪著他們。

「*Arigato gozaimasu*。」他複述，一面說一面鞠躬。「*Arigato gozaimasu*。」

她微笑。他的發音出奇地好。

他們在傳送帶拎回行李，順利推著行李通過海關。涼子找尋通往單軌電車的標誌，他們可以搭單軌電車到濱松町站，再從那裡換搭JR山手線，往西朝出市中心到爸爸的新家。周遭的人興奮地以日語輕聲交談，說話聲充斥她的耳朵；她無法阻隔身旁所有的對話，而這讓她覺得難以承受又暈眩。她得用力眨眼才能專注。

「涼子！」艾瑞克拉住她的衣袖。

她轉身，看見艾瑞克伸手指，她的目光跟隨他手指的方向。他指著一個人——一個男人。一個男人蹣跚走向她。

她忍不住一隻手掩住嘴。

這是她第一次看見活生生的他（可以這麼說）套上他的金屬義肢。他在Skype上沒讓她看見，也完全不曾提及。她跟醫院的醫師和護士通過電話，知道發生了什麼事，不過她還是沒準備好面對現實。她感到羞愧，不只是為她內心感到多震撼，也為她居然讓內心的震撼外顯於她的反應中。事發之時，她應該陪在他身旁的。她為什麼拖這麼久才來探訪？她感覺自己因羞恥而臉紅。

「**小涼**！」他大喊。他狂熱地揮手，對著源笑得嘴都咧開到耳邊了。他衝過艾瑞克身旁親吻涼子，從頭到尾都對著源眉開眼笑。「***Okaeri nasai***」——歡迎回家——他低語。

她感覺淚水湧出，喉嚨裡有一團硬塊。「***Tadaima***」——我回來了——她只說得出這四個字。

爸爸突然發現自己忽略了艾瑞克，隨即轉身跟他握手，艾瑞克則是鞠躬打招呼。於是他們來來回回跳了幾次這段滑稽的舞步，不確定到底該握手還是鞠躬。

最後，她父親一把將艾瑞克抱入懷中，用英語對他說：「艾瑞克先生！歡迎！」

「你好，太郎先生。」艾瑞克尷尬地轉身面對涼子。「呃……寶貝……再告訴我一次**好久不見**怎麼說？不，等等。我想起來了！」他又回身面對她父親，清晰地說：「***Hisashiburi***！」

「對！***Hisashiburi***，艾瑞克先生。你的日語……非常好！」

「沒有啦，說得很糟。」艾瑞克忸怩地抓臉。「都忘光了。」

「你知道……改善日語……最好方法？」太郎問。

「不知道耶。」艾瑞克說。「怎麼做？」

「燒酎。」太郎模擬用小杯子喝酒的樣子。「或是啤酒！」

他們倆同聲大笑。

看見他們儘管語言不通卻能順暢溝通，涼子露出微笑。

爸爸回身面對她和源，一面用日語說話一面輕搔源的下巴。「看看他……我孫子！真是個漂亮的小傢伙！看看他的眼睛——還有鼻子！走吧，往這裡。」

「爸……跟你說過了，你沒必要來的。」涼子以日語回應。「我們搭電車就好。」

「帶著小源？還有這些大行李箱？別開玩笑了。」太郎搖頭。「搭計程車輕鬆多了。」

「你開計程車來？」涼子問。

太郎看著她，忽略在她問題底下放聲尖叫的弦外之音。

但是，你只剩一條腿怎麼還能開車？

「當然！」他抓住她的行李箱握把，熟練地拖了起來。他切換回英語。「艾瑞克先生，跟我來。我的計程車……這裡！」

「艾瑞克先生！看！」太郎手指計程車車窗外。「東京鐵塔！」

「***Sugoi desu ne***（真厲害）！」艾瑞克試用涼子在飛機上教他的日語：**厲害吧**！

涼子看著爸爸一臉歡快、輕鬆地開著車。她抱緊源，太郎和艾瑞克則在前座暢快聊天。真是太蠢了，她怎麼會沒想到呢——他的右腿還在。他的義肢左腿無所事事地放在前方的擱腳處，他只需要用右腳踩剎車和油門。幸好他是在日本開計程車，而非歐洲——他再也不可能開手排車。不過美國人和日本人偏愛自排車。她細讀一張貼在後座的報紙，上面有一張太郎的照片，一條金屬腿的他驕傲地站在他的計程車前。標題寫著：**東京的獨腿計程車司機！**

今天交通繁忙，不過她父親熟知所有小路和捷徑。他如此了解這座城市——難怪他不想離開。他一如平常小心駕駛，不過她感覺得出來今天他開得格外平穩，特別為了源。

涼子覺得眼皮沉重。源又在打盹，車外的光線弄得她頭昏眼花。她緊繃的神經不敵時差。但她不想睡著。她想看爸爸和艾瑞克相處。她為他們兩個感到如此驕傲。

她看著沉睡的源。**看啊，源。你長大就該是這個樣子。**她盡可能用力想著這幾個字，猛力將它們投射出她的眼，彷彿她能讓話語活過來，在她兒子入睡時為他築起防禦層。**觀察他們、向他們學習，有一天，你也將成為一個好人。做一個好人，源。向他們學習，你就永遠不會變成像你伯父那樣。**

經過漫長的車程後，他們終於抵達太郎家，並在有屋頂的車道停好計程車。太郎堅持要自己把所有行李提進屋裡。艾瑞克和涼子都腳步踉蹌、昏昏欲睡，因此他叫艾瑞克先帶他們進去。

「去睡個午覺吧。」太郎輕輕鬆鬆地從後車箱拿出沉重的行李。「我把你們安排在我樓上的房間。源的嬰兒床放在那裡，因為那裡空間比較大。我睡樓下的房間。去吧！進去！」

艾瑞克沒多問，接過源後便直接上樓。涼子還在門廳徘徊，想跟爸爸說話。

「妳還在這裡做什麼？」他帶著行李進屋，在門廳裡放下。「上床去吧。我們早上再聊。」

她忍住呵欠。「晚安，爸。」

「晚安，小涼。真高興妳回家了。」

上樓途中，她看見樓下臥室的門縫透出燈光，覺得頗為驚訝。如果爸爸忘記關燈，他一定是老了。

伴隨著艾瑞克和源此起彼落的輕微鼾聲，還有樓下偶爾傳來的腳步聲，她很快便進入夢鄉。

涼子聽見源在動，因此早早醒來。她下床把他抱出嬰兒床，讓艾瑞克繼續睡。她抱著源輕手輕腳下樓，以免吵醒任何人。她撿起報紙後來到廚房，並將門關上。她先餵飽源，接著泡咖啡。今天就是開幕式了。

涼子為自己倒了一杯黑咖啡，帶著報紙在廚房桌邊坐下。她翻過一頁頁有關奧運的報導。看見這則標題時，她停了下來。

發現知名
淺草刺青師死亡

小島健太郎，四十六歲男性（附照），昨日被發現死於其位於淺草的刺青工作室中。該名隱居的刺青師在同業間頗負盛名，乃淺草地區最傑出的藝術家之一。警方籲請附近居民盡可能提供線索。

東京警視廳的福山小隊長否認在刺青師身上發現一把刀的謠言，鼓勵附近居民避免與此事件相關之「推測」與「流言蜚語」。他表示：「我們目前正在針對此事件展開徹底的調查。」

她記住晚一點要拿這則報導給艾瑞克看。她會為他翻譯。他很愛談論日本是如何比美國「安全」得多，有嚴格的槍炮管制法，犯罪率也低。看到了嗎？她會這麼告訴他。**日本並不全然像大家吹捧的那樣。日本並不完美。沒有地方是完美的（……我也是）**。最後那部分她會放在心裡就好。

廚房門打開，她父親一面揉掉眼中的睡意一面走進來。

「早安。」他走過來輕搔源的耳朵。

「早安。」她換手讓他抱著源，自己則從碗櫥拿出一個馬克杯，幫她父親也倒一杯黑咖啡後拿給他。

「謝謝。」他用空著的手接過杯子，一面對源扮鬼臉。他看著餐桌，發現涼子剛剛在讀的報紙。「我們得把這份報紙保留起來當作紀念品。東京可不常辦奧運呢！上一次是一九六四年的事了。妳都還沒出生！想想看，小源長大後會是個曾參與過東京二〇二〇的人喔。」

涼子啜飲一口咖啡。「最近是不是一直亂花錢？冰箱裡沒剩什麼東西了。」她緊張地笑。她為什麼會覺得用日語說話壓力這麼大？她感覺自己像是一個截然不同的人。她試著像以前一樣開爸爸玩笑，但再次說日語令她掛慮起禮節。

「少貧嘴囉。」太朗說。他看出她是在開玩笑，她鬆了一口氣。「艾瑞克睡醒後，我們可以去店裡稍微逛逛，對吧，嗯？源？」他看著源，接著又抬頭看天花板，一副想起某件事的樣子。「艾瑞克都吃什麼？」

「他什麼都吃。」

「好小子。沒什麼比挑嘴的人更糟糕了。」

他們在尷尬的沉默中靜靜坐了一會兒。涼子檢視雙手。太郎咂舌逗弄源，源每次都咯咯傻笑，逗得他外公也哈哈大笑。

她想再多逗逗太郎。

「你知道你昨天忘記關樓下的燈嗎？你去機場接我們的時候。」涼子搖頭。「有人老囉……」

這次他一點笑意也沒有。開錯玩笑了嗎？她惹他生氣了嗎？出了什麼嚴重的錯嗎？她的胃如遭重擊。他放下咖啡杯，改用另一隻手抱源。「涼子……有件事得告訴妳。」

她看著他。他的語氣中摻了些什麼，讓人無法不注意。

「很抱歉沒更早告訴妳，但是妳跟艾瑞克旅途這麼勞累。而……嗯，我最好還是現在告訴妳吧。直接帶妳去看可能更簡單。」

他緩緩起身，空著的手往桌緣一按，撐起身子。

「跟我來。」

父親走出廚房，而她跟在後面，尾隨他那條腿踏在地上的喀喀聲。走廊無窗，因此依然略顯昏暗。他帶著她來到樓下的臥房門前，輕輕敲了敲。

門的另一邊傳來低微的聲音：「請進。」

父親打開門，示意她進去。

她走進房間。她的身體內部變得非常靜止、無聲。眼前有個人影，坐在地板上，伏在***kotatsu***（暖桌）矮桌前。兩套床墊摺好放在櫥櫃腳邊，準備拿去收起來。

坐在暖桌前的男人跪坐起來。

「涼子。」他說。

她目瞪口呆，無法言語。

「涼子。」那男人低低鞠躬，頭碰觸到榻榻米，聲音顫抖。「對不起。」

「小涼……」這次換爸爸開口。「我們……」

她搖頭。

地板上的男人抬頭，緊張地看著她。

他怎麼敢。他怎麼敢回來。

涼子從他身旁走過，來到紗門旁。她父親抱著源，而她極度渴望把源抱回自己懷中並離開這個房間。但她覺得被困住了。她感覺得到父親和伯父的視線落在她背上，她知道他們在等她回應。但該怎麼回應？她只想帶著源和艾瑞克逃離這情境。回紐約，離開所有痛苦與困惑。回到一切事物都如此單純的地方。

他做了那些事，現在他**怎麼敢**。

她拉開紗門走到外面的庭院，在身後關上門。

這個庭院比中野舊家的庭院小。

旭日初升，涼子的視線越過低矮屋舍的屋頂眺望遠方的摩天大樓。她聽見微弱的喵叫聲，低頭看見一隻小花斑貓磨蹭著她的腿。她跪下撫摸貓，而牠愉悅地呼嚕響。

「真是一團亂，對吧，小貓？」貓抬頭用一雙詭異的綠眸注視她。她注意到貓毛白色的部分有血跡。「你也在戰鬥，對吧？」

她的手指撫摸貓柔軟的毛皮，牠又喵了一聲。

涼子仔細打量貓——牠看起來跟爺爺最愛的那隻貓一模一樣。那隻貓名叫直美，園子也很愛牠。她們還小的時候，園子總是求爺爺讓牠跟她們一起睡在床墊上。貓會在她們的被子裡爬來爬去尋求溫暖，尤其是冬天時。牠最喜歡的位置是園子的雙腿間。小園子，死的時候爸爸不在身邊。現在他卻來了——回家，期望獲得原諒。嗯，他在地獄腐爛吧。

身後的拉門打開，她沒回頭看是誰。

「寶貝？」聽見是艾瑞克的聲音時，她的心臟一陣亂跳。

貓被艾瑞克嚇到，跳上庭院的矮牆，待在那兒看著。等待。

她轉身看見艾瑞克用背帶背著源，手上端著兩杯咖啡，他把一杯遞向她。她接下啜飲一口。咖啡冷了，而且好苦。

「還好嗎？」他審視她的臉。「妳爸叫我出來跟妳談談。」

「不太好……」

「我猜那是妳伯父一郎吧？」他的頭朝屋子的方向輕點。

「對。」

「嗯嗯嗯。」艾瑞克在階梯坐下，放下咖啡，輕輕搖晃源。

「我不知道該怎麼辦。」看著源祥和的臉讓她冷靜了點。

「如果妳想，我們可以離開。」艾瑞克突然說道。「妳不需要應付這些事。」

她想像和艾瑞克、源一起離開這棟房子的畫面，不過她又想到父親，以及父親會是什麼感覺。「我不能這樣對爸。」

「是啊……」艾瑞克停了停。「跟妳伯父談過了嗎？」

「不想。」

「或許妳該談談？就算只是告訴他妳的想法也好。」

「你不懂，艾瑞克。」她的心臟跳得更快了，感覺血氣上湧，一面說話一面粗暴地搖頭。「這不是你的家庭，不是你的文化，也與你無關。你不了解日本。」

「對不起。」他平靜地說。「我不是在教妳該怎麼做。我對日本還有好多不了解的地方。」他停頓，再開口時極為小心地挑選用字。「但我了解人，也知道除非我們談話、除非我們傾聽彼此，我們才能了解事物。我覺得他一定有個故事要對妳說，不過更重要的是，他也該聽**妳的**故事。他需要了解妳的感受。」他的大手握住她的肩膀輕柔愛撫。「全部都不是妳的錯，涼子。我站在**妳**這邊，**永遠**。無論妳打算怎麼做，我都支持妳的決定。」

「對不起，艾瑞克。」一滴淚湧出她的眼，她伸手抹掉。「我不該拿你出氣。我會跟他談談。」

「妳準備好再進來吧——花多少時間都沒關係。」艾瑞克起身走向紗門。

「不，等等。」她抬頭看艾瑞克，而他停在門邊。她深呼吸，然後接著說：「我想在外面跟他談。這裡，庭院裡。這裡感覺比較適當。」她起身。「幫我跟爸爸說，請他說來這裡好嗎？」

「沒問題。」

艾瑞克進去，關上紗門。貓還是坐在矮牆上看著。

涼子背離屋子走開幾步，來到池塘邊。她低頭看池水，看見水面映照出幾束金黃色晨光。閃閃發光的錦鯉昏昏欲睡地在光影間游動。

她腦中冒出一個無比黑暗又駭人的想法。她可以現在離開。自己一個人。她可以翻過庭院矮牆，永遠消失。她沒必要面對這所有混亂。她可以孤單一人，而且自由。她可以像那隻此時蹲在矮牆上看著她的流浪貓一樣——她可以在這座城市裡銷聲匿跡。然後她會變成她真正討厭的那種人。

她會變成像**他**一樣的人。

她聽見紗門拉開。

涼子閉上眼，同時東京的影像閃過她心頭。她突然意識到周遭數以千百萬計的生命。這所有生命，這所有戲劇。那所有作繭自縛的家庭。她清楚看見它們，也看見奧運巨蛋幾年來不斷成長，城市的建築像來自伊豆沼澤的花朵一樣綻放又枯萎，連續不斷直到時間的盡頭。

這座城市永不止歇，只是毫不在意地繼續前進。

她試著睜開雙眼，卻做不到。因為當她睜開眼，將面對一個非常現實的問題，只有她需要面對的問題。她緊緊閉著眼，脈搏的悸動在她腦中轟鳴，而她聽見城市在背景尖叫。這所有可憐、孤獨、毀壞的人。困在各自的牢獄中。

在她腦中尖叫，用一種既是群體又是單一、相同的聲音。那聲音也屬於她，她也是其中一分子。她與他們，那數以千百萬計的人，移入且四處移動，穿過地鐵站與建築、公園與高速公路，過著各自的人生。城市用管線將他們的糞便唧送到各處，用金屬容器運送他們的軀體，城市掌握他們的祕密、他們的希望、他們的夢想、他們的苦、他們的痛。

因為她也是一分子，不是嗎？她與那一切相連，總是相連。就算Skype時躲在筆電螢幕的另一邊，相距數千哩，這也改變不了什麼。她就是東京。

她深吸口氣，睜開眼。她轉過身。伯父跪在櫻樹下——這棵樹比中野家裡的那棵年輕。這會兒樹葉是夏季的綠，到了秋天將落地腐爛，到了冬天，樹枝將覆蓋白雪，不過到了春天又將再次綻放花朵。她看著他的臉。一滴淚滾落他的臉頰。淚珠分裂為兩道淚水。他蒼老消瘦，缺了幾顆牙。

他是一個人，就跟她一樣。就跟所有人一樣。迷失且孤獨。

他的雙手被她握住後仍在顫抖。她跪在他面前，**落語家**慣常的姿態。現在輪到他聆聽了。只不過，她的故事並不有趣，並不會有喜劇轉折。她會告訴他那一個故事，有關他如何毀壞他們家、如何放任她的堂妹死去、如何傷害她父親；她會告訴他她有多恨他、她是如何一直無法諒解他，或許永遠都沒辦法，不過她現在有了個兒子，她是如何在源的身上看見她伯父的影子，還有家人該如何原諒；或許，只是或許，有一天，如果他開始扮演他在這個家中該扮演的角色，到了那一天，她或許會原諒他。

然而在她開始述說自己的故事之前，她有責任對他說點什麼。這是日本文化，無論她在紐約住了多久，這永遠都會是她的一部分。她對著伯父低低彎下身子，額頭碰觸地面。不過她說話的聲音清晰響亮，流露不可動搖的自信。

「***Okaeri nasai***。」歡迎回家。

他也躬身回禮。另一顆淚珠滴落草地。

「*Tadaima*。」我回來了。

「現在，請聽我說吧。」

貓背上的肌肉收縮，動了起來。

牠突然厭倦看女孩跟紫頭人談話了。牠在這裡的事已經忙完；牠看夠了。牠起身，懶洋洋地跳上鄰居家的屋頂，在晨光中漫步走過一片又一片屋頂。

再一次隱匿於城市中。

致謝

吁！從孩提時挺起胸膛勇敢宣告「我要當個作家！」到出版第一本書，這可真是一段漫長的旅程啊。幸運的是，在這段漫長旅程中，我遇到許許多多了不起的益友，我想感謝他們每一個人。因此請包容我一下囉。

首先，謝謝我厲害的編輯Poppy Mostyn-Owen。這本書原本一團亂，不過你修好好多壞掉的部分，若是沒有你的幫助，它就不會是現在這個模樣。我實在無法描述你幫了我多少，尤其是容忍我的瘋狂想法，包含註腳、照片、漫畫，以及我糟糕的幽默感。〈開幕式〉是獻給你的。還有我的版權代理Ed Wilson；感謝你自從我們初次在Floyles書店見面起就表現得這麼英明、活潑與熱情——謝謝你，Ed。還要感謝J&A的Helene Butler。謝謝Mariko Aruga提供可愛的漫畫手寫字，謝謝Tamsin Shelton的鷹眼校對，謝謝Carmen Balit繪製封面上那隻美好的貓，謝謝Atlantic出版社的Kirsty Doole、Gemma Davis以及所有人都這麼熱情、友善與殷勤。

還需要大大感謝Giles Foden和Stephen Benson。Giles，這本書有好多部分都是由你開始：Stephen，你在我生命這段期間給予我的支持與建議無比珍貴。謝謝你們二位。

感謝我的每一位老師：Trezza Azzopardi（妳是對的）、Vesna Goldworthy（妳也是對的），還有Amit Chaudhuri、Henry Sutton、Philip Langeskov、Anna Metcalfe、Jon Cook，以及MA programme & PhD 的所有教職人員，無比感謝。非常感謝The Great Britain Sasakawa Foundation在我寫這本書以及攻讀博士學位時給予我的幫助。

接下來這群人給了我難以想像的幫助——多半他們自己都沒注意到。謝謝你們：Dennis Horton、Calvin Ching、Brian Blanchard、Theresa Wang、James Philip（小子，你叫什麼名字？）、Alexis McDonnell、Tim Yellowhammer、Ash Jones、Ryan Benton、Si Carter、Jon Ford、Bobo、Philbo、Slimer、Anda、The Claw、Stupot、Rufus、Garman、Fraud、Cheese、Suzie Crossland、Andre Gushurst-Moore、Nigel Millington、Stephen Buglass、Carla Spradbery、Cherry Cheung、Shaun Browne、Neil Docking、Michael Rands、Maki Koyama、Chris Amblin、Ayu Okakita、Seb Dehesdin、Yoko Tamai、Sarang Narumi、Vincent Gillespie、Jill Rudd、Brendan Griggs、Matsu、Hori-san、Tsuruokasensei以及真正的小川老師。緬懷我的第一位寫作夥伴Luke McDuff。

感謝以下各位自願的讀者，以及絕佳的顧問：Hiroko Asago、Jacob Rollinson、Paul Cooper、Matthew Blackman、Naomi Ishiguro、Susan Burton、Deepa Anappara、Ross Benar、Dave Lynch、Felicity Notley、Rowan Hisayo Buchanan、Lizzie Briggs、Sara Sha'ath、Sam West、Will Nott、Sharlene Teo，以及Elyssa。情溢乎詞、深情、家人間的感謝要獻給所有大嗓門的布萊德利家成員：爸（這本書特別獻給你）、媽（永遠感謝妳）、Bob（複製貓是要獻給你的）、Tim（你得到「沒東西」，而且是很多「沒東西」噢）、AJ、Clare、Meg、Molly、Floss、Lizzie（致奶奶、爺爺、Bob叔叔、Tom、Jake、Suzie以及Tess的靈魂，願你們安息）。非常感謝Nana & Gramps、Compsty團隊。同樣深情感謝Douglas、Jacqui、Daniel、Bethy、Thomas以及Edgar。還要精神上感謝Mummy & Willie還有Osmaston奶奶與爺爺。

引言中萩原朔太郎的〈青貓〉英譯若有任何錯誤，都是我個人的破格（我相信芙珞一定會譯得更好——請寄電子郵件給她告訴她），本文（很有可能出現）的諸多錯誤也一樣。我對此致歉，理由是人為疏失，而非無知或漫不在乎。威廉．福爾曼（William T. Vollman）所著的《窮人》（***Poor People***）在我寫〈落語〉時有莫大幫助，還有今敏導演的動畫電影《東京教父》也是。我還必須提起一部可以在YouTube找到的紀錄片，片名是《SANYA, Tokyo, Broken city》，這也是珍貴的參考資料。書中沒有提及喬治在他的詩集中讀到的兩篇俳句出自何處，它們的作者分別是松尾芭蕉和夏目漱石（他本人正是日本貓相關書籍的教父）。

除了每日啟發我的諸多導演、音樂家、作家以及藝術家之外（族繁不及備載），我還要感謝幾年來我遇過每一位美好又熱忱的日本人，他們用他們對日本的解釋與故事啟發了我，而我從很久以前就愛上了這個國家。

最後，若是少了茱莉．小貓（Julie Neko）和三色堇．傲嬌貓（Pansy Pusskins）（我的喵星人們），這本書就永遠不可能存在。

THE CAT AND THE CITY

貓與城市

作者：尼克・布萊德利 Nick Bradley｜**譯者**：歸也光｜**編輯**：黃煜智｜**校對**：魏秋綢｜**設計**：陳恩安｜**企劃**： 吳儒芳｜**總編輯**：胡金倫｜**董事長**：趙政岷｜**出版者**：時報文化出版企業股份有限公司／108019台北市和平西路三段240號1-7樓／發行專線：02-2306-6842｜**讀者服務專線**：0800-231-705；02-2304-7103｜**讀者服務傳真**：02-2304-6858｜郵撥：1934-4724 時報文化出版公司｜**信箱**：10899台北華江橋郵局第99信箱｜**時報悅讀網**：www.readingtimes.com.tw｜**電子郵箱**：new@readingtimes.com.tw｜**法律顧問**：理律法律事務所／陳長文律師、李念祖律師｜**印刷**：紘億印刷有限公司｜**初版一刷**：2021年7月30日｜**ISBN**：978-957-13-9138-0 ｜**CIP**：873.57｜**訂價**：520元